宋朝的江山风月

栗子◎著

漓江出版社

宋朝的
江山风月

前言　不负东风约

要在两根弦上说《二泉映月》的故事，二胡无疑是民乐里最难学的。记得一个教二胡的老先生说，孩子是不知道难的，只要一步步跟着学就好。孩子是不知道难的，因为他们不知道要走的路有多长，最终能达到的目标有多高，只要一步步学着就行了。这就是儿童的可喜可爱，也是为什么童子功总是一辈子受用的原因。不知道最终会有多难，反倒容易学起来，往往也会成功。我从四年前学书法，从一开始就知道难，那是因为知道有颜柳欧赵这样的高山横在眼前，知道自己怎么努力也不能达到万一，心里先就虚了一半，所以越写越难，越写越自卑，终以自己没有这方面的天分为自己找台阶下。那么，我的天赋在哪里呢，至今看来，一切尚不明显。可是，总不能因为没有天赋就什么都不做吧。想来想去，还是读书。

读中国文学，从《诗经》起，至民国终，大体在这个时段里往返。

书永远也读不完，发现一本好书、一篇好文章的时候，总要为自己没有早早读到、为自己的孤陋寡闻惊慌一番。比如，近日读周作人，他那种不温不火的文字、不高不低的情趣让人动心还在其次，只觉得他随便说出的一句话里都有学问，而且不知其学问究竟有多深，才是让我感

宋・佚名・柳院消暑图

慨无端处。书是读不完的，那么，作为一个中国的读书人，诸子百家是一定要读的，唐诗宋词更是必须背上三五十首，这也应该是童子功。而就我“颇哀而不愠微而婉”的性情与“天分”而言，在这些必须读的书里，偏爱宋词久矣。宋词欣赏本来也是我们中文系学生的基础课，虽算不得真正的童子功，也断断续续读了三十多年。

中国诗歌从《诗经》起步，一路踏着韵律走来，楚辞、汉赋、魏晋骈体文、南北朝民歌，直到唐诗，格律诗登顶。到晚唐五代时期，严谨的格律诗与时代一起开始凌乱。是时，从西域传入的民族音乐与中原旧乐渐次融合，并以胡乐为主产生了燕乐。后来，文人依照乐谱声律节拍而写新词，叫作“填词”或“依声”，长短句开始在坊间流行。以温庭筠为代表的“花间派”词人，以李煜、冯延巳为代表的南唐词人的创作，为词体的成熟和抒情风格定下了调子，词慢慢变成了一种正经的文体。

两宋三百年里，词的创作逐步蔚为大观，出现了各种流派，各领风骚的才子不计其数，间或也有才女和羞走入。仅《全宋词》计收录宋代词人1330余家，约20000首词，踏碎在岁月里的桃花李花更是没有锦囊可收。宋朝是词的朝代。此后，韵文开始走向自由化，以至元曲，以至明清小说，以至民国文白夹生，以至今天的白话文。

词是一种句子长短不齐的格律诗，有词牌，即曲调，常用的词牌约100个。词的结构分为片，也叫阕，不分片的为单调，分二片的为双调，分三片的为三叠。按音乐又有令、引、近、慢之别。“令”一般比较短，早期的文人词多填小令，如《十六字令》《如梦令》《捣练子令》等。“引”和“近”一般比较长，如《江梅引》《阳关引》《祝英台近》《诉衷情近》。而“慢”又较“引”和“近”更长，盛行于北宋中叶以后，有柳永“始衍慢词”之说，词牌有《木兰花慢》《雨霖铃慢》等。依其字数的多少，又有“小令”“中调”“长调”之分，58字以内为小令，59至90字为中调，90字以上为长调，最长的词调《莺啼序》有240个字。词有韵脚，是音乐中停顿的地方，一般不换韵，有的句句押，有的隔句押，还有的几句押。像诗一样，词也讲究平仄。由于词在最初多是酒席宴前娱宾遣兴之作，故有词为“小道”“艳科”和“诗庄词媚”之说。宋词是宋代文学的名片，由晏殊、张先、晏几道、欧阳修等人承袭“花间”余绪，经柳永、苏轼、秦观、贺铸等人逐渐在题材与艺术上的翻新，至辛弃疾，终至最高峰。

我们现在能经常读到的词，都是天才们的作品，他们个个有童子功，整个宋朝就是他们的大课堂，晋唐以前各代的诗及诗人都是他们的老师。而且，直接晋唐文学理念、艺术的高致与题材、体裁多元化的余脉，宋词有世家子弟的优越感。与律诗平仄虚实、起承转合的小八股式的严格规矩不同，词因为起自民间乐曲，自下而上，拘束少，谁有本事都可以另辟蹊径独创一个曲牌，所以宋词天生带着舞榭歌台上歌儿舞女的自由风致，相比于“诗言志”的主流文化，词最宜于抒写精细、婉曲的个人情爱和乡愁，是集体的浪漫主义，最能动摇人心。三百年里，词从风月到江山，既婉约又豪放，最终脱离了唱曲娱情的小舞台，既适合十七八女郎执红牙板歌之，也适合关西大汉执铜琵琶、铁绰板唱念，声音远近高低各不同，成了文人普遍接受的正统文学，从赋比兴，进入了风雅颂，呈一代风流。

有了这样的认识，我开始边读边写，整理读宋词的心情，以为凭着三十年前的老本，凭着五十年的红尘经历，还有这么多的才子佳人的风情雅志、兴衰际遇做素材，“虽我不学，下笔无文”，也庶几能敷演出一段段好故事来。可是，走在这条路上后，我才知道随便读读和认真写下之间的距离，就像是天上人间、梦里梦外的距离一样。“不是渭城西去客，休唱阳关”，信矣。

作为一个衣食粗足的人，我们是很难体会《红楼梦》里公子小姐们富贵风流的星级的，不理解那些富贵闲人何以要吃那种把人琐碎死了的冷香丸，茄鲞何必要用十几只鸡相配才做得出来，怡红公子的丫环婆子小厮何以要有那么多。以此类推，我们也很难想象宋朝的痴男怨女眼中的世界是怎样的五彩缤纷，他们笔下的风物人情与我们这些迟钝的、不加思索地过日子的人有怎样的不同。除了贫富、学问、性情的差别，这中间，还隔着一千年的时光淹积。

所以，写作的过程是艰难的。其中各种难、各种不能下笔的过程，暂且搁在一边，既已成书，只说我最终的写作角度和态度。

首先，我选择从写人的角度读词。我们读词，以至读任何文学作品，实际上都是在读作者，是在读一个人的人生经验，包括学问、性格、教养、人品。能读通一个作者的所有作品，就可以为这个作者写传记。每

宋・郭熙・树色平远图

个人为什么写作，最终能写成什么样子，和他的出身与性格最为相关。在盛唐气象下，有李白，也有杜甫，有王维，也有李商隐，山川如故，人物不同，皆因趣舍万殊、静躁不同之故。在北宋的歌舞升平里，有豪放的苏轼，也有忧郁的秦观；在南宋的半壁江山里，有陆游、辛弃疾的铁马金戈，也有蒋捷、刘辰翁的乱红无主。所以，我觉得人生与时代虽然不能隔离，但决定人生的最终是人的出身和性格，出身决定起点，性格决定走向。出身是那个出身，性格是那个性格，人就是那个人。像苏轼与辛弃疾，人都以苏辛并称，都归在豪放一家，可是，辛弃疾是那种手起可以刀落的人，苏轼说“天下无不杀之鸡”，这句话里已经有了悲悯心，让他杀只鸡怕是比写一首“大江东去”难得多。再比如，黛玉初进贾府时，心里明明白白，这里和自己家里不一样．切不可多说多行，可再出场的时候，就已经孤高自许，目下无尘了。想想，五世侯门之后，探花和巡盐御史老爷唯一的掌上明珠，贾母气派的外孙女，再加上有咏絮之才，有天生一段自然风流态度，这样的门第根基才情模样加于一身，这个女孩是不可能低到尘埃里的。这都是出身和性格在起作用。在出身和性格之外，对人生起作用的还有际遇。际遇也很重要，但与前两项比，等而次之。对诗人来说，因为有此三项不同，所以词的内容、格调也不同。我选择不同的诗人，想告诉读者他们为什么会这样写作，为什么有的人形而上为道，有的人形而下为器，为什么会有春晃、夏苍、秋净、冬黯不同的风格。另一方面，因为是从诗人的生平上说开去，可说的话也就多一些。

第二，是我对词的选择。“凡有井水饮处”，人皆能歌的词我尽量少选，这是取巧的做法，就像画人不成就学画鬼一样。再有，画一朵花很容易，要画好一个春天很难，所以我只选我能画好的那朵花，选我能读懂的那些词。我只喜欢那种意象比较简单明白、读起来很上口、细想却有一番深厚的人情物理在内的词句。就像书法中的《麻姑仙坛记》一样，看上

宋·李嵩·赤壁图

去拙拙的，临写起来，才知道即使一笔不苟，还是不能得其朴拙之外风流灵巧的神韵。作诗功夫全在诗外，临池则不可用力太过，全在于一种自然的激情。没有选晏几道的词，知道他写得好，可就是因为被他弄娇弄艳、且笑且颦、蜂飞蝶舞的重重叠叠的意象晃得心烦意乱，所以不知从何下笔。晏词就像一树开得香艳满身的红梅，挤成一团，如果能经过一夜风吹雨剪，等花落去一半后再挑着看，才会发现每首词里都有好句子，比如“落花人独立，微雨燕双飞”“初将明月比佳期，长向月圆时候望人归”“渐写到别来，此情深处，红笺为无色”，字面十分柔和平淡，背面却有复杂的悲伤，令人失神。还有陈师道的“不辞紫袖拂清尘，也要识，春风面”，陈亮的“黄昏庭院柳啼鸦，记得那人和月、折梨花”都是天然好言语，清风明月不用一钱买，笔不涉情，已让人读着读着就分了心，足够思量一夕。

第三，我以随笔的方式写，而且是老老实实地写。我知道“不知为不知”的道理，因为没有专门的功底，没有能力字斟句酌，所以我选取了一个小角度，就是写我自己的读书笔记，自说自话，知道多少写多少，泛泛而论。词的鉴赏有多种层次，学者索隐考证，无一字无来处，逐字逐句点评，写作背景、用典、章法、思想、艺术，赋比兴、风雅颂、婉约、豪放以至流派、影响，全角评论，发文章之秘妙，而且常常翻新，自立门户，这需要有周作人那样深不见底的国学功底才可以。有灵性的年轻人给古诗词穿上时装，借题发挥，用网络热词写得风生水起，有浅层的通透和任性，讨巧可喜。我介于这两者之间，既无学问也无江淹梦笔，就只好老老实实写下我对古人的服气。当然，因为想着是给比我还不通的人读的，所以也力求准确，只对有定论的事实作理解性思考，以免误人子弟。虽是人云亦云，有时或能出新也未可知。

第四，对我所选的诗人，我均取仰视的角度。我选的诗人，都是我最喜欢的，按照出生早晚排序，最见众生平等。古往今来，不知有多少红尘俗人，生如春花秋草，纷纷开且落，化烟化灰，不知去向。而大浪淘沙，淘了一千多年，能剩给我们的，都是金子。不论他们的人生是否尽如人意，不论我们的认识是否周全，我认为他们都是我们后学晚生必须仰视的前辈。比如欧阳修，大雅小雅是他的童子功，规矩方圆显然是懂的，可他为什么不守规则，不严格要求自己，明明知道花间词俗，为什么还要恣意越位，大智若愚几次？我想，这就和一个人走累了想在树下歇歇一样，在歇足时，他看到了另一面风景。陶渊明还写过大异其趣的《闲情赋》呢，而我们知道，他真的不是那种日夜思念美人的人，是看到张衡写《定情赋》，蔡邕写《静情赋》，他因为"园闾多暇，复染翰为之"而已，欧阳公也是人云亦云，是风气使然，而最终还是归了雅正之道。柳永不才，词却是作得最好的，大体走在"乐而不淫，哀而不伤"的分寸里。有些人，规规矩矩忙完了一生，最终还是"事如春梦了无痕"，而我们却都知道柳永，知道他的人生才是平常而真实的人生，没有那么分明的对与错。再说，我辈何德何能，断断没有资格和才识对这等古贤指指点点。我们在读词，就只知道词的好处，一心一意读就是了。从他们的词中，如果能获得一点悲喜与戒心，对照自己，用作我们今生今世的一些经验和教训，这就是有所得。读诗词不只怡情，也是仙人指路，遇上事，这些没有用的诗词就会起作用，比如，"此心安处是吾乡、占得人间一味愚、无情不似多情苦、人间有味是清欢"等等。我就是这样读书的。

第五，我用我这个年龄应有的比较正统的三观写文章。一件旧衣裳，洗干净再穿，如果近之能感觉到清爽的气息，不嫌其旧其朴，旧衣服也能穿出新风雅。李叔同就是穿一件百衲袈裟，于千万人中，也是玉树临风的样子，谁也不会认错，不觉其贫。所以说，朴实是最好的修行，最好的学问，宁拙勿巧，宁朴勿华，这是我对艺术和人生的认识与景仰。由于年龄渐长，对人一生的来龙去脉多了份留意和敬畏，虽然学问与悟性并不与年俱长，但参照古今，推己及人，毕竟已经知其然，也略知其所以然。所以，写作的过程，是复读的过程，也是观照人生的过程。在

宋 · 林椿 · 枇杷山鸟图

这忽忽几个月的时间里，我回到宋朝，看这些才子们一一在眼前过往，看到了他们从出生到死亡，从生前的浮沉到身后的毁誉的全过程，这样集中的阅读，既高密度地分享了他们的才情与哀乐人生，觉得真正是没有一个能让自己满意，也让别人满意的人生，也对照着自己现世的阴晴圆缺，学到了对人生应有的态度，打发了许多寂寞的黄昏和夜晚，觉得中年的时光没那么空虚难耐了。夹杂其间的，还有对今人的希冀和祝愿。人生百味，不如意事十之八九，但我们看人生的态度必须是积极的，因为消极更无益。当然，我还是尽量避免烟火气，避免说教。我知道没写好，但一时也不能长进，力不及处，分寸不可强，这也是没办法的事。起笔说到难，也是为这段话埋下的草蛇灰线。

这些话写在书前面，为什么要这样写，有复杂的心情。自己的心自己不可知，不可知的都是道。

至此，我想有个结论，想来想去想到了孟子。孟子总是说过尽心、知命、事天这样的话。我想，这也是我要对读者说的话。尽心是尽我心，知命是知自己有无，事天是事读者。心愿甚好，苦心亦如许，只期不负东风约。

2016. 秋

目录

CONTENTS

目录 CONTENTS

东南形胜，三吴都会，钱塘自古繁华，烟柳画桥，风帘翠幕，参差十万人家。云树绕堤沙，怒涛卷霜雪，天堑无涯。市列珠玑，户盈罗绮，竞豪奢。

重湖叠巘清嘉。有三秋桂子，十里荷花。羌管弄晴，菱歌泛夜，嬉嬉钓叟莲娃。千骑拥高牙。乘醉听箫鼓，吟赏烟霞。异日图将好景，归去凤池夸。

——《望海潮·东南形胜》

钱塘自古繁华

东南形胜，三吴都会，钱塘自古繁华，
烟柳画桥，风帘翠幕，参差十万人家。
云树绕堤沙，怒涛卷霜雪，天堑无涯。
市列珠玑，户盈罗绮，竞豪奢。

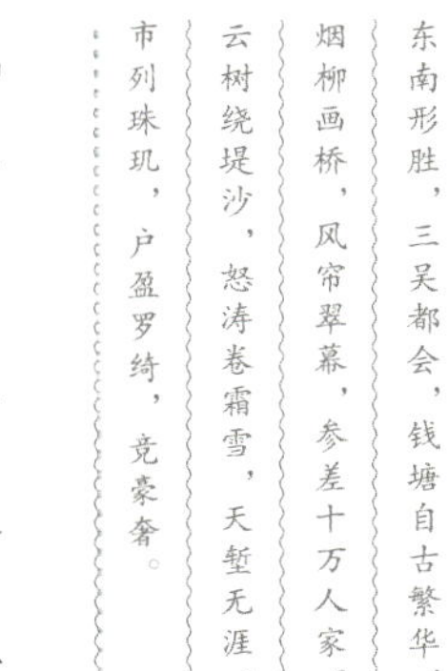

柳永原名三变，后改名永，字耆卿，福建崇安人，出生于公元984年左右。他一生功名坎坷，却是词史上第一个专业作家，其《乐章集》传词二百多首。柳永填词与别人不同之处，不是就现有的词牌填写，而是“教坊乐工每得新腔，必求永为辞”，就是先作曲，再填词，就像给画面配解说词一样。音乐如水无形无拘，所以，由他创作的词牌也不计其数，有话则长，无话则短，说来话长时，他突破了流行的小令，以赋入词，大开大合，拿起放下，写了很多慢词长调，产生了“凡有井水饮处，皆能歌柳词”的围观效果。

柳永天生是个城里人，从小跟着做县官的父亲走州过县，在各个州县南关什字的衙门里生活，缺了乡下生活这一课，不知稼穑艰难，对山水田园无感，只迷恋繁华都会。而观古往今来的作家，总觉得没有田园生活的人，不知乡间的风物人情，只在读书人自己的眉间心上说事，或者在舞榭歌台、坊间酒肆流连，作品的根基就不牢靠。所以，都市文学很不容易写好，非俗即淡。其实，都市也有风情，画中有《清明上河图》，词中有柳永。

柳永十八岁出远门，从故乡到汴京千里赶考，路经杭州，看过西湖后，大约有袁宏道遇西湖时所说的“如东阿王梦中初遇洛神时也”的惊艳，“翩若惊鸿，婉若游龙”的洛神人间无对，柳永的淮左日月也是一刻千金，因此他停下了北上的脚步。这一停就是六年。十九岁时，柳永在杭州作《望海潮·东南形胜》一词。词一出手，即广为传唱，柳永一夜之间名动天下。

东南形胜，三吴都会，钱塘自古繁华，烟柳画桥，风帘翠幕，参差十万人家。云树绕堤沙，怒涛卷霜雪，天堑无涯。市列珠玑，户盈罗绮，竞豪奢。

重湖叠巘清嘉。有三秋桂子，十里荷花。羌管弄晴，菱歌泛夜，嬉嬉钓叟莲娃。千骑拥高牙，乘醉听箫鼓，吟赏烟霞。异日图将好景，归去凤池夸。

——《望海潮·东南形胜》

自古以来，写杭州和西湖的诗词文多得可以装订成册，可是除《儒林外史》中相关的人情风物外，随处可见的都只是一鳞半爪，很难得其全貌。而这首词，备极嘉祐年间杭州的太平气象，其中的街巷河桥、惊涛静水、欢声和气，洋溢在城郊之间，成洋洋大观，让人有躬逢其盛之感。

这首词就像杭州市郊一日游的导游词。时间，九月的某一日。上午，参观民居、钱塘江观潮、市井坊肆购物；下午，西湖泛舟，豪门晚宴。

宋·佚名·秋溪待渡图

杭州是东南一带最大的都会，自古以来就是烟柳繁华之地，温柔富贵之乡。第一句总论，便先声夺人，出手不凡。据宋吴自牧《梦粱录》记载，有宋以来，二百年间，杭州户口蕃息，有近百万人家。不仅如此，城外东西南北各数十里，也是人烟聚集，物阜民丰，市井坊陌，铺席骈盛，数日经行不尽，比得上外地的一个州郡。此时虽是北宋初年，也已备极妍态。城中，远观是含烟柳、彩绘桥，近看有挡风的竹帘、翠绿的软烟罗帐，那些徽式民居依山傍水远近高低铺排开，牵牵扯扯的，大约有十万户人家，在这里过着雅致而富庶的和平日子。杭州不仅富足近奢，而且“西有湖光可看，东有江潮堪观”。车马行至郊外，只见钱塘江堤上，行行树木，郁郁苍苍，似雾非雾，环绕着曲曲弯弯的沙堤。时在九月，水阔天低，“惊涛拍岸，卷起千堆雪”，正是观潮的好时候。古人说钱塘潮，有“沧海尽成空，万面鼓声中”之势。看完风景，回到市中心，购物一条街是一定要去看看的，在那条著名的河坊街上，有珠玉珍宝，有杭州特产的绫罗绸缎，一家一家，琳琅满目地陈列着，攀比着，有说不尽的富贵奢华。俗话说，盛世古董，乱世黄金。从货架上，就能看出世道兴衰。

作为中国人，只要到了杭州，西湖是必定要去的。西湖有多美，就像西施有多美一样，不足为俗人道也。明朝的张岱在湖心亭看雪，只见“天与云与山与水，上下一白。湖上影子，惟长堤一痕，湖心亭一点，与余舟一芥，舟中人两三粒而已”，这是可遇不可求的风景，也是可遇不可求的笔墨功夫。张岱一生念怀西湖，“阔别西湖二十八载，然西湖无日不入吾梦中”，西湖是他的梦中家园，山水红颜。袁宏道见到西湖时，如东阿王梦中初遇洛神，只见“山色如娥，花光如颊，温风如酒，波纹如绫”，才一举头，已经目酣神醉，没有一词能状写，只好写下了他不能下笔的惊讶。面对才子们的失态，西湖舟子只叹一个“痴”字。雨后游西湖，苏轼则想起西施，说“淡妆浓抹总相宜”，可这也只是指了个拟人的方向，西施有多美，也是一道难题。

宋·赵昌
茉莉花图

天然西湖，经历代整修，到宋初时，已于天然样中有了一道黛眉，那就是用白居易姓氏命名的“白堤”。白堤将湖面分割成里湖和外湖；环湖皆山也，有灵隐山、南屏山、慧日峰等重重叠叠的山岭。这就是“重湖叠巘”所本。“三秋桂子，十里荷花”这两句不能译，也不敢译。这两句，就好比小说写典型环境中的典型人物一样，是黛玉和宝玉说“放心”“不放心”的时刻。杭州美在西湖，西湖美在“有三秋桂子，十里荷花”。而这首词中，我们最容易记住的，就是这两句和“参差十万人家”，这几个数字，是杭州大观园的框架结构，此后“羌管弄晴，菱歌泛夜，嬉嬉钓叟莲娃”，都是软烟罗似的锦绣点缀，是在民间活动着的“三两粒”声光色，于日升月落之间，是迢迢岁月的切片。韩愈说“欢愉之辞难工，穷苦之言易好”，这首词里，难得羌管也“弄晴”，老老少少都是一团“嬉嬉”的喜气。

传说柳永到杭州后，得知有个老朋友正在任两浙转运使，是比总督还大的官，这应该是世伯一类的旧交吧。柳永像刘姥姥进大观园一样，望门投止，可是衙门门禁甚严，柳永一介布衣，没有一个“周瑞家”的引见。情急之下，他写了这首词作为拜帖，并请一位身分特殊的当红歌女在大人的宴会上反复吟唱，终于撩起这位大人的好奇心，问出了歌词的作者。这个故事前情铺垫得很有戏剧情节，可是结果却模棱两可，不

宋·李嵩
明皇斗鸡图

宋・李迪・雪中归牧图

可问。也许，在这位大人的眼里，初出茅庐的柳永还不堪大任，他并没有举荐他，或许只是许他做了个随从吧，可以在二门走动走动的那种。此后，柳永追随其左右，为他写了很多歌功颂德的诗词，甚至夸张地把他比作“天人”。

由这个故事来看，这首词是一首干谒词，目的是求得举荐。出于干谒的目的，和王勃一样，柳永虽“非谢家之宝树”，却愿意“接孟氏之芳邻”，以求“他日趋庭，叨陪鲤对”。于是，最后几句中，这位“都督阎公”闪亮登场：成群的马队，飘扬的牙旗，前呼后拥，大约还有鸣锣开道、净水泼街的前期准备。大队人马缓缓而来，喧赫至极。从马上或轿中下来，这位威风八面的长官，在楼外楼中饮酒赏乐，吟赏烟霞，度过了富贵风流的一天。结句“异日图将好景，归去凤池夸”，是祝这位大人物步步高升，有朝一日回朝做京官时，别忘了携一幅西湖长卷炫风雅。

山外青山楼外楼，西湖歌舞几时休？一千年已经过去。

记得我曾经游西湖时，在小船的伞盖下，清风中，与中年的船夫闲话。听他说，他们是杭州郊外的乡下人，三代人都靠西湖吃饭，依性别年龄不同，或做船夫，或做小贩，兼做各种杂役。船行至“三潭印月”处时，有两只鸭子游到船跟前来，向着船夫呷呷叫，船夫向水里扔下几块小饼，它们头一弯，低下优雅的脖子，吃到嘴里，然后目送着船划过去。船夫说，这是他养在湖里的两只鸭子，已经养了两年了，只为他来来去去时能见到，打个招呼。在熙熙攘攘的湖面上，有群鸭戏水，我们坐的这种小船也一模一样，而人与鸭却彼此都认得，这里面自有一份情意在。我看到“靠西湖吃饭”的人，脸上有一种感激和欢喜，还有主人翁的态度，好像这一片湖水是自家的。柳永能状别人不能状的西湖美景，以至写成绝唱，他原本也可以用这首词做敲门砖，也可以靠西湖吃饭的，只可惜他虽才比白居易，但遇到的不是顾况，长安由此米贵。

柳永在江淮一带淹滞六年。这六年，不仅浪费了时间，更可怕的，是挣了一个千古薄幸名，为他后来的科举埋下了隐患。

方信有初终

小楼深巷狂游遍，罗绮成丛。
就中堪人属意，最是虫虫。
有画难描雅态，无花可比芳容。
几回饮散良宵永，鸳衾暖，凤枕香浓。
算得人间天上，惟有两心同。

作为举人的年轻的柳永，在正式参加进士考试前，是江淮和京城欢场上的明星。

北宋是音乐的盛世，城市里遍布勾栏瓦肆、酒楼青楼，可谓夜夜笙歌，处处弦索。如柳词言：“太平时、朝野多欢。遍锦街香陌，钧天歌吹，阆苑神仙。”有宋玉才、潘安貌的柳永行走在烟花巷陌，仅凭一支笔，就可以呼朋唤友，朝欢暮宴，渐渐地，过起了“佳景留心惯，况少年彼此，风情非浅”的日子。“少年听雨歌楼上，红烛昏罗帐”也是人性使然，用贾母的话说，打小都是这样过来的。可是，柳永不仅有少年风流，还有他的高调言论。他说：“太平世，少年时，忍把韶光轻弃？”因此上，他“长是因酒沉迷，被花萦绊”“继日恁、把酒听歌，量金买笑”，成了一个尽人皆知的问题少年。

在歌舞场上寻欢作乐的日子里，柳永结交了很多歌伎舞女，为她们写了很多艳词。其中，最让“坐中年少暗消魂”的，是一个叫虫娘或虫虫的歌女。这个女子质朴、温润、伤感，人在欢场，却“举措有、许多端正”“风流端正外，更别有，系人心处”。从一见钟情始，这个女子已经让他无处藏身，他低下了才子的所有姿态，把最深的爱藏在了最美的词里。

小楼深巷狂游遍，罗绮成丛。就中堪人属意，最是虫虫。有画难描雅态，无花可比芳容。几回饮散良宵永，鸳衾暖，凤枕香浓。算得人间天上，惟有两心同。

近来云雨忽西东。诮恼损情悰。纵然偷期暗会，长是匆匆。争似和鸣偕老，免叫敛翠啼红。眼前时、暂疏欢宴，盟言在、更莫忡忡。待作真个宅院，方信有初终。

——《集贤宾·小楼深巷狂游遍》

宋·吴炳·嘉禾草虫图

柳永浪迹江湖，游遍芳丛，过尽千帆皆不是，直到与虫娘人生初见，才是人间天上第一件称心属意的事。这个女子不仅“有画难描雅态，无花可比芳容”，还有千金不移的冰雪气质，是烟花场上少有的有情有意、也让人动心动情的女子。他们已经有了枕席之实，却没有夫妻之名。所以，什么时候才能为她赎身，择院别居，如何才能做个天长地久的夫妻，有始有终，这是他们偷期暗会时最伤感的话题。这首词写在热恋中，他们已经知道，这种绾在有缘无份之间的野地风情，长是匆匆，不是稳妥长久的小世界，如果没有婚姻的锦囊收取，终将碎成一地花屑，散入沟渠。

雅欢幽会，良辰可惜虚抛掷。每追念、狂踪旧迹。长只恁、愁闷朝夕。凭谁去、花衢觅。细说此中端的。道向我、转觉厌厌，役梦劳魂苦相忆。

宋·李嵩·瑞应图

须知最有、风前月下，心事始终难得。但愿我、虫虫心下。把人看待，长似初相识。况渐逢春色。便是有、举场消息。待这回、好好怜伊，更不轻离拆。

——《征部乐·雅欢幽会》

过了而立之年，柳永第二次参加礼部考试，再度落第，不得已离开京城，寻找仕进之路，期间尝尽漂泊无依、人生蹉跎的苦涩。同时，与虫娘别久生怨，已经没有了初相见时的春色满园。现在，又到了大比之年，柳永准备再回辇下试试运气。杳杳神京在望，盈盈仙子倚门，想着风前月下两人即将相见，他发誓这回要打叠起百般温存，“细说此中端的”，然后“好好怜伊”，再也不走了。毕竟，怨也是爱。

有爱即有忧。爱情之花常常开向残春，开向离人心，是人世间最脆弱的花朵。时间是爱情的杀手，无论怎么呵护，都不可能刀枪不入。爱情依附着人生而存在，人们为生活“役梦劳魂”的时间多，“雅欢幽会”的时间少，爱情有始无终的时候多，终成眷属的时候少，更何况是这种缺少现实阳光雨露淘养的夜色下开放的花朵。女子的“心事始终难得”，他一边“每追念”“苦相忆”，一边又担心着“凭谁去、花衢觅”，倘若已经有人与他平分春色，他也只能“转觉厌厌”。

一个游子，一个歌伎，生错了阶层，用错了情，片时欢笑，换了一生泪水。

各人收各人的眼泪。东坡在赤壁月下说过，物各有主，是我的就是我的，不是我的我不能够多得。而我们知道，一种感情需要频频地指天发誓才能你知我知的时候，情已移易，只剩下“愁闷朝夕”的悲怨。就和我们现代人一样，也曾多少次希望“把人看待，长似初相识”，可是又不知有多少次“轻离拆”，多少次失望不可触摸。

寒蝉凄切，对长亭晚，骤雨初歇。都门帐饮无绪，留恋处、兰舟催发。执手相看泪眼，竟无语凝噎。念去去、千里烟波，暮霭沉沉楚天阔。

多情自古伤离别，更那堪、冷落清秋节。今宵酒醒何处，杨柳岸、晓风残月。此去经年，应是良辰好景虚设。便纵有、千种风情，更与何人说。

——《雨霖铃·寒蝉凄切》

1024年，生当不惑之年的柳永第四次落第，愤而离开京师，买舟南下，与虫娘做了最后告别，写下了这首著名的离别词。这首词是宋元

时期流行的十大金曲之一。

人生漫漫，朝来暮去，每天看上去大同小异，却总能遇上几个关键的日子。黛玉进了贾府，最先听到的家常是大家在窃窃商议如何料理薛蟠夺妾伤人命的案子，这说明日子已经忽忽过了很久。对贾府来说只是平常的日子，续着平常的烦恼，对黛玉来说，这却是改变命运的一天。从欢爱、思念写到最后分手的刹那，柳永和虫娘也最终走到了改变命运的一天。

一种感情已危在旦夕，是不是曾经爱过，是不是谦谦君子、款款闺秀，最在分手时见性情教养。这对情人分手的时刻，没有怨怒，只有悲伤。他们心知肚明，这一去，烟波千里，人老沧洲；这一去，落花如尘，万象俱寂。这首词是寒蝉最后的凄声，是冷雨最后的零落。无语，凝噎，早已悲深哀沉，只能在雨歇风住后，“执手相看泪眼”，看这一场情爱对彼此的爱怜与伤害，看此生

宋 · 赵佶 · 梅竹聚禽图

宋・冯大有・太液荷风图

已无奈，看今后各归尘土，再修来生。

在有太多的话要说，有太复杂的感情要表达时，常常是一说便俗，一说就走神，只有无语凝噎，才尽得言辞，是密者宜疏的笔墨道场。黛玉和宝玉的最后一番对话是，黛玉忽然问“你为什么病了”，回答是“我为林姑娘病了”，问是多余，回答也是多余，本来就不是为了求解。看似两句废话，却是此生最后一句话，因为转身便是长诀。这句话，最见黛玉大家闺秀尊贵的身份，也最见被所有人以“爱”的名义毁灭的怡红公子最终解发佯狂的空空之态。此时，两个人都怔怔的，在同一个梦里，同一个太虚幻境里，大梦将归。这就是凝神，是无语凝噎。因为这是两人最后一次见面，说最后一句话。为了说好这最后一句话，需要惨淡经营。对比宝玉在与晴雯死别时，还能注意到那个黑沙吊子不像个茶壶，想起古人说的“饱饫烹宰，饥餍糟糠”“饭饱弄粥”这样复杂的哲理，这就是分心。此处“今宵酒醒何处”也是多余一问。酒入愁肠，今宵如果还能醒，人生已过了大半，船已系在别处的杨柳岸，晓风残月已不是旧时风月，两个耳鬓厮磨的人，已是路人。来时一条路径，别时万户千门，水从来处来，不往来处流，爱情总是这样来去不同，不尽如人意，是世间常见的风景。退笔“便纵有，千种风情，更与何人说”如石击水，石沉后，散开环环涟漪，虽波及千古，却难惊一尘。

“算得人间天上，惟有两心同。”“方信有初终。”“衣带渐宽终不悔，为伊消得人憔悴。”“系我一生心，负你千行泪。”“误几回，天际识归舟。”“断鸿声里，立尽斜阳。”“临风，想佳丽。”“无聊恨，相思意，尽分付征鸿。”“脉脉人千里。念两处风情，万重烟水。”

真是奈何天，伤怀地，梦中人，柳永词啊！

爱情是天下大势，分久必合、合久必分是用惯了的程序，几千年来，没有更新。柳永天生是惜春常怕花开早的人，他这些伤感的情词，就像一树树在风里瑟瑟颤抖的桃花，不知动摇过古今多少女子的春心。这些风雨中的花朵，是升平幻景下凄凄入烟雾的青楼女子的倩影，她们千娇百媚，才艺加身，有悲惨的身世，有超前的自由恋爱意识，有爱而不得

宋 · 法常 · 芙蓉图

的辗转反侧，有“女之耽兮不可脱也”的伤心怀抱。她们生活在比尘土还要低的社会底层，受到生活和道德的双重折磨。在词史上，就像为闺阁昭传的红楼主人一样，歌舞场是柳永的大观园，这些女子是他的姐姐妹妹，他是第一个关注这个弱势群体的文人，在他的笔下，这些女子大多胜过须眉浊物，他同情、尊重、赞美、爱怜她们，他也被这些女子，以及同在尘埃里的贩夫走卒、引车卖浆之流欣赏着，爱护着。

可是，千年以来，柳词却常常受到“浅近卑俗”“词语尘下”“淫冶”的差评。在认真读了柳永二百多首词后，我对柳词有了新的认识。柳永的艳词中，那种“洞房悄悄，绣被重重，夜永欢余”“凤帐烛摇红影”“脱罗裳，恣情无限”“玉钗乱横”“低帏并枕”“绸缪凤枕鸳被”“锦被里、余香犹在”之类“皮肤滥淫”的词不过寥寥几首，他只不过多写了一些“柳腰花态”“粉面云鬟”的女子“尊前歌笑”的场面而已，更多的时候，是在清和院落里，与她们“针线闲拈伴伊坐”“琵琶闲抱”“有

时携手闲坐”的家常情态，是“彼此空有相怜意，未有相怜计”的愁怀，还有很多“被多情、赋与凄凉”的无语。欧阳修也写了很多艳词，而且笔墨的重口味不输柳永，人们也只是笑笑，认为不过是戏笔而已，并不把他打入另册。柳永被“冤成薄幸”的原因，在于在这些“三级片”中，他把自己写成了男一号，而欧阳公只是站在城楼观山景。文学本来是性情中事，虚虚实实的，可白纸黑字一旦被当成了事实，柳永百口莫辩，也只能像秦观那样感叹一声：“佛也须眉皱，怎掩得众人口？”

从艺术表现方面看，柳永的情词已经不拘于花前月下，小园香径，他常常站在“天际”“高楼”“千里烟波”“海阔山遥”处风尘怀闺秀，“每登山临水，惹起平生心事”，把不能言说的情感写成了人生哲理。在他的词里，总有一句结论性的话，这句话写得雍和大气，绝不是“浅近卑俗”“词语尘下”，而是万取一收，羽化登仙，是绝对的形而上。这些形而上的句子后面，有不堪回首的过程和细节，有让人厌厌无欢的俗世的情毒、情障。他这样处理文字，这种文字已经在用事实为他洗白，他绝不是一个将自己的名节系在几丈软红之下的轻薄浪子，他是在为儿女私情追根寻源。

有位哲人说，我是伤口也是刀。柳永也是。

唐・张萱・虢国夫人游春图

雅俗共赏

嶰管变青律，帝里阳和新布。
晴景回轻煦。庆嘉节、当三五。
列华灯、千门万户。
遍九陌、罗绮香风微度。
十里然绛树。鳌山耸、喧天箫鼓。

在杭州和扬州的六年时间里，就像贾宝玉梦游了一回太虚幻境一样，在遍历饮馔声色之后，柳永完成了一个少年的情爱启蒙过程，看看光阴空转，不免收心，想想还是上京赶考是正经事。于是，公元1008年，柳永来到汴京，就是今天的开封，准备参加第二年的科考。

汴京自从战国时作为魏国的首都起始，经千年积累，已有相当规模。到了宋初，城市再次扩建，没有做大规模的拆迁，而是在旧城外株连蔓引，又建了一座新城。旧城周长二十里，新城周长五十里，城墙高四丈，城楼建筑宏伟壮丽，人口已过百万。那时的街道不叫马路，叫御街，宽两百步。除了姜行、纱行、牛行、马行、果子行、鱼行、米行、肉行、南猪行、北猪行、大货行、小货行、布行、邸店、堆垛场这些专卖点，朝廷还改变了居民不得向大街开门、不得在指定的市坊以外从事买卖活动的老规矩，凡是临街的民居均可作为门面房开店做买卖，于是酒楼、食店、茶坊、酒店、客店、馒头店、面店、煎饼店、瓦子、妓院、杂物铺、药铺、金银铺、彩帛铺、染店、珠子铺、香药铺、靴店等等，比肩连袂，疏密有致，家家屋宇雄壮，门面广阔，生意兴隆。柳永每日行走在街市上，眼观六路，耳听八方，初来之人，看什么都新鲜。他不仅看到餐饮服装、时新花果、鱼虾鳖蟹、鹑兔脯腊、金玉珍玩等等无奇不有，还发现人们在购物时，“纷争以贵价取之”，只买贵的，不买对的，老板们个个挣得盆满钵满，一个大型市场的日交易额动辄就是上千万钱。夜市一直开到三更方散，如果是那些“吊窗花竹，各垂帘幕，命妓歌笑，各得稳便”、让人心领神会的热闹去处，更是二十四小时挂着大红灯笼营业。为了方便住在城外的人进进出出，“城管”还特意放宽了宵禁，城门三更关，五更开。更奇特的是，那时候，御街上，每隔二三百步设一个军巡铺，铺中有“巡警”，白天维持交通秩序，疏导人流车流，夜间警卫官府商宅，防盗，防火，防意外事故。他最爱去的那些表演歌舞曲艺的“勾栏”“瓦肆”，大者可容纳数千人，在那里可以听书赏曲，如果看到将时兴的火药用于“哑杂剧”表演，每当出现那种烟花缭乱、海上仙山似的舞台效果时，他就随着观众尖叫。如果是春天，赶巧了，还能看一场宫廷女子马球队在宝津楼下的比赛……

这就是北宋初年的辇下风光！

北宋灭亡后，大批臣民逃难南方，颠沛流离的生活使他们时时驻足，回望汴梁的旧日歌欢，有道不尽的帝都繁华，盛世风流，国恨乡愁。南宋孟元老写有《东京梦华录》一书，书首冠以序文，眷念故都、感时伤逝之情尤为依依：

正当辇毂之下，太平日久，人物繁阜。垂髫之童，但习鼓舞，斑白之老，不识干戈。时节相次，各有观赏：灯宵月夕，雪际花时，乞巧登高，教池游苑。举目则青楼画阁，绣户珠帘。雕车竞驻于天街，宝马争驰于御路，金翠耀目，罗绮飘香。新声巧笑于柳陌花衢，按管调弦于茶坊酒肆。八荒争凑，万

宋·夏圭·溪山清远卷

国咸通，集四海之珍奇，皆归市易。会寰区之异味，悉在庖厨。花光满路，何限春游，箫鼓喧空，几家夜宴？伎巧则惊人耳目，侈奢则长人精神。

汴京风华，尽在言中。

情商高、天生爱热闹的柳永环境适应能力极强，“参差十万人家”的杭州已经让他惊为上国，与汴京相形之下，柳永才知道什么叫作“山外青山楼外楼”了。汴京人认真过着每一天，到了元宵节、清明节、乞巧节这样的好日子，更是一点都不马虎。柳永在这个温柔富贵乡里流连，他“醉能同其乐，醒能述以文”，以赋为词，最会写这种宏大景观、富贵祯祥，最关注这些岁时民俗，并洋洋洒洒作全景式报道，写成了词中的《东京梦华录》。

一元复始，元宵灯节是汴京普天同庆的日子。从朝廷到民间早早准备，从正月初七开始张灯结彩，一直到正月十九日收灯。期间，万街千巷，华灯宝炬，月色花光，金碧相射，锦绣交辉；露台上下，奇术异能，歌舞百戏，鳞鳞相切，乐声鼎沸。看在谁的眼里，都真正是“太过靡费”了。柳永从不同角度切入，写过五首元宵词，其中以《迎新春·嶰管变青律》为冠：

嶰管变青律，帝里阳和新布。晴景回轻煦。庆嘉节、当三五。列华灯、千门万户。遍九陌、罗绮香风微度。十里然绛树。鳌山耸、喧天箫鼓。

渐天如水，素月当午。香径里、绝缨掷果无数。更阑烛影花阴下，少年人，往往奇遇。太平时、朝野多欢民康阜。随分良聚。堪对此景，争忍独醒归去？

——《迎新春·嶰管变青律》

这一天，夜色总是比往日来得迟些，好不容易到了千门万户华灯初上时，在阳春布德泽的帝都，只见家家箫管，处处笙歌，绵延数十里的街市上火树银花如海，阡陌纵横的道路上罗裳翩翩如织，像山一样高高搭起的戏台上锣鼓喧天……在这个宝光烛天、金声掷地的良夜，朝野上下人人欢娱忘情，不知今夕何夕，人们再不管圣言家训，绅士淑女也不忸怩作态。一直闹到“渐天如水，素月当午”时，明月渐移，灯火渐渐阑珊，在幽僻处，会遇到成年男女“绝缨掷果”的不雅行为，而更多的，

宋・李嵩・瑞应图

是少年人的奇遇，他们总是“随分良聚”，做着短暂的玫瑰梦。总之，对此好景良天，忘情的人们都准备欢宴达旦，笑倒醉倒，再不想着早点回家去。

折桐花烂漫，乍疏雨、洗清明。正艳杏烧林，湘桃绣野，芳景如屏。倾城。尽寻胜去，骤雕鞍绀幰出郊坰。风暖繁弦脆管，万家竞奏新声。

盈盈。斗草踏青。人艳冶、递逢迎。向路傍往往，遗簪堕珥，珠翠纵横。欢情。对佳丽地，任金罍罄竭玉山倾。拚却明朝永日，画堂一枕春酲。

——《木兰花慢·拆桐花烂漫》

清明节是传统节日，宋时不惟于清明时节祭祀先人，更是佳丽浪子冶游的极好机会，像是民间的花儿会一样，在封建礼教的束缚中，暂时网开一面。柳永写寒食清明的词有五首。在他笔下，芳景如屏的清明时节，汴京市民一边领略无边的春色，一边尽情地嬉戏，或“巧笑嬉嬉，手簇秋千架”，或“戏彩球罗绶，金鸡芥羽”，上下狂欢。

这首词中，清明时节，人山人海，不是“路上行人欲断魂”，而是“出门都是看花人”。疏雨微风，男男女女都穿戴一新，车马喧腾，新声交奏，倾城而出，“尽寻胜去”。路上，行人往来招呼，熙熙攘攘，摩肩接踵，小打小闹，以至“遗簪堕珥”。在“艳杏烧林，湘桃绣野”的郊外，有的“斗草踏青”，有的“金罍罄竭”。乐事难图，在柳永的清明图景里，四野如市，春色满园，他有意避开“哀哀父母、生我劬劳”的野地哀哭，截取的是沐乎沂、咏而归的赏心乐事。

宋·佚名·初平牧羊图

露花倒影，烟芜蘸碧，灵沼波暖。金柳摇风树树，系彩舫龙舟遥岸。千步虹桥，参差雁齿，直趋水殿。绕金堤、曼衍鱼龙戏，簇娇春罗绮，喧天丝管。霁色荣光，望中似睹，蓬莱清浅。

时见。凤辇宸游，鸾觞禊饮，临翠水、开镐宴。两两轻舠飞画楫，竞夺锦标霞烂。罄欢娱，歌《鱼藻》，徘徊宛转。别有盈盈游女，各委明珠，争收翠羽，相将归远。渐觉云海沉沉，洞天日晚。

——《破阵乐·露花倒影》

北宋的金明池，又称西池或天池，在东京顺天门外道北，与琼林苑南北相对，是东京四大园林之一。每年三月一日至四月八日，金明池开放，皇帝车驾临幸，在这里举行水戏表演和龙舟争标，与民同乐。柳永有两首词写金明池争标活动。

这首词，状难状之景，将一场有皇帝出席、百官云集、万民围观的龙舟竞渡夺标的大场面剪裁得轻重缓急，详略得当。一支诗笔，在起承转合之间，将岸边的风景，水上的赛事，皇家的宴饮，人物的情态，远近高低，上上下下，不遗一墨，而且笔带感情，不敢省略对皇帝“凤辇宸游，鸾觞禊饮”的颂祷，同时还忙里偷闲，稍带看一眼盈盈美女。词以晨景始，以晚景终，从早到晚，一天的时间里，诗人营造的声光色相，如天花乱坠，地涌金莲，让人觉得如入仙山琼宫，既恍惚迷离，又能找得见进口出口。这种大笔写意，“一笔到底，始终不懈”的功夫，十分了得，难怪苏轼都要称赞“山抹微云秦学士，露花倒影柳屯田”了。

起调“露花倒影”句，是说带着露水的花倒映在水中。“露”喻晨，“花”喻春，“倒影”喻湖边，点明今天活动的主场地是在湖上。四个字，季节、时辰、地点，几层意思都有，写来却轻松方便，顺风顺水。最妙的是，看花不在地上看，偏要从水里看，这是因为知道临水照花，水婆娑时，花也婆娑。这种萦风萦水的花，就像西子浣纱，让人望之心荡神摇。于是，在“露花倒影，烟芜蘸碧，灵沼波暖”这种明亮、热闹、温暖的背景里，这场盛会就开始走进天时、地利、人和的大圆满境界了。

宋·林椿·果熟来禽图

炎光谢。过暮雨、芳尘轻洒。乍露冷风清庭户，爽天如水，玉钩遥挂。应是星娥嗟久阻，叙旧约、飚轮欲驾。极目处、微云暗度，耿耿银河高泻。

闲雅。须知此景，古今无价。运巧思穿针楼上女，抬粉面、云鬟相亚。钿合金钗私语处，算谁在、回廊影下。愿天上人间，占得欢娱，年年今夜。

——《二郎神·炎光谢》

这是一首咏七夕的词。

雨后新凉，碧空如水，一弯新月，挂在远远的天空。织女为了却一年的相思债，为了叙旧约，正乘驾快速的风轮飞渡银河而上。放眼望去，祥云当空，如锦屏遮羞，玉人若隐若现，神仙眷侣欢会，正是胜却人间无数的时候。闺中女子望月穿针引线，向织女乞取巧艺。回廊花影下，女子粉面云鬟低垂，男子手挽花枝贪看，正在私相授受信物，私定终身。爱情无价，时光无价。天上人间，共此良夜！

天地相接，却又天高地远，可望而不可即的情爱最苦。牛郎织女，一个对月兴叹，一个临风洒泪，一年等一回，已经等了千年。这种人间天上的苦相思是天神对人间的警示。人间女子的心事没有神仙眷属那样张扬，也没有鹊桥相引，红尘情事，过眼成空，只能自己在在珍惜，切切不敢空对眼前景，伤了意中人。词以“爽天如水，玉钩遥挂”作为茫茫空景，词境高远，静静如水。“钿合金钗私语处，算谁在、回廊影下”是浪漫的想象，也是人间的真实。于唐，有唐明皇和杨贵妃的故事，二人初次相见，私授金钗钿合，在七月七日长生殿，夜半无人时，私语切切，也是佳话。于宋，男女选择七夕定情，交换信物，也是时俗。“愿天上人间，占得欢娱，年年今夜”，天上的良辰是诗，人间的欢娱是俗，诗人于此情此景下思接天地，而最终的关怀依然在俗世。其中，“闲雅”

宋·陈居中·文姬归汉图

二字，最是风流蕴藉。情能闲能雅时，才是劳碌人生的休息时间，是为自己活着的一时半会。生命在于互相认证，男女相爱相知，是山海原理，虽天地不能隔，千古不能移。

在北宋初年，词主要是用来歌唱的，可是不知道柳永这样的歌词写给怎样的女子执红牙板唱才合适。这种写作，显然已经不是出自为教坊写作换米的需要，也不是因为个人寂寞。从这些词作可见，在别人于半梦半醒间享受世俗生活的时候，柳永是在认真地观察，有计划地写作，他有心做这个时代的见证者和记录者，而且用雅俗共赏的白描手法，带着他特有的天真的、世俗的喜悦，将这一切及时地记录在案，让身在其中的人们不仅生活着，而且欣赏着，思考着。他自觉屏蔽了或天上人间、或阴阳两界的悲苦，只让人们珍惜这些俗世的欢娱。这些在文学史上不可多得的民俗文学，已经远远高出了士大夫们迂腐、狭隘的书斋趣味，其浑然成章的整体描绘，已经覆盖了士大夫们矫情的唱酬之作中稍带的一笔背景，让缠绵在士大夫的花间情调中的词曲低下了贵族的姿态，走向了寻常巷陌。这些词曲，是一个时代的欢乐颂和春之舞，是一个城市的金色记忆。

作为一个公认的浪子，一个不被时代认可的文人，他还要这样快乐而辛苦地为这个时代歌唱，他也把自己写成了这个时代的太史公。

自是白衣卿相

帝里疏散，数载酒萦花系，九陌狂游。良景对珍筵恼，佳人自有风流。劝琼瓯。绛唇启、歌发清幽。被举措、艺足才高，在处别得艳姬留。

柳永的词，是用他的功名换来的。

公元1009年，春闱在即，二十五岁的柳永踌躇满志，自信“定然魁甲登高第”。果然，他凭着自己的才学在会考中名列前茅。但是，谁也没有想到，卷子到了宋真宗手里，却被画了个“属辞浮糜”的红圈。这个红圈，就像孙悟空头上的紧箍咒，从此圈住了柳永的一生。此后二十多年里，他又三次落第，不是他才华不济，也不是他不汲取教训，事实上，他是被取消了录取资格。

初试落第，柳永在愤慨之下，作了这首千古独调的《鹤冲天·黄金榜上》。

黄金榜上，偶失龙头望。明代暂遗贤，如何向。未遂风云便，争不恣狂荡。何须论得丧？才子词人，自是白衣卿相。

烟花巷陌，依约丹青屏障。幸有意中人，堪寻访。且恁偎红倚翠，风流事，平生畅。青春都一饷。忍把浮名，换了浅斟低唱！

——《鹤冲天·黄金榜上》

读这首词，第一感觉是畅快，小子有种！

在金字题名的皇榜上，状元的名字不是我，这没什么，这只是一个偶然。不是政治清明、野无遗贤吗？好吧，那也许是大人们聪明一世，

宋·陈居中·四羊图

糊涂一时了吧。无才可去补苍天，考不上进士还能做什么？继续玩，填词呀！功名是什么，得之我幸，失之我命，是得是失，谁知道！无花果也是果，鸡蛋不能放在同一个篮子里！我原本就是风流才子，是不穿官袍的白衣卿相，花街柳巷里的绣房才是我的天堂。南唐后主李煜微服私访娼家时，还留字“浅斟低唱，偎红倚翠大师，鸳鸯寺主”云云呢，我也和他一样，不爱江山，只爱美人，别无志愿，就是要把浅斟低唱进行到底。青春就是刹那，浮名就是浮云，从今往后，我还就不考了！非不能也，是不为也。且看我一路行、一路醉、一路歌唱！

“鹤冲天”的曲牌是柳永的独创，只看曲牌名就透着冲天的狂傲自负。这首词，是一篇柳永版的《离骚》，只是没有香草美人怨而不怒、哀而不伤的比兴，而是怨声载道，口不择言，读起来自然酣畅，平白如话，一听就懂，一学就会，所以，一经扩散，坊间顿时一片哗然。这也正是他要故意制造的轰动效果，他就是想用这种极端的方式证明自己并非无足轻重。你们不是都笑话我“属辞浮靡”吗，那我就高调一回，浮靡给你们看！

当然，发泄归发泄，绝望的叫嚷对于年轻人而言，只是风来风去的临时的情绪，说过就忘了，这种自嘲的腔调里，有年轻人输得起的优越感。然而，他没有想到，这篇纸上的快意江湖竟然传进宫里，传到了皇帝耳边，给他引来了更大的麻烦。柳永第二次科考，已是六年后，本已考中，都到了临轩放榜的时候了，可是时隔几年，皇帝还没有忘记这首词、这个不知天高地厚的词作者，这回的神回复是：“且去浅斟低唱，何要浮名！”从此之后，落第对柳永而言，就不是“偶失”“见遗”“暂遗贤”了，而成了生命的常态。这才是最致命的一击。从此，他元气大伤，自暴自弃，干脆草船借箭，自称“奉旨填词柳三变”，成了专业词人。

“忍把浮名，换了浅斟低唱！”这里的“忍”，有“忍得下”和“忍不下”两种态度。其实，稍有人生经验的人都能读出，词里那种恃才负气、反其道而行之的叮叮当当满不在乎的言论，只不过是为了求得心理平衡，为了自我解嘲而已，是装出来的样子，而暗藏其中的，其实是一种极度恐惧的心理。也许，他已经预感到，从这个事件开始，偶然或许就是必然，是他的宿命，他的人生将会从此处开始南辕北辙，背道而驶。毕竟，一个小小的错误会酿成一场大大的灾祸，一场风会刮一年，这样的事情也是有的。

柳永是俗世的读书人，他既要面子，也要功名，“偎红倚翠”的生活只是他逃避现实的方式，他在失落的处境下选择在尘埃里栖身，只是一种权宜之计。这种生活没有给他任何启示，既没有让他认清现实，急起直追，也没有让他彻底沉沦，他变得更加矛盾，孤独，更加不平。

帝里疏散，数载酒萦花系，九陌狂游。良景对珍筵恼，佳人自有风流。劝琼瓯。绛唇启、歌发清幽。被举措、艺足才高，在处别得艳姬留。

浮名利，拟拼休。是非莫挂心头。富贵岂由人，时会高志须酬。莫闲愁。共绿蚁、红粉相尤。向绣幄，醉倚芳姿睡，算除此外何求。

——《如鱼水·帝里疏散》

这首词写于上首词之后。从词里看，柳永已经不再怒气冲天，大喊大叫，而是在痛定思痛，在长长地叹息着，好像忘了前面那首词里他是怎么张扬的，调子立减八度。

汴京“酒萦花系”的生活“自有风流”，他仍在处处留情，在朝朝暮暮中消磨着人生梦想。他劝自己，富贵不由人，不要将浮名浮利挂在心头，不要自寻闲愁。可是，说是这样说，他心里知道，靠卖歌词维持生活毕竟不是长久之计，他的前途，在人世上必须承担的各种责任，甚至生活所需，都不允许他放手功名。他唱着“时会高志须酬”的高调，但显然底气不足。“拟拚却”功名不能，“醉倚芳姿”又不是出路，可是“算除此外何求”？这是一个人中招后从挣扎到倒地的过程，他找不到更高境界的自我救赎之路，最终只能再回到醇酒美人纠缠的场所，“醉倚芳姿睡”，继续和自己厮磨。

柳永出生在一个仕宦家庭，祖上三代以科举取仕，虽然祖父和父亲官阶都不高，但家教甚严。柳永从小受儒家主流文化教育，和所有的读书人一样，把“学而优则仕”作为安身立命的唯一出路。但是，教育只是后天的努力，他

宋・巨然・层岩丛树图

的性格中，还有与生俱来的缺陷。他有文化，却似乎缺少自控力，“定然魁甲登高第”是他对自己的期许，是他想走的人生大道，而耽于“风流事，平生畅”又是他有限的人生格局。其实这也是人生常态，可是他是文人性情，没有城府，不懂得掩饰他的弱点，把自己扮作杂剧中的脸谱化人物，一上台来三言两语就把自己的来龙去脉和盘托出，在人人都能看见的地方惊世骇俗，惹得大人物生了气，最终付出了惨痛的代价。科举考试是他一生的徒刑，在二十多年的时间里，他四次落第，孟郊金榜题名后“春风得意马蹄疾，一日看尽长安花”的无限风光，他在第五次应试后，才略微体会到一点。然而，少年举子，白头进士，是现实版的《儒林外史》中的科场悲剧，对他蹉跎的一生而言，已经无济于事，只是挽回了一点颜面。

无为在歧路，常常是生命不能承受之轻。

然而，旁观者清。大家都说，“凡有井水饮处，即能歌柳词。”“掩众制而尽其妙，好之者以为无以复加。”无论他是有意还是无心，他在功名之外结出的果实，得到了历史最丰厚的回赠。有井水处，就是有人家处，就是民间，是我们这些人一遍遍重新上演悲欢离合的地方。我读柳词，亦如人饮水，最大的感受就是读的时候，既不需要有理性的头脑，也不需要有太多的学问，既不需要仰视他，也不需要想着怎么才能恰如其分地评价他。我只是想着，我自己是怎样一个人，柳永就是怎样一个人，我只要随着他一起体验情爱，一起观望世相，一起知冷暖，一起歌哭，就是读懂了他，接受了他，就是最好的“吊柳七”。

我的结论是，柳永岂止是他自轻自贱的白衣卿相，他本来就是文学史上的孤家寡人。

宋·赵佶·临张萱捣练图

会须归去老渔樵

登孤垒荒凉，危亭旷望，静临烟渚。
对雌霓挂雨，雄风拂槛，微收残暑。
渐觉一叶惊秋，残蝉噪晚，素商时序。
览景想前欢，指神京，非雾非烟深处。

春女善怀，秋士易感，宋玉《九辩》首句即为“悲哉，秋之为气也”。欧阳修也说，“物既老而悲伤”。

柳永多次科举落第，为了生计功名，不得不到处干谒漫游，中举后又为公事奔走在外，羁旅行役成了他的家常便饭，他的《乐章集》中有六十多首羁旅行役词，展示了他一生宦游沉浮、浪迹江湖时的所见所思。这类词，再没有当年的豪情壮志和才子风流，而是一个成熟男人对人生的深刻反思。人老江湖，他像一叶不系之舟，没有归岸，没有前途，挫折、苦闷、辛酸、失意、失恋，这些负面情绪已经结成死结，使他常常“对晚景、伤怀念远，新愁旧恨相继”。这类词作背景宏阔，意境苍凉，是他写得最好的雅词。在这些词中，悲秋词更是独上层楼。

登孤垒荒凉，危亭旷望，静临烟渚。对雌霓挂雨，雄风拂槛，微收残暑。渐觉一叶惊秋，残蝉噪晚，素商时序。览景想前欢，指神京，非雾非烟深处。

向此成追感，新愁易积，故人难聚。凭高尽日凝伫。赢得消魂无语。极目霁霭霏微，暝鸦零乱，萧索江城暮。南楼画角，又送残阳去。

——《竹马子·登孤垒荒凉》

这首词是柳永晚年漫游江南时的作品。词中，他将古垒残壁与酷暑新凉交替之际的特异景象联系起来，抒写了文人悲秋的无限感慨。

宋·佚名·秋葵犬蝶图

时已初秋，雨后凄凉，虹断风飘，残蝉噪晚，落叶铺地，诗人登高望远，触景生情，惊觉流年暗换，想起早年在京城的欢乐已经缈缈茫茫，非烟非雾，抚今追昔，旧愁未解，又添新恨。加之故人雨云消散，天各一方，在暮鸦飞鸣、残阳西落的向晚时分，但见江城萧索，画檐寂寂，不禁百感交集，不知何去何从。

词先写“惊秋”，再写“悲秋”。传神就在“渐觉一叶惊秋” 句。人只知“一叶知秋”，知秋是平常心，而一个“渐”字，一个“惊”字，既说了在不知不觉中空虚度日的现状，也写了此刻突然的惊慌与悔悟。春秋代序，时光荏苒，人却于寻常日月中不知痛痒，见惯不惊，所以就这样老了。风雨中，诗人独立于孤垒危亭水岸，凭高临下，看满城暮霭，听“残蝉噪晚”，看“暝鸦零乱”，还看出霓雌、风雄，雨后虹霓是轻盈婉约的凌波仙子，风却越刮越猛，像啸傲江湖的武士。最后，又送残阳归去，又送一天归去。失路之人，如他自己所叹：“屈指暗想从前。未名未禄，绮陌红楼，往往经岁迁延。”秋日雨中，立尽斜阳，怎么能

宋・钱选・兰亭集贤图

不动悲秋情绪？风霜雨雪本是自然风景，却也含情含恨，知冷知热。秋草残阳、蝉噪鸦飞的颓景，惊了看风景的人，在这野天野地里，日半昏，月半明，他也只能半梦半醒，非烟非雾。

对潇潇暮雨洒江天，一番洗清秋。渐霜风凄紧，关河冷落，残照当楼。是处红衰翠减，苒苒物华休。惟有长江水，无语东流。

不忍登高临远，望故乡渺邈，归思难收。叹年来踪迹，何事苦淹留。想佳人、妆楼颙望，误几回、天际识归舟。争知我、倚阑干处，正恁凝愁。

——《八声甘州·对潇潇暮雨洒江天》

赵翼说：赋到沧桑句便工。这首词，虽然同上首词一样，仍是写羁旅悲秋的主题，但在抒情上，却更加强烈酣畅，不仅是柳永的代表作，也是这类词的代表作。其中，“渐霜风凄紧，关河冷落，残照当楼”几句，甚至被挑剔的苏轼称赞为“不减唐人高处”。

什么叫“不减唐人高处”？关于唐朝，我们最知道的就是“大”的概念，其大气象，大格局，大文化，只有一个“大”字写得。这首词，词境阔大，虽是悲秋，却不是悲哀、悲愁，而是普通人做不到的悲壮。开篇“对潇潇暮雨洒江天，一番洗清秋”一句，有杜甫“门泊东吴万里船”的深远，“惟有长江水，无语东流”句，有李白“山随平野尽，江入大荒流”的苍茫。“渐”“苒苒”是很好的时间词，一字一寸光阴，一切都在“渐”中、“苒苒”中芳华尽摇落，

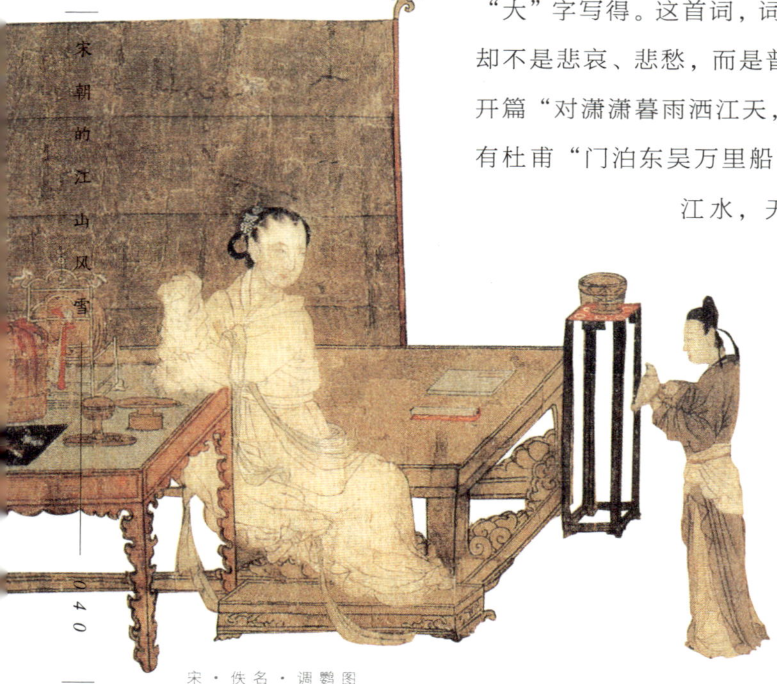

宋·佚名·调鹦图

大有子在川上看逝水流年的哲学高度。“想佳人、妆楼颙望，误几回、天际识归舟”，楼头思妇的意象，虽无十分新意，却因为“误几回”更觉婉曲，几回，就不是一回，而是长久等待，是希望和失望交织。一个“妆楼颙望”，一个“登高临远”，世间男女，情系一处，却总是各有各的“误”，不知几回。

这首词的情境如人涉水，深一脚，浅一脚，却是一步接一步，踏过半世沧桑，踏向沉沉的人生晚景，因为有“何事苦淹留”的顿觉，似乎还要从此岸踏向彼岸。郑文焯评曰：“柳词本以柔婉见长，此词却以沉雄之魄，清劲之气，写奇丽之情。”梁启超说，这首词的词境，颇似温庭筠的“照花前后镜，花面交相映”的意境。都是好评。

向深秋，雨余爽气肃西郊。陌上夜阑，襟袖起凉飙。天末残星，流电未灭，闪闪隔林梢。又是晓鸡声断，阳乌光动，渐分山路迢迢。

驱驱行役，苒苒光阴，蝇头利禄，蜗角功名，毕竟成何事，漫相高。抛掷云泉，狎玩尘土，壮节等闲消。幸有五湖烟浪，一船风月，会须归去老渔樵。

——《凤归云·向深秋》

这首词也是柳永晚年的作品。上片写破晓时分，诗人担风袖月，栉风沐雨，行走在乡间小路上，借眼前景物状宦途奔波的苦况，再带出下片利牵名惹、不胜其烦之感，终以劳生有限、不如归去作结。

词的上片写景，景是常景，亮点全在下片。“驱驱行役，苒苒光阴，蝇头利禄，蜗角功名，毕竟成何事，漫相高”，这几句词排着队，像裸露在光天化日之下的岩石，反射出峭拔冷峻的光焰。几句话一口气念下来，就像一个人已经忍了很久，于无可忍时，正在和人争执，是无论如何也得要个说法的强硬态度。柳永一生的状态就是“孤身逆旅”，他一路走，一路反思自己到底错在哪里。现在，他已经碌碌半生，到老来还终日被“驱驱行役”，难道就是为了这些“蝇头”“蜗角”一样微不足道的功名利禄么？从此就这样“狎玩尘土”而“抛掷云泉”么？想想自己一生总是起个大早、赶个晚集，到此时“壮节等闲消”，这“毕竟成何事”？可以想见，柳永用这么消极的态度做事，事情做不好，心情也会坏到极点，所以才有这篇牢骚。“幸有五湖烟浪，一船风月，会须归去老渔樵”是本词最高处，比起“忍把浮名，换了浅斟低唱”，境界已经高出几层天。写至此，我们从柳词中终于看到了一点士大夫的身份感。是的，终老渔樵，才是每个疲于宦游的士大夫最体面的归宿，洗去脂粉气的柳永，终于可与这些君子们比邻而居了。

海天辽阔，登高望远，秋风秋雨之际，最动羁旅行役之思。柳永的行役词里，有江山，也有风月，他已经学会用曲笔写情，词境深婉，雄浑，苍茫，幽暗，以胸中陈墨，为人生晚景涂鸦，其中有许多佳篇。如《迷神引》词中有“一叶扁舟轻帆卷。暂泊楚江南岸。孤城暮角，引胡笳怨。水茫茫，平沙雁，旋惊散。烟敛寒林簇，画屏展。天际遥山小，黛眉浅”句，将行客劳顿，异乡风物，芳草连空，残照断云写得深广大气。近人蔡嵩云《柯亭词论》评曰：“柳词胜处，在气骨，不在字面。其写景处，远胜其抒情处。而章法大开大合，为后起清真、梦窗诸家所取法，信为创调名家……写羁旅行役中秋景，均穷极工巧。”柳永词中从大处取景、苍凉处下笔的抒情风格，对苏轼的影响最大，他的才情绝不在苏轼之下，输给苏轼的，只是境界。惺惺相惜，苏轼词许多处暗合柳永的神思，也是他独具慧眼的聪明处。

综观柳永的一生，就是一场漫长的“文字狱”。在一般人的记忆中，他似乎终生未仕，只在花街柳巷里厮混了一辈子，终老欢场。其实不是这样。柳永也做过官，而且官声很好。对于他的科举和功名，有必要作个说明。

宋·佚名·岁朝图

景祐元年，即1034年，仁宗亲政，换了皇帝，为了表示举国欢庆，依例大赦天下，同时特开恩科，对历届科场沉沦之士的录取放宽尺度。柳永闻讯，敏感到这可能是他一生最后的机会，他立即由湖北鄂州"驱驱"千里赶赴京师。果然，这次新皇帝不记前朝嫌隙，柳永终于荣登进士榜。此后，和大多数新科进士一样，他先被任命为推官，任所在睦州，也就是现在的杭州淳安。此时，柳永已经到了知天命之年，白头进士，想来自是有低调的欢喜，但在他的词里没有任何表现。在睦州时，知州因爱慕柳永才华，曾向朝廷举荐，朝廷又因其"未有善状"而不用。三年后，柳永调任余杭县令，由于抚民清净，息事宁人，深得百姓爱戴。此后，又任浙江定海盐监，因为为政有声，被称为"名宦"。1043年，调任江苏泗州判官。此时，柳永做地方官已三任九年，且皆有政绩，经过"磨勘"，也就是考核后，有了改官升迁的资历。但他似乎被吏部忘记了，调令久等不到。后来，范仲淹拜参知政事，颁行庆历新政，重订宦员磨勘之法，柳永才被改为著作佐郎，授西京灵台山令。后又转官著作郎、太常博士，最后在六品屯田员外郎任上致仕，所以柳永也叫柳屯田。1053 年，在润州，即现在的镇江，一代才子与世长辞，终年七十岁。传闻众歌女伶人因爱重其才，怜其潦倒，为之敛葬。

北宋初年，社会稳定，物阜民丰，士庶普遍崇尚享乐，这是一个时代的集体潜意识。但是，统治中国上千年的思想法宝仍然是儒家文化，并没有本质上的改变。在浮华之风下，年轻的柳永没有看明白这一点，他不知深浅，闯了红灯，乱了规矩，成了他自然激情的受害者，受到体制的放逐。虽然他一生都在努力与主流文化重新接轨，但一直也没有找到起死回生的有效途径，徒使“壮节等闲消”，蹉跎了多才多情的一生。

然而，文学史是最公允的，英雄不问出处，只论笔墨功夫。曹雪芹可证，柳永也可证。柳永的舞台不在宫墙内，而是在民间。他开在陌上的性情之花，已足以惊艳整个文学史。

柳永曾用三叠长调《戚氏·晚秋天》写他的人生总结，我也用这首词的下片为本文作结：

帝里风光好，当年少日，暮宴朝欢。况有狂朋怪侣，遇当歌对酒竞留连。别来迅景如梭，旧游似梦，烟水程何限。念利名，憔悴长萦绊。追往事、空惨愁颜。漏箭移，稍觉轻寒。渐呜咽，画角数声残。对闲窗畔，停灯向晓，抱影无眠。

“大成若缺”。

在停灯向晓、抱影无眠时，我想柳永在他的人生总结里，还应该写上这四个字。

塞下秋来风景异

塞下秋来风景异。衡阳雁去无留意。
四面边声连角起。千嶂里。长烟落日孤城闭。
浊酒一杯家万里。燕然未勒归无计。
羌管悠悠霜满地。人不寐。将军白发征夫泪。

范仲淹是北宋的国之重器，正大光明匾！

宋仁宗时代，原本臣属于宋朝的党项人另立山头，并多次犯边，成为西北方面侵扰中原的强大敌人。由于三十多年来西线无战事，宋朝边防不修，将无良谋，士无斗志，是战还是和，文臣武将常常吵成一团。板荡识忠臣，无奈之下，朝廷走马换将，于 1040 年，调范仲淹做陕西经略安抚招讨副使。范仲淹挂帅赴任，亲临前线视察，改革军事体制。考虑到历次交战败多胜少，为稳定大局，他采取了严密、积极的战略防御措施，高筑墙，广积粮，修我戈矛，渐渐竖立起一道坚固的边防屏障。

在军中的三年里，为了严密防务，他时时赴边城踏勘。边草摇曳，老马嘶风，望望天空中南飞的大雁，这位白头将军的心中有无尽的感慨，一阕《渔家傲》词，由此而生。

塞下秋来风景异，衡阳雁去无留意。四面边声连角起。千嶂里，长烟落日孤城闭。

浊酒一杯家万里，燕然未勒归无计。羌管悠悠霜满地。人不寐，将军白发征夫泪。

——《渔家傲·秋思》

在边塞的军营里，一个平常的秋日，薄暮时分，南飞的大雁已经启程，风住马歇，夹杂着间或响起的一两声号角；远处重山屏列，长烟直上，落日斜照。在这个城门紧闭的军营里，偃旗息鼓，只有风景，没有战争，战争只是看风景的人内心的自我厮杀。边关将士端着一杯浑浊的酒，想起远在万里之外的家乡，归心似箭。可是边患没有平息，还没有像当年汉将军窦宪北伐匈奴，得胜还朝时，在漠北的燕然山上刻石记功，有何面目回去见江东父老。这种不知其期、不日不月的日子没有尽头，在寒霜遍地、羌笛声碎的夜晚，叫人如何能够安睡。于是，年老的将军愁白了头发，年轻的战士只能黯然落泪。

塞上秋日，从黄昏到深夜，在这个孤独的边城里，不是一个人在想家。这是一幅中世纪边塞守军的

宋·佚名·林檎花图

集体影像，镜头推远拉近，有深景，也有细节刻画。荒凉的秋景喻示一年又到了下半场，草枯萤飞，一片萧瑟，加剧了将士心中的恐慌；再加上向晚之时，最是离人思家的时候。因为思我父母，忧我妻儿，塞外的风景也带着情绪，失去了原有的宽广气魄，笼罩着一片苍凉的、令人心慌的寂寥。“浊酒一杯家万里”，一杯浊酒，能暂且慰我久戍之苦，却销不了浓重的乡愁。词中，霜雪满头的老将军和士卒们一起为国戍边，他同样在家国之间默默地做着取舍，热切盼望着剑斩楼兰、刻石纪功、重返故乡的那一天。

范仲淹传世词只有六首，却篇篇都是精品，“碧云天，黄叶地，秋色连波，波上寒烟翠。山映斜阳天接水，芳草无情，更在斜阳外。”“明月楼高休独倚。酒入愁肠，化作相思泪。”“年年今夜，月华如练，长是人千里。”这些干净洗练的抒写闺情的文字，也已经远远高出当时囿于歌筵酒席、庭院回廊之间的艳词，令世人一新耳目。

爱国爱家，千古关情，特别是在国家和民族面临着生死存亡的危急关头，“天下兴亡，匹夫有责”已是共识。范仲淹是把宋朝的江山当成自家江山的人，他自觉地做着宋朝的主人。他的队伍，就是王者之师。据史载，在他镇守西北边疆期间，既号令严明又爱护士兵，并招徕诸羌推心接纳，深为西夏所惮服，称他“腹中有数万甲兵”。在军中，他赏罚分明，培养出了一批有勇有谋的将领，训练出了一批强悍勇敢的士兵，直到北宋末年，这支军队仍然是宋朝的一支铁军。在他和将士们的苦心经营下，1044年，宋夏正式达成和议，重新恢复了和平外交，西北局势暂时得以转危为安。

范仲淹不仅是政治家，军事家，而且有诸多诗文传世。其中，仅一篇《岳阳楼记》，就足以奠定他作为文学家的历史地位。

如果说，《醉翁亭记》适合于逍遥林下时浅斟低唱，那么，这篇著名的《岳阳楼记》就应该站在山顶上，在最清醒的时刻，击节而歌。

若夫霪雨霏霏，连月不开，阴风怒号，浊浪排空；日星隐曜，山岳潜形；商旅不行，樯倾楫摧；薄暮冥冥，虎啸猿啼。登斯楼也，则有去国怀乡，忧谗畏讥，满目萧然，感极而悲者矣。

至若春和景明，波澜不惊，上下天光，一碧万顷；沙鸥翔集，锦鳞游泳；岸芷汀兰，郁郁青青。而或长烟一空，皓月千里，浮光跃金，静影沉璧，渔歌互答，此乐何极！登斯楼也，则有心旷神怡，宠辱偕忘，把酒临风，其喜洋洋者矣。

嗟夫！予尝求古仁人之心，或异二者之为。何哉？不以物喜，不以己悲；居庙堂之高则忧其民，处江湖之远则忧其君。是进亦忧，退亦忧。然则何时而乐耶？其必曰："先天下之忧而忧，后天下之乐而乐"乎。噫！微斯人，吾谁与归？

文中一悲一喜，一明一暗，是岳阳楼上看到的风景，也是人生的两面。令人震撼的，是他取天地日月四时为景、情寄八荒的气势，这种气势中，有夸父逐日、女娲补天、精卫填海的大胸襟，有江河千里、日月经天的大气场。浅者尚词采，高者讲风神，他的文章，绝胜不在词藻，词藻只是他编织天地格局的经纬线，他的江山草图自然天成。"嗟夫"

以后，他直陈乐在人后、忧在人先的主题，是曲终奏雅、载道的最高范式，是君子立言。

对于士大夫来说，学而优则仕是第一步，这个容易做到。但是，如何学以致用，做个好官，却是被许多学有所成的人走歪的路。范仲淹走上仕途时，北宋建国已有六十年，承平日久，王朝的堤坝虽已筑牢，但隐患也已日积月累，是他最先发现了蚁穴，发现了这种富贵风流不能长久。自古以来，“穷则独善其身，达则兼济天下”已经成为封建士大夫进身退步的信条，范仲淹写这篇文章的时候也贬官在外，是“迁客骚人”，正“处江湖之远”，本来也可以采取独善其身的态度，乐山乐水，宠辱皆忘，可是他此时呈给仁宗的奏折《答手诏条陈十事》仍像诸葛亮的《前出师表》一样，充满了初出茅庐的激情，奏折中概述了北宋的军政之忧，提出了文治武功的治国纲要，指出士大夫为政为人应该敦礼教，厚风俗，识大体这些大方向，将个人的荣辱升迁全然置之度外，真刀真枪践行着“不以物喜，不以己悲”“先天下之忧而忧，后天下之乐而乐”“进亦

宋・赵昌・蜂王图卷

忧，退亦忧”的真儒怀抱。他的“忧”博大精深，容易理解，他的“乐”，可理解为“孔门三乐”，也可理解为忧世乐天，是为人处世的大道理，但绝不是一般的低俗享乐。欧阳修赞《岳阳楼记》说：“凿凿乎如五谷之疗饥，与世之图章绘句、不根事实者，不可同年而语也。”五谷可以疗饥，范文正公的境界，可以疗士大夫的精神。他用一生知行倡导的“先

忧后乐”的节操，为儒家入世精神树立了一个新的坐标，成为中华文明史上闪灼异彩的精神富矿，是为官者的万世真法。

宋朝人物，以范仲淹为第一，已成千载共识。

一个小吏之后，两岁失怙，家无片瓦锥地，与寡母寄存荒庙两载，四岁时随母改适异姓，幸得继父怜爱，辛苦供读以至成材。从这些早年的经历中，我想，范仲淹或许就是宋朝皇室遗落在民间的一个遗孤，他生来人品贵重，有如潜龙在田，历百劫而不死，自得天地神灵化育。就像他成名成家后，做的第一件事就是重修范氏家谱，认祖归宗一样，他从草民成为国家栋梁后，也只有一个目标，就是要为北宋的江山传承做忠臣良将，因为宋朝的江山就是他的江山。检点他一生的见识与才力，他最适合的角色，其实应该是他那一朝的皇帝。

“不为良相，愿为良医。”这是范仲淹的名言。良相与良医，一为

宋·李嵩·瑞应图

官宦，一为庶民。为官，他希望幸遇明主，得其政治主张，兴国利民。若不能为官，于百工之中，他愿选择为医，以行救人利物之善，他说：“夫不能利泽生民，非大丈夫平生之志。”

范仲淹一生风尘仆仆，像出没风波里的一叶孤舟，上马为将，下马为相，上承社稷，下怜苍生，文武兼备，用梦想照耀现实，没有时间把酒临风，参禅悟道，最终过劳死于任上。作为文臣，他取“文死谏”的态度，多次直言犯上，每遇大事临朝，他都郑重别过妻儿，交待好后事，说一句“宁鸣而死，不默而生”，然后绝尘而去，时刻准备做社稷的祭品；数次贬放，他本着“世间荣辱何须道”的心态，不计名利，尊贤使能，信忠纳谏，常日奔走在田间地头，救灾前线，广施仁政，造福一方。作为武将，他轮台戍边，运筹帷幄，有勇有谋，不战而屈人之兵，有如宋朝的万里长城，定海神针。作为宋学开山、士林领袖，他开风气之先，

宋・佚名・山水图

以文章议论本儒宗仁，以人格魅力言传身教，悉心培养和荐拔人才，桃李满天下。作为一个高级官员，他家风纯朴，对子孙要求严格，奔走一生，至晚年自家却“田园未立，居无定所”，临终在呈给皇帝的《遗表》中，他一言不及私事，只为社稷黎民担忧……

千载范文正公，一生横平竖直，方方正正，立得起一个大大的“正”字。

苏轼赞曰：“其于仁义礼乐，忠信孝悌，盖如饥渴之于饮食，欲须臾忘而不可得。如火之热，如水之湿，盖其天性有不得不然者。”范文正公的不世才量，以及诸般立身大节，一定让苏轼和我们一样，百思不得其解。苏轼最后的结论是，就像火本来温暖，水本来润泽一样，他就是衔着《论语》出生的这样一个天生君子，一生都踏着《论语》的节奏走来走去，我们终其一生学养而不能得的仁义礼乐，忠信孝悌，对他而言，就像人要饥餐渴饮一样，是天性使然，家常功课。没有人要求他鞠躬尽瘁，死而后已，可是似乎就有一种力量，让他心急如火，分分秒秒，不得不这么做。想想，如果只是为挣功名，他不必常常九死不悔；如果功名是为了换富贵，他为什么贫贱不移；如果仅仅是为了万世之名，这个空名就有了我们不能高攀的意义，就是老子说的“道可道，非常道”，就是庄子说的“有情有信，无为无形，可传而不可受，可得而不可见”。一个人能才兼文武，出将入相，博文约礼，集所有名器于一身，这种千年等一回的人物，只能让天下苍生徒生万千感慨，歌唱欢呼。

然而，自古雄才多磨难。正因为他倡导的庆历新政中道而废，接下来的王安石变法也无果而终，因此北宋终朝也未能呈现出诸如文景之治、贞观之治那样的盛世气象，以致最终金瓯破裂，偏安一隅。“策之不以其道，食之不能尽其材，鸣之而不能通其意”，千里马常有而伯乐不常有。惜哉！

掩卷默想，我写这篇文章，其实也不是为了欣赏范仲淹这两篇人尽能言的词文，更没有一点资格评价他。因为我知道，范文正公天生自带圣人气象，他与天道绝对和谐而兼美，只有天地才能与他对话。我只是和一千多年来的读者一样，因为对这样一个人物有万千敬仰，因为对现实人生有难以言说的期待，才这样感慨莫名。这种期待虽然难以言说，却实在而分明。我知道，这也是我们每个人对我们这个时代的期待，对我们自己的期待。

“我来自东，零雨其濛。我东曰归，我心西悲。”塞下的将士和诗经时代远征的役人一样，早已回家去了，也愿范文正公解除人世的苦役，像衡阳归雁那样，去留无意。

圣人长道不孤，终有千古相陪。

一曲新词酒一杯

一向年光有限身，等闲离别易销魂，
酒筵歌席莫辞频。
满目山河空念远，落花风雨更伤春，
不如怜取眼前人。

安富尊荣，风月晴和，这两句话，最可状晏殊其人其词。

晏殊天资过人，聪明好学，有过目成诵的记忆力和触类旁通的理解力，五岁即能写诗，小小年纪就名噪乡间，有“神童”之誉。十四岁时，他经人举荐，破格和数千名成年考生同时参加殿试。大庭广众之下，小小少年并不怯场，其文才和诚实谨厚的人品令人叹服，因此受到真宗的大力嘉赏，欣然赐同进士出身，允许在大内走动。从十七岁起，晏殊开始为官，此后多年身居要职，最终官至宰相。

晏殊为人庄重严谨，宦途基本平稳，一生做了许多有利国计民生的大事，如统领“庆历新政”、北上抗金等，特别在创办应天府书院，培养人才、奖掖人才方面，更是声名昭昭，范仲淹、欧阳修等当代文坛、政界名士多出其门。欧阳修赞其“自五代以来，天下学废，兴自公始”并非虚誉。为官之余，晏殊一生写了一万多首词，有“宰相词人”的雅号，可惜大部分已经散佚，仅存《珠玉词》百余首。

槛菊愁烟兰泣露，罗幕轻寒，燕子双飞去。明月不谙离恨苦，斜光到晓穿朱户。

昨夜西风凋碧树，独上高楼，望尽天涯路。欲寄彩笺兼尺素，山长水阔知何处？

——《蝶恋花·槛菊愁烟兰泣露》

“蝶恋花”是宋初流行的曲牌，最适合写离愁别绪。这首词是这个曲牌中当之无愧的名篇。上片描写苑中景物，运用移情于景的手法，引出离恨；下片通过高楼独望这个特殊影像，写女子望眼欲穿的愁情。

“槛”多建于楼台水榭之上，“罗幕”是指丝罗做的帷幕，“朱门”指大户人家，这些景物一经点出，就知道作者写的是一个簪缨之族的贵妇的离愁。在清冷的秋天，早起的女子在残月的微光中，看见院子里经

宋·夏圭
雪堂客话图

夜的菊花和兰花沾着露珠，好像泪痕未干。梅兰竹菊常喻人品高洁，不写桃愁杏怨，而取幽兰霜菊，也可见作者的贵族品位。“愁”“泣”是写花容，是女子早起看见的花的样子，不直写女子昨夜暗暗的泣与愁，而是避实就虚写花，也是一品大员的身份使然。

“昨夜西风凋碧树，独上高楼，望尽天涯路”三句，将女子凭高望远的蒹葭之思写成了极品。一夜风声，四面落叶，秋天来临，高楼远望，路上少人行。孤独中的女人敏感脆弱，季节变换中，像兰菊带露、秋风扫落叶这样的细节再不能忽略。因为是秋天的花和树，还未到肃杀的寒冬，燕子都知道回家了，离人也许正在归途中，所以她从现在起就开始不安，开始怀着希望登楼远望。因为知道人迟早是要回来的，这种等待因此心平气和，不是分明的痛，没有白头宫女“闲坐说玄宗”那种明晃晃的绝望，也没有弃妇的怨恨。这几句词千古流传，正在于其雍和大气的风神。想想，清风拂面，菊兰争芳，残月当轩，清晨的思念没有夜半枕席的情色，女子独自凭栏的身影清肃端方，把持着贵妇的矜持，没有小门小户人家女子的任性。也正因为是克制过的情态，更见情深意远。王国维在《人间词话》中说，古今之成大事业、大学问者，必须经过三种境界，而“昨夜西风凋碧树，独上高楼，望尽天涯路”是第一境，正是取其立境高远之意。末调补“山长水阔知何处”句，余音不绝，像中国画，风景一层一层垒起来，到最远的地方，是最轻描淡写的一笔，也最让人神思缈缈，感觉已在化外。

一向年光有限身，等闲离别易销魂，酒筵歌席莫辞频。
满目山河空念远，落花风雨更伤春，不如怜取眼前人。
——《浣溪沙·一向年光有限身》

这本来是一次寻常的宴饮留别，看似写闲情，却让作者怆然暗惊，思接千载，年光有限、世事无常的悲慨由此加深。正是这种人人心中共有，人人心照不宣的千古之忧，让我们读时，顿起居安思危之心。

庄子说，“人生天地间，若白驹过隙，忽然而已”。开篇“一向年光有限身”是老生常谈，人生不会天长地久，而是有限有尽，这些早已让人有了警觉。接着，“等闲离别易销魂”才是诗人想说的话。虽然相见时难别亦难，虽然别时容易见时难，可是，人们却常常没有经过认真思考，不细想离别的真正苦意，总是在不经意间“等闲离别”，又为这些等闲离别黯然销魂。其实，“独在异乡为异客”“与君离别意，同是宦游人”“慈母手中线，游子身上衣”“商人重利轻离别”，这些背井离乡、离亲别友、离鸾别凤的事有多少次是必然的、必须的？哪一次又能好离好散？在人生中，每一回离别

宋・关仝・秋山晚翠图

宋・佚名・橘枝栖雀图

都占去了我们有限年光的一部分，而在等待中，我们不知又错过了多少人生风景。然而，尽管有这样的认识，离别仍是人生旅途中一道不落的鞭影，将时光驱赶在路上。诗人知道这里面的不得已，所以最后说，面对不得已的离别，与其在登高望远之际“空念远”，不如对酒当歌，珍惜当下，“不如怜取眼前人”。面对落花风雨，与其“更伤春”，有心的人，不如折取一枝。

人生长途，会越走越累，那么，在积极用世与消极怠工之间，还有一个观照自我的中间地带，有一个平衡人生轻重的天平，这就是“偷得浮生半日闲”，是“闲敲棋子落灯花”，是“酒筵歌席莫辞频”的时刻。这种忙里偷闲，在花间樽前半梦半醒的状态，是有条件的士大夫阶层的讲究，也表现出北宋文化的多元性和包容性。年华飞逝，难以追挽，诗人想告诉我们，趁着我们与时光同在，不要辜负当下还能相守的时刻，不要忽略眼前寻常的幸福，应该在梦幻与现实之间观照人生，在有限身里求得最大自由。

一曲新词酒一杯，去年天气旧亭台，夕阳西下几时回？

无可奈何花落去，似曾相识燕归来，小园香径独徘徊。

——《浣溪沙·一曲新词酒一杯》

这首词写伤春惜时之情。

上片绾合今昔，叠印时空，重在追昔；下片借眼前景物，启人神智，重在抚今。全词语言圆转，意蕴深沉。其中“无可奈何花落去，似曾相识燕归来”已成格言。

人生如景，有人只看风景不写诗，有人在风景中思考人生，却又常常百思不得其解。起句写亭台依旧，流年暗换。这是去年游过的旧亭台，如今再来，又是一年过去了。亭台依旧，人又老了一岁。人事在变迁中，生命在更新换代中，这种变化虽不分明，却难以忽略。“夕阳西下几时回”是眼前景，也是“隙中驹，石中火，梦中身”，是人生向晚时分。然而，下片甫一定神，如“路转溪桥忽见”一样，突然明白花虽落去，燕却归来，像是接到了空中灵犀，于是破啼为笑。

江山无限，流年似水，时间永恒而人生有始终，这是关乎宇宙人生的大问题，大寂寞，永远也说不明白。花落去无奈，燕归来可喜，亦悲亦喜，不是人间新常态，而是从开天辟地起就折磨人的城南旧事，我们只能愉快地承受。再说，人在无限的宇宙中，虽然只是一个瞬间的过程，但是此消彼长，生活不会因为换了楼台就变得虚无一片，花开花又落，燕去燕还来，“燕归来”虽然已不是昨日重现，不在同一条河流里，可毕竟是“似曾相识”。归来的燕子是天机，是来安慰我们青黄不接的人生一刻的。

西晋文学家束皙言:“惋岁不我与,时若奔驷;有来无反,难得易失。”他是想说，驷马难追，逝水难收，万物在变化，光阴在流逝，人在老去死去，总是这样。李白说：“天地者，万物之逆旅也；光阴者，百代之过客也。”日月如梭，天地是万物寄宿的旅舍，人生有限，有如历史长河中的过客。苏轼《前赤壁赋》云：“知夫水与月乎？逝者如斯，而未尝往也；盈虚者如彼，而卒莫消长也。盖将自其变者而观之，则天地曾不能以一瞬；自其不变者而观之，则物与我皆无尽也，而又何羡乎！”物我无尽，卒莫消长，有何羡乎？更是明心见性的结论。在普通人的认识中，风物无尽，而吾生有涯，由此生出种种伤感。但是，因为有了“无可奈何花落去，似曾相识燕归来”的安抚，我们才能得到片刻的欢喜，才能回心转意。这种妙悟，或可解痛？否则，为什么被先贤们一遍遍说起。

“浣溪沙”这种小令，只有六行七言的句子，比七律少两句，常常让人感觉有话没说完，而且因为短小、声调单一，没有长调上片景、下片情的起承转合，不枝不蔓，一笔要说清楚，说到底，所以必须珍重笔墨。可是，人世间最大的纠结，在这首小词中，却写得既节制又深长，如警世通言，再明白不过，这也是晏殊的殊胜处。

《宋史·晏殊传》中说，晏殊“由王官宫臣，卒登宰相。凡所以辅道圣德，忧勤国家，有旧有劳，自始至卒，五十余年。”晏殊先是政治家，其次才是文学家。在词中，他也像个运筹帷幄、决胜千里的相国，在小园香径捻须徘徊，用小小题目，做大大文章，不紧不慢地给我们讲人生的大道理。在看清了人生的上游和下游之后，他用一种智者的悲悯心，为众生找出路，告诉我们应该如何疏通人生的河流，如何敬天畏地，道法自然。

一代人物，虽然“无可奈何花落去”，却终“以文章为天下所宗”而归来。

楼高莫近危阑倚

候馆梅残，溪桥柳细，草薰风暖摇征辔。
离愁渐远渐无穷，迢迢不断如春水。
寸寸柔肠，盈盈粉泪，楼高莫近危阑倚。
平芜尽处是春山，行人更在春山外。

南宋道教学者曾慥云：“欧阳公一代儒宗，风流自命。词章窈眇，世所矜式。”

读了欧阳修的诗词文后，想象他是这样一个人：

朝堂上，他是肱股之臣，写严肃的奏章和时评，说得激动忘情，常常让皇帝生气，一贬再贬；也有时候，一言九鼎的皇帝贬谪外放他的诏书墨迹未干，就又改了主意。南宋著名学者敖陶孙有“欧阳公如四瑚八琏，止可施之宗庙”之语，可看作是在揣摩圣意。“瑚”和“琏”都是古代祭祀时盛黍稷的尊贵器皿，夏朝叫“瑚”，商朝叫“琏”，“国之大事，在祀与戎”，能用在祭祀中的器物可见都是神器。

可是，一旦退朝，他立刻换上青衣小帽，隐身民间，把政论文写成花间词。如果把他无数的《蝶恋花》《浪淘沙》一口气读下来，会怀疑他是不是受雇于某个教坊，专门为人写男欢女爱的艳词，有些词还直接写进情色里。作为一个诗文庄重的正统鸿儒，他的艳词历来颇受非议。

宋·杨威·耕获图

其实，欧阳修作艳词有特定的缘源。

北宋初年，社会安定，生活富足，宋太祖公开提倡“多积金帛田宅以遗子孙，歌儿舞女以终天年”的享乐风气，歌妓管理制度一时放宽。同时，在“文人政治”下，文人的社会地位也陡然提升，他们的个性、爱好、行为受到尊重和保护。这种好享乐的社会风尚和文化形态的特殊性，决定了宋代文人特殊的生活态度和文化趣味。再者，自晚唐五代起，词作为歌舞宴前以助娇娆的享乐手段，与艳情结下了不解之缘。西蜀欧阳炯的《花间集序》说："镂玉雕琼，拟化工而迥巧；裁花剪叶，夺春艳以争鲜……则有绮筵公子，绣幌佳人，递叶叶之花笺，文抽丽锦；举纤纤之玉指，拍案香檀。不无清绝之辞，用助娇娆之态。自南朝之宫体，扇北里之娼风。何止言之不文，所谓秀而不实。"宋人陈世修《阳春集序》曰："金陵盛时，内外无事，朋僚亲旧，或当宴集。多运藻思，为乐府新词，俾歌者倚丝竹而歌之，所以娱宾而遣兴也。"由此看来，"词为艳科"是自晚唐五代以来普遍的思维定势，娱宾遣兴是词的主要功用，至宋尤盛。作为北宋第一代词人，欧阳修在词史上起着承上启下的作用，他的词作有半数以上是艳词，这一是风气使然，同时，也与他独特的成长经历、仕宦环境，以及性情、生活相关。他的艳词中，描写了不同阶层的女子。

候馆梅残，溪桥柳细，草薰风暖摇征辔。离愁渐远渐无穷，迢迢不断如春水。

寸寸柔肠，盈盈粉泪，楼高莫近危阑倚。平芜尽处是春山，行人更在春山外。

——《踏莎行·候馆梅残》

路上的行人想着家里的人，家里坐着的人想着路上的人。这边是离愁，那边是别恨。驿舍旁梅花已残，溪桥边柳垂金线，早春天气，人在山路上，客路花时，山景与人心相互映发，看看家山渐远，不由引动了怀人情绪。行人是"其实不想走，其实我想留"的心思，家人是"不等今日去，已盼春来归"的心思。"摇征辔"，一个"摇"字，写明不是六百里加急的速度，而是说马缓缓荡荡地走着，行人无心驱使，心不在焉，心在背后的家中。和我们车行山中的经验一样，转过一个山头，回望来路，前瞻去路，都触目惊心，身后一弯一弯的长路竟然是我们走过来的，而前面的路还是一弯一弯的，山重水复，前后都渺茫。行人想，已经走了这么远了，家里人再不要劳劳相望，楼高不及烟霄半，“纵凭高，不见天涯”，能看见的，不过是近处的旷野，远处的青山，行人早已在山外山。欧阳修词《玉楼春·别后不知君远近》中有“别后不知君远近，触目凄凉多少闷。渐行渐远渐无书，水阔鱼沉何处问”句，写得粗枝大叶，却像是对这首词下片的注解。

这是一幅早春出行图，诗人不着意写山水行人，词中却有山有水，有人有马，有马就有人，山水变换就是人马在行走中，所有的平望、远望、深景、浅景，全是行走中所见所感，只为写行远，望远。古人作画，谓之“山欲高，尽出则不高，烟霞锁其腰则高矣；水欲远，尽出则不远，掩映断其脉则远矣”。词中不写别情有多重，思愁有多长，只写山高水长，就是不尽出的笔法。人间有许多情态是只能意会不能言传的，比如

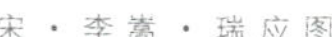
宋·李嵩·瑞应图

在这首词里呈现的山重水复的景物是写实，是“染”，而“寸寸柔肠，盈盈粉泪”却是“点”，是言情。前面染了那么多的外景，就是为了后面点这一笔内情，而最动人心处，也在这不能尽言不能不言的一笔。有盈盈粉泪，便知柔肠已寸断，便知行人为何走得不情不愿。古人说，诗中有我，也是这个意思。

往往风景越好，人越行道迟迟。人生常在路上，是长亭连短亭，边走边想，不知为谁驱使。

清晨帘幕卷轻霜，呵手试梅妆。都缘自有离恨，故画作、远山长。

思往事，惜流芳，易成伤。拟歌先敛，欲笑还颦，最断人肠！

——《诉衷情·清晨帘幕卷轻霜》

“拟歌先敛，欲笑还颦”，是我最喜欢的句子。用这两句来描画一个欢场舞女，瞬间的神态，长久的心思，只闲闲一笔就点中穴道，最断人肠。

秋天的早晨，白露为霜，晨起的女子呵着冰冰的玉手，坐在卷起的帘幕下，对镜画眉，因为有委屈，没情绪，手冷心冷，所以“远山黛”在不经意间越画越长，将长长的“离恨”晕染开。“长”不是眉真长，而是迟迟疑疑地画来，是心事长。欢场上的女子，总是比闺阁中的女子活得“易成伤”，心中有很多新事旧事颇费思量，比如，“世间无计可留春”、“惜流芳”的浅愁，比如“过尽千帆皆不是”、“有离恨”的深愁，明明知道这种没有归属感的日子终不是长久之计，而眼下也只能忍耐再三，“和泪试严妆”，敛容清歌，在红尘中强颜欢笑。

“拟歌先敛，欲笑还颦”不能直译，和前面的“寸寸柔肠，盈盈粉泪”是异曲同工。忽而声敛，忽而声闻，忽而颦，忽而笑，恍兮惚兮，只能意会。“颦”是写愁，愁眉如远山含黛，如远山无尽，秋景和美人迟暮交相照应。古人写闺中愁怨或闺中私情，多借眉目传神。高兴时，“杏叶眉弯，一片春风”“含羞半敛眉”“眉剪春山翠”；伤心时，“敛眉山无绪”“双眉敛恨春山远”“弹到断肠时，春山眉黛低”“一双愁黛远山眉”“已恨远山迷望眼，不须更画远山眉”……眉间也是心上，先实后虚，仍是惟恍惟惚，其中有象。

缕金裙窣轻纱，透红莹玉真堪爱。多情更把，眼儿斜盼，眉儿敛黛。舞态歌阑，困偎香脸，酒红微带。便直饶、更有丹青妙手，应难写、天然态。

长恐有时不见，每饶伊、百般娇騃。眼穿肠断，如今千种，思量无奈。花谢春归，梦回云散，欲寻难再。暗销魂，但觉鸳衾凤枕，有余香在。

——《鼓笛慢·缕金裙窣轻纱》

这首不多见的词，写一个舞女的情态。上片截取舞女载歌载舞时和“舞态歌阑”后两个镜头。“眼儿斜盼，眉儿敛黛”，写动态，取其歌

宋·赵伯骕·番骑猎归图

舞时顾盼生辉的媚姿；“舞态歌阑，困偎香脸，酒红微带”，写静态，取其舞罢陪人饮酒时小鸟依人的娇容。从女子舞金裙、扬轻纱的舞姿中，已看出女子衣饰的艳光和体态的轻盈，“透红莹玉”是喻红红白白的粉面，加上下片鸳衾、凤枕、余香之类的描写，画出的是一个风流标致，又偏爱打扮得出色，自有一种万人不及的风情体态的女子，写女子香、艳、娇、痴处，已无遗笔。诗人说她百般娇痴，“真堪爱”，说“便直饶、更有丹青妙手，应难写、天然态”，画不得，说不得，是不能再添减一分的美人。从“眼穿肠断”“花谢春归”“梦回云散”“欲寻难再”句看，这是一首怀人的词，那个有着一段风流不能说的女子，原来是某人一场曾经的风花雪月。情人眼里出西施，更何况是隔着时光的竹帘窥影，难怪越思量越各种销魂。

楼前乱草，是离人方寸。倚遍阑干意无尽。罗巾掩，宿粉残眉、香未减，人与天涯共远。

香闺知人否，长是厌厌，拟写相思寄归信。未写了，泪成行、早满香笺。相思字、一时滴损。便直饶、伊家总无情，也拚了一生，为伊成病。

——《洞仙歌令·楼前乱草》

“楼前乱草，是离人方寸”。只这一句，就知道这首词是在写思妇“乱了方寸”的样子。全篇都在描绘一个“乱”字，花草乱，脂粉乱，半纸香笺写乱，心里厌厌烦乱。最奇是最后一句：“便直饶、伊家总无情，也拚了一生，为伊成病。”从这句看，可以猜测这位佳人思念的人和她的关系非同寻常，大约有难言之隐。所以说，这场爱也真是凌乱。可即

宋 · 许道宁 · 云关雪栈图

宋·马麟·雪梅图

使那人与天涯共远，或是早已看遍乱红如雨，寻已不记得来时路，她还是有怨无悔，除了泪成行，不知早做打算。

同样难懂的，还有下面这首词：

情知须病，奈自家先肯。天甚教伊恁端正。忆年时、兰棹独倚春风，相怜处、月影花相映。

别来凭谁诉，空寄香笺，拟问前欢甚时更。后约与新期，易失难寻，空肠断、损风流心性。除只把、芳尊强开颜，奈酒到愁肠，醉了还醒。

——《洞仙歌令·情知须病》

女人是静止的，面对悲伤无法分心。

她愁肠百结，醉醒之间，想起那人去年春天划船而来，两人在背人处，在花前月下的几番“前欢”。可是“别来凭谁诉”，自从分别后，那人却有信不回，有约不来，不知什么时候再尽前欢。萍水相逢，有情花对无情人，只让闺中人辗转反侧，寤寐思之。可是，尽管一场大胆的青春欢情没有结果，易失难寻，损人心性，让人对爱情失去信心，无奈女子却说，“情知须病，奈自家先肯”。爱是病，原是自己心甘情愿沾染的，纵被无情弃，也怨不得别人，不需要治。这种不对等的爱情，常常让女子情损肠断，却已与那人无关。

见羞容敛翠，嫩脸匀红，素腰袅娜。红药阑边，恼不教伊过。半掩娇羞，语声低颤，问道有人知么。强整罗裙，偷回波眼，佯行佯坐。

更问假如，事还成后，乱了云鬟，被娘猜破。我且归家，你而今休呵。更为娘行，有些针线，诮未曾收啰。却待更阑，庭花影下，重来则个。

——《醉蓬莱·见羞容敛翠》

与前几首词抒情不同，这首词记实，是一对男女在花下私会的现场录像。

一片荒烟蔓草中，正在演绎着一幕人神不知的“舒而脱脱兮！无感我帨兮！无使尨也吠！”的野地风情。一个“嫩脸匀红，素腰袅娜”的女子背着母亲与人私会在“红药阑边”，又羞涩又冲动，既怕被人看见，被母亲猜破，又怕那人生气，宽慰那个情急如火的人稍安勿躁，先回家去，待“月移花影约重来”。词中将女子赴约时的种种情态、体态、言语、半推半就的样子写得神魂颠倒，香艳至极。结句“却待更阑，庭花影下，重来则个”意味深长，欲盖弥彰，不过到了还是没有醉入花丛，而是矜持地留待下回分解。从怕“被娘猜破”一句看，女子尚待字闺中，应该是一场正经的自由恋爱。只是在宋朝，这种恋爱已经很超前，有着超前的危险，女子因为忘情，也就顾不得死活。

男女相爱尽管很受伤，可痴男怨女们还是爱着恨着，亘古不变。“也拚了一生，为伊成病。”“情知须病，奈自家先肯。”爱成这样，这是对错误的时间遇到错误的人的一种释怀吗？暂时的欢乐，长久的忧伤，

宋·佚名·大傩图

能偿还女子虚度的空虚吗？是吗？不是吗？不知道。爱情不敢细想，不敢向雨中看，不敢向月下倚，不敢怨天尤人，只愿所有在爱情中棹一叶孤舟、独来独往的女子早知回头是岸，因为船总是沉在水里。

沈义府《乐府指迷》说："用字不可太露，露则直突而无深长之味。"可欧阳文忠公这些艳词往往一语道破天机。这些词，大多写在他三十岁之前，正是"青春才子有新词，红粉佳人重劝酒"的诗酒年华，绝不是后来人品贵重的当朝一品大员惯常的趣味所向。可尽管是戏笔，我们也

能从中看到诗人独特的审美倾向。他笔下的北宋初年的女子，生活在社会不同的阶层里，有不同的悲欢离合。在“庭院深深深几许”、“帘幕无重数”的宅院里独自凭栏的贵族少妇，过着大家闺秀怨而不怒、端庄不苟的富贵闲人的生活，可看上去却没有那些像从南朝乐府民歌中走出来的、“孤舟挽在花阴底”的采莲女子自由快乐，她们不是“寸寸柔肠，盈盈粉泪”地黯然伤神，而是“嫩脸匀红，素腰袅娜”地走台，明媚动人，大胆泼辣，有先秦时代的田野情调；与这些布衣荆钗、直来直去、清清白白的田间女子相比，那些“烟视媚行”中的歌女舞女，也个个美得让人惊艳动心，她们善解人意，才艺过人，“眼儿斜盼，眉儿敛黛”，有纠缠不清的市井烟花风情。可不管是侯门思妇、民间女子还是歌伎舞女，她们都各自活色生香，各尽其美，各得其情，诗人只是客观描绘，没有任何褒贬评价。

欧阳修是个快乐的人，偏爱亮色，所以他的艳词也写得色彩明艳，像民间风俗画中惯用的大红大绿，大俗中不失大雅。雅和俗本来没有绝对的界限，葱绿配桃红，配好了，也能画出芙蓉出水图。他的俗不是媚俗，媚俗是刻意逢迎，他是天然笔墨，表现那个多元时代的多元文化。大雅易，大俗也易，而雅俗共赏何其难。对于欧阳修来说，诗文是他的

宋·胡舜臣·送郝玄明使秦图

江山，艳词是他的红颜。他左顾右盼，忙里偷闲、右手写诗文，左手填词，进出红尘，自在无碍。是真名士自风流，钻石的哪一面都会发光。欧阳修的可爱之处，在于法天贵真，在别人都端起架子一本正经的时候，他坐在一旁兴致勃勃地品酒，“当年少，狂心未已，不醉怎归得”，以一个宽容的旁观者的态度，品味青春的风景，怜香惜玉，“劝君著意惜芳菲”。他用士大夫的品位，托住了俗文化的底，让俗文化不至于俗不可耐。花看半开，人喝微醉，心里有江山，他活得华丽而庄严。

我想，人生分为几个阶段。大约在我们每个人的一生中，只有青春期会活得真实无忌，没有那么多道德文章可作。欧阳修最终被雕塑成昂首向天的金身鸿儒，立在历史和现实的广场上，但他总不能一生都保持成这个累人的姿势。和我们一样，他也有一个成长的过程，在他的一生中，也有越位的时候。这些艳情，都是孔子圈定的三百篇里写过的，他只是用宋词的曲调写出来了而已，而且是写在风雅的宋朝。我们通常都是用一生的时间来挣功名，这也不妨碍我们匿一点时间来饮酒赏花。有些人忙碌一生却不快乐的原因，正是因为缺了饮酒赏花的时间和兴致。

由此说，行有余力，可以作艳词。

人生自是有情痴

把酒祝东风，且共从容。垂杨紫陌洛城东。
总是当时携手处，游遍芳丛。
聚散苦匆匆，此恨无穷。今年花胜去年红。
可惜明年花更好，知与谁同。

欧阳修是北宋最和谐的人。

他是诗词文赋兼擅的宗匠，“唐宋八大家”之一，在经学、史学、金石、目录学诸领域也都颇有建树。《宋史·欧阳修传》评论：“唐之文，涉五季而弊，至宋欧阳修又振起之。挽百川之颓波，息千古之邪说，使斯文之正气可以羽翼大道，扶持人心。”

除此之外，欧阳修最让人瞻敬处，在于他奖掖后进、识拔人才方面。欧阳修在《详定贡举条状》中说：“取士之方，必求其实；用人之术，当尽其材。”在这个认识基础上，他在为国家选拔人才时，时时提着气，密切关注民间风吹草动，看到一枝红杏出墙来，就欣欣然折取，不管这枝红杏是开在王谢堂前还是寻常百姓家。

欧阳修一生三次被贬官地方，然而，历史何幸，公元 1057 年，他幸好回朝为官。那一年，适逢三年一次的春闱，欧阳修“知贡举”，是主考官。这一科，是有史以来最成功的一次考试，取中的状元是曾巩，榜眼是苏轼，苏辙名登五甲。不仅如此，“唐宋八大家”里，苏洵、王安石也均以布衣之身，在默默无闻时被欧阳公相中。除此之外，如张载、程颢、吕大钧、包拯、韩琦、文彦博、司马光等旷世大儒，也都得到过他的激赏与推荐。再往下，因为有了苏轼、曾巩，才有了薪火相传的“苏门四学士”黄庭坚、秦观、晁补之、张耒和曾巩、曾布昆仲。举凡宋代能数上名字的人物，都可以从广义上划为欧阳公的门生。正是这些人才奠定了两宋文化的基础，泱泱宋代文明才得以开枝散叶。夸张些说，欧阳修就是两宋文化的开疆大吏。

我们都知道“文人相轻，自古皆然”这句话，这句话里藏有只可意会不可言传的阴暗心理，是人性的普遍弱点。但在欧阳修身上，这句话不起作用，他“奖引后进，如恐不及；赏识之下，率为闻人。”欧阳修并非站在宋代文学艺术的最高点上，冠绝当代，一览众山小，他有自知之明，在录取苏轼的时候，苏轼的天才让他惊出一身冷汗，他明明知道三十年后人们只知苏轼而不知欧阳修，但他还是“游其声誉，谓必显于世”，并以其“才识兼茂”而“荐之秘阁”。自己走着泥泞的道路，却要把宽敞的路让给别人，他没有嫉妒心。嫉妒心与生俱来，根深难除。一个人能修炼到没有嫉妒心时，我以为已经成佛了。

宋·屈鼎·夏山图

宋·佚名·风雨归舟图

他成佛的途径很简单，就是“仁者爱人”，这是他最大的学问。

佛语说，济物利人，是情之大机大用。欧阳修一生桃李满天下，朋友满天下。与门生后学相交，他没有虚荣和自满；与亲人朋友相聚相离，他悲喜之情不能自禁。在离别词中，他抒发对情的颠来倒去的认识。对众生的有情，成就了“情痴”欧阳修的形象。

尊前拟把归期说，欲语春容先惨咽。人生自是有情痴，此恨不关风与月。

离歌且莫翻新阕，一曲能教肠寸结。直须看尽洛城花，始共春风容易别。

——《玉楼春·尊前拟把归期说》

这是一首离别词，作于景祐元年，即公元1034年春，欧阳修时在西京洛阳做留守推官，离任之际，与朋友把酒告别，写词留情。

这一杯酒喝下，人就要远去。这一去，山长水阔，何时是归期，谁也不知道，所以，把酒相对时，不免“欲语春容先惨咽”。骊歌一遍遍唱，无论怎样翻空出奇，哪一次听来都不是歌欢，都是离人泪。人世一切痛苦的根源，都是因为人有情有意。这首词中，我们最明白的，就是“人生自是有情痴，此恨不关风与月”的深旨。风月无古今，情怀自浅深。人有痴情，与风和月无关，风和月只是陪衬。“直须”“始共”虽不够委婉，留与别的心思也难以说清楚，但诗人深知情中三昧，所以他说，在春天离去、我离去之前，我们要“看尽洛城花”，不要为眼前的离别烦恼，应该趁人还在、花还开时，尽情欣赏春天的美景，尽情享受眼前的欢乐，然后轻松告别。

这首词由眼前之事推及人生，由一己之痛感伤人世之痛，对美好事物之爱赏与对人世无常之悲悯两种情绪交汇，比物连类，形成一种沉着冷峻的张力。况周颐《蕙风词话》曰：“吾观风雨，吾览江山，常觉风雨江山之外，别有动吾心者。”人面对风雨江山伤情，于诗词写作而言，是比兴手法，于人情而言，是触景生情，情因时、地、事、人异而异，人人心中所有、笔下所无的情意一经诗人写出，自能变化人心。“人生自是有情痴，此恨不关风与月”已经是名言警句。诗人想说，情苦时不能为自己减负，便是痴情，若能轻轻放手，情天止步，便能“始共春风容易别”。

洛阳正值芳菲节，秾艳清香相间发。游丝有意苦相萦，垂柳无端争赠别。

杏花红处青山缺，山畔行人山下歇。今宵谁肯远相随，唯有寂寥孤馆月。

——《玉楼春·洛阳正值芳菲节》

接上首词长亭话别之后，欧阳修离开了洛阳，别情依依不尽，于是再次写词挥别友人。

阳春三月，洛阳满城春色，到处是杨柳飞絮，花香鸟语。在这么好的季节，一场离别却在悄悄进行。游丝和垂柳原是无情物，但在离人眼中，游丝留人，垂柳赠别。游丝是友人不让走，垂柳是行人不得不走。经过一番牵来扯去的留别，行人走上了旅途，洛阳春光已在身后，眼前所见唯有山连山，水复水。越走越远，越走离愁越多。“杏花红处青山缺，山畔行人山下歇”一句写景传神。在山口处，有一树艳艳的红杏开得正是时候，像“青山正补墙头缺”一样，正好补了两山之间的缺口，是行旅之人常见、喜见的风景，让满腹离愁的行人眼前一亮，以为见了洛阳花。一马常随，山水相伴，行人绕山而行，日暮时在山下歇足。四顾无人，只有一弯多情月，随人千里，挂在驿馆的飞檐上，伴人无寐。无人肯相随不是怨，而是念。词里不写泪水层楼，不写晓风残月，但恋恋不舍之情却转山转水，迢迢不绝。

古人云：“圣人忘情，最下不及情，情之所钟，正在我辈。”圣人洗心世外，不涉俗情；最下之人扰于世，顾不上有情；为情所困的，多是中人。用情多少，在于一个人的悟性上下。人生之所以百转千回，就

宋·佚名·霜柏山鸟图

是一个情字挡路，尤其是别情。送的人像柳絮缠绵，苦留不住，走的人折柳为鞭，已驱驱千里。人在世间，就是一场先聚后散的过程，别童年，别故乡，别亲人，最终离别这个世界。离别让人痛苦的原因，正是因为人生苦短，经不起几回聚散。

宋人王灼《碧鸡漫志》中称欧阳修词“风流蕴藉，一时莫及，而温润秀洁，亦无其比”。一个人，既“风流蕴藉”，又“温润秀洁”，古人措词，真是周全。欧阳修做人作词，均能保持这两面风度。他的伤感，没有风雨大作之势，而像和风扫花，瑶琴慢捻，让人读过，心里会有莫名的悲凉之感，会油然生出对人世的警觉，却不至于哀伤难过。

把酒祝东风，且共从容。垂杨紫陌洛城东。总是当时携手处，游遍芳丛。

聚散苦匆匆，此恨无穷。今年花胜去年红。可惜明年花更好，知与谁同。

——《浪淘沙·把酒祝东风》

这首词写在1032年春，欧阳公与好友梅尧臣在洛阳城东旧地重游，时有感而作。词中伤时惜别，抒发了人生聚散无常的感叹，是品读欧阳修词时不能错过的盛景。

暖风吹拂，翠柳飞舞，春和景明，正是“春服既成，冠者五六人，童子六七人，浴乎沂，风乎舞雩，咏而归”的良时。在京城郊外的“紫陌”大道上，春风与人共从容，这些去年携手同游过的旧地，今年二位才子再次光临。然而，“聚散苦匆匆，此恨无穷”，诗人的情绪在明媚中突然跌落。聚散是人生长恨，从古到今，以至今后，永远都没有穷尽。花本无心，因为友情经年弥珍，花亦解语，开得比去年更加明艳。相逢不易，去岁今年能在一起赏花，这是何欢。然而，这次别后，人各天涯，不知道明年还能与谁并立花下。谁也不知道明年的事情，谁也不知道人生的路会怎么走，年年岁岁，人事不同，春光空负，这又是何恨。这首赏花送别词，写了去年、今年、明年相同的风月，不同的心情，笔态疏疏，情意密密。近人俞陛云评曰：“因惜花而怀友，前欢寂寂，后会悠悠，至情语以一气挥写，可谓深情如水，行气如虹矣。”因为日月逝矣，岁不我与，看花人一边看花，一边老去，所以面对花开花落，只有懂得怜花的人，年年怜。“把酒祝东风，且共从容”里，有“文质彬彬，然后君子”的温和。“和”是天下大道，是物与我、我与人、我与我的和谐，成就于俗世的每一转念之中。

佛说：彼岸花，开一千年，落一千年，花叶永不相见。情不为因果，缘注定生死。

看见彼岸花，就已经是错过。所以，才要珍惜此岸风月。欧阳修的这些惜别词不是盲目虚无，而是披阅红尘之后，借花借水，怜我怜卿，意在教会世人珍惜。

山色有无中

平山阑槛倚晴空，山色有无中。
手种堂前垂柳，别来几度春风。
文章太守，挥毫万字，一饮千钟。
行乐直须年少，樽前看取衰翁。

欧阳修中晚年的离别词，虽然仍是写离别，但因为已经经过人间半世，他圆照十方的个性气质更加圆融，词作内容由此进入了“诗言志”的含蕴状态，和光同尘，呈现出一派温良恭俭让的澹荡春光。

十年前是尊前客，月白风清。忧患凋零，老去光阴速可惊。
鬓华虽改心无改，试把金觥。旧曲重听，犹似当年醉里声。

——《采桑子·十年前是尊前客》

公元 1044 年，欧阳修曾经路过洛阳，此时距他离开西京留守推官

宋・李安忠・晴春蝶戏图

的职位正好十年，本篇或作于此时，写与友人相聚饮酒时的感怀。

十年前，“月白风清”；十年后，“忧患凋零”，一个人的一生没有几个十年。“月白风清”是常用语，用在此处，如轩开风入，让人意会到十年前月白风清、水波不兴的快意人生。而“忧患凋零”是猛一跌落，与月白风清对照，黑白分明，让人顿知这十年不是那十年。在这个十年里，诗人人到中年，已经为人生付出了惨伤的代价。比如，好友梅尧臣、苏舜钦相继辞世，友朋凋零，引起他的哀痛；身患疾病，更增添他老来无用的悲伤；被诬陷为“帷薄不修”“私从子妇”，让他百口莫辩；同时，因为对新法持有异议，他多次受到弹劾，被贬官在外。这种种“忧患凋零”接踵而来，生命有不可承受之重，又有一事无成之轻，所以最易有“老去光阴速可惊”的仓皇之感。可是，尽管时过，人老，世路风波险恶，诗人那颗充满活力的初心却不曾改。“试把金觥”和“旧曲重听”，是说只要有好酒好歌，便没有消受不了的人生光景。重听旧曲，犹似当年，很有夸口“曾经阔过”的意思，“把”字也很见江湖气，是推倒重来的力举，比苏轼“把酒问青天”要快意粗放得多。

这首词起承转合，情绪如行云流水，一唱三叹，伤而不靡，哀而不沉。虽是“醉里声”，手里端的是最潦倒的一杯酒，读来却有茶余的清香。至此知道，欧阳公优游自如，想不通就不想，从不慷慨悲歌。

记得金銮同唱第，春风上国繁华。如今薄宦老天涯。十年歧路，空负曲江花。

闻说阆山通阆苑，楼高不见君家。孤城寒日等闲斜。离愁难尽，红树远连霞。

——《临江仙·记得金銮同唱第》

公元 1045 年，欧阳修正在贬任滁州太守期间，当时一位同榜及第的朋友将赴任四川阆中通判，远道来访，欧阳修在席上作词相送。

有朋自远方来，不亦乐乎？何况来人是老同学。这让诗人想起当年两人一同参加科举考试，同榜及第，金銮殿上一同被唱名，然后一同到琼林苑赴宴赏花，在繁华的汴京春风得意的年华。然而，岁月忽忽，如今自己身贬滁州，官职低微，在歧路上徘徊了十年，无所成就，徒然辜负了圣恩，消解了素志。在这种孤独的境况下，与朋友萍聚自有一番欢喜，可是转眼又要分离，朋友就要去的阆州远在西天，远得就像是神仙的居所，山高水长，怀远的人即使更上一层楼，阆州也不在望中。因为“同是天涯沦落人”，诗人只能劝朋友善自珍重。词的最后说，友人离去后，滁州又成了一座孤城，我就像落日斜阳，日子会继续冷冷清清过下去。离愁苦不堪言，我只能将我的心分付给深秋的红叶，幽暗的晚霞，伴你远在天涯。

这首词于多重时空变换中，铺陈出一种迷离不定、光阴旋转的梦幻效果。全词将少年时的风光，中年时的落魄，相聚时的欣喜，离别后的悲苦，层层铺陈在春风上国、孤城滁州、仙境阆苑三处。昔日同欢，今日同伤，十年歧路，薄宦天涯，人生实如一场春梦，梦醒难写一二明白。其中“空负曲江花”句中的“曲江花”，指庆贺新科进士的宴会。大比之后，皇帝大宴新人，是为臣一生的荣耀。在贬处的困厄中，诗人依然不忘说自己愧对天子，仍有感恩戴德之心，一半离骚，一半雅颂，可见欧阳公处江湖之远，也不脱忠臣行止。

平山阑槛倚晴空，山色有无中。手种堂前垂柳，别来几度春风。

文章太守，挥毫万字，一饮千钟。行乐直须年少，尊前看取衰翁。

——《朝中措·送刘仲原甫出守维扬》

公元1044年，欧阳修曾任扬州知州，在扬州城西北五里处的大明寺西侧蜀岗的高坡上，修建了一座“平山堂”。据宋王象之《舆地纪胜》记载，登上平山堂，“负堂而望，江南诸山，拱列檐下”，据说壮丽为

宋・易元吉・猴猫图

淮南第一。由于平山堂地势高，坐在堂中南望江南远山，正与堂中栏杆相平，故名“平山堂”。每当盛夏，欧阳修常呼朋唤友到堂中避暑，饮酒赏景作诗。

公元1056年，好友刘敞要到扬州任职，欧阳修此时在京城任翰林学士，饯别之际，写词相赠。刘敞是北宋史学家、经学家、散文家，字原甫。其为人耿直，立朝敢言，为政有绩，诗文俱佳。

“平山阑槛倚晴空”，写平山堂凌空矗立，高入云天。起笔就是定调子，这个起势写得气势磅礴，须仰视才见。顺接下去，写凭阑远眺中看到的山景。“山色有无中”，出自王维《江汉临泛》诗“江流天地外，山色有无中”句，苏轼曾重复过一遍。这句话可理解为，山色在有和无之间，也可以理解为，山色有，山色无，山色在若有若无中。这样看山，起自王维无所有、无所无的禅心，被欧阳修心领神会，以至被苏轼再次叹服，其中的奥秘，可见不仅在于写山色明灭，而是在写色空，证有无，万物乃诸法空相，人世混沌于有无的空相中，人世也融和于有无的空相中，最终在有无中耗尽此生，归彼大荒。能证有无，则成境界。

宋·关仝·关山行旅图

友人正要出守扬州，诗人情不自禁地想起扬州的平山堂，想起在平山堂上的观瞻，人去堂空，平山堂已是旧迹，堂前手种的杨柳已经几度春风，由此感叹往事不堪回首。酒过三巡，块垒渐消，写到“文章太守，挥毫万字”时，是情绪的最高潮。前句写自己在贬官时期有“文章太守”的时名，有一种尊者的自信与自得，后句写友人亦能下笔千言，有倚马可待之才。两位才子“一饮千钟”，大有“天下英雄，使君与操，余子谁堪共酒杯”的气度，似乎一寸不让天下。豪壮之后，面对知己，诗人不免又低头生发少年不再、白头衰翁的感慨。少年直须行乐，又不能独独行乐，因为时光忽忽，转眼老之将至。缅怀往昔，常常是为了

宋·宋汝志·笼雀图

劝人劝己珍重现在。

“晴空”“山色”“春风”“文章太守”“挥毫万字”“一饮千钟”，这些色彩鲜明、动作带风的字组合起来，有一种与天地同游的豁达温愉。明末清初曹尔堪《南溪词》中说，读欧阳公《朝中措》，如见公之“须眉生动，偕游于千载之上也”。“须眉生动”？评得真是“须眉”生动啊！

欧阳修虽视词为“诗余”“小道末技”，但我们从他中晚期的词作中不难看出，由于对人生的百般磨难有了切身体会，他的词也自觉突破了唐、五代以来男欢女爱的传统题材，走出了诗人早年极力模仿的红香翠软的花间格调，借明月山水抒写怀抱，风格清旷冲淡，有了以诗入词的发端，上了雅词的品级，进了正大光明殿。正如王国维所说，欧阳修“虽作艳语，终有品格”。

欧阳修是中国文学史上情商最高的人。他热爱生活，宽容自信，豁达温愉，交友以诚以信，走近他，有如走近春风杨柳。他的大雅之风，千载以降，往来之中，被前者呼，后者应，歌者不绝。

画船载酒西湖好

堤上游人逐画船，拍堤春水四垂天。
绿杨楼外出秋千。
白发戴花君莫笑，六幺催拍盏频传。
人生何处似樽前！

《易经》曰：“大人者，与天地合其德，与日月合其明，与四时合其序。”欧阳修就是这样的大人先生。

北宋帝王重用和信任文人士大夫，从贫寒阶层选拔人才，使许多出身贫寒、门第卑微如欧阳修的文人能够出将入相，肩负起治国平天下的历史使命。可是，和平年代的文人政治也多有局限，漫延两宋的“党争”如同乱哄哄你方唱罢我登场的一台大戏，做官因此成了宋代官吏的畏途。欧阳修起自民间，对不切实际的用人机制和不顾民力的改革举措多有微辞，因此一生三次被贬官。然而，从令人窒息的朝廷放逐到民间，就像“久在樊笼里 复得返自然”的陶渊明一样，欧阳修在广阔天地里与山水结缘，与诗酒相伴，与民同乐乐，却活出了另一片生机。

《宋史·欧阳修传》说欧阳修“天资刚劲，见义勇为，虽机阱在前，触发之不顾。放逐流离，至于再三，志气自若也。”初次被贬官到湖北夷陵，生活在“春风疑不到天涯，二月山城未见花”的艰苦环境中，他就曾“志气自若”地说，“野芳虽晚不须嗟”。贬官安徽滁州时，他为政宽简，与民生息，无为而治，反而政通人和，百废俱兴，他又“志气自若”地写下千古名篇《醉翁亭记》。出现在《醉翁亭记》里的醉太守，成了我们最熟悉、最认同的醉翁形象。

至于负者歌于途，行者休于树，前者呼，后者应，伛偻提携，往来而不绝者，滁人游也。临溪而渔，溪深而鱼肥。酿泉为酒，泉香而酒洌；山肴野蔌，杂然而前陈者，太守宴也。宴酣之乐，非丝非竹，射者中，弈者胜，觥筹交错，起坐而喧哗者，众宾欢也。苍颜白发，颓然乎其间者，太守醉也。

已而夕阳在山，人影散乱，太守归而宾客从也。树林阴翳，鸣声上下，游人去而禽鸟乐也。然而禽鸟知山林之乐，而不知人之乐；人知从太守游而乐，而不知太守之乐其乐也。醉能同其乐，醒能述以文者，太守也。太守谓谁？庐陵欧阳修也。

宋·赵佶·竹禽图

诗人多忧郁，特别是贬官在外或客梦异乡，登山临水之际，必作悲声，而欧阳公却是少有的那种健康快乐的诗人，他说，“四时之景不同，而乐亦无穷也”。人生有如四时，他不论寒暑，不以人世变故为苦，反以为乐，乐山乐水，直与孔夫子同乐。这个徜徉山水之间，前呼后拥，

宋·佚名·南唐文会图

“饮少辄醉”“苍颜白发，颓然乎其间”、摇摇晃晃一路“乐乐乐”“也也也”高吟下山的醉翁，已经受宠不惊，失宠不惊，醉翁之意不在酒，在乎山水之间也，有了林下仙翁的眉眼。这篇文章，是千古第一篇乐辞，这个醉翁，是史上最快乐的谪仙。这样的山水林泉，就是给这样的大人先生准备的，这不仅是他人生的后花园，也是他的通天大道。他躬备四时之和，为稻粱谋，为人生谋，他都取法天地，不袖手旁观，也不冷嘲

热讽，别人醉他也醉，别人不乐他也乐。

此后，欧阳修又做过颍州太守，也就是现在安徽阜阳的太守。在颍州，他依然崇尚老庄之道，为政不苛急，不繁琐，堂上政简刑清，堂下寄意山水。因为“乐民之乐者，民亦乐其乐”，所以在他转官告别颍州时，吏民倾城洒泪相送，他还写诗安慰他们说：“我亦只如常日醉，莫教弦管作离声。”这种轻取轻放的神仙一样的人品，如同“云无心以出岫”的大写意，对比之下，就觉得别的诗人都活得太累。诗人原来也可以这样活着的。

在颍州时，颍州西湖是欧阳修最爱的去处，为此他写下了大量诗词。在这组词中，他沉醉世相，带着对人世的同情，对人生哀乐的共鸣，书写人间的繁华与苍凉，既含“不以物喜，不以己悲”的儒家风致，又有平和冲淡、息事宁人的老庄道骨。词风欣悦明快，冲淡了凄婉缠绵的时调，对后世写景词产生了深远影响。

堤上游人逐画船，拍堤春水四垂天。绿杨楼外出秋千。
白发戴花君莫笑，六幺催拍盏频传。人生何处似尊前！

——《浣溪沙·堤上游人逐画船》

这首词写颍州西湖春水连天、游人如织的盛景和画舫中的宴饮之乐。

诗人从船上观景，所以看见堤岸上，踏青的人在随着画船行走，也看见春水拍岸，四面水天相接的全景。船行驶中，隐约听到绿杨成荫的临水人家传出笑语喧闹之声，远远望去，原来“声在树间”，是秋千架上娇美女子欢快的笑声。“出”秋千，真是会用动词，秋千荡出云端里，落在杨柳间，因为离得远，只觉得人影剪剪，起落轻便，风送来的笑声令人恍惚遇仙。“白发戴花君莫笑”是本词眉眼。古代男士簪花本来不奇怪，这里白发诗人鲜花插满头，可深见此翁不拘小节、乐而忘形的样态，又风雅又解颐。“六幺催拍盏频传”，“六幺”是曲调名，写画船上轻歌曼舞、笙簧四起、主客举杯、觥筹交错的热闹场面。“人生何处似尊前”一句，突然降调，是乐不可极、适可而止的自觉收束，虽然有一人向隅的寡欢，却也是乐不可极的自我警示。

有叙有议，有景有人，有主有宾，有官有民，有老有少，有远有近，有声有色，有岸有水，加上动中有静，寥寥一帧短笺，已将浮生半日闲情写足。

西湖南北烟波阔，风里丝簧声韵咽。舞余裙带绿双垂，酒入香腮红一抹。

杯深不觉琉璃滑，贪看六幺花十八。明朝车马各西东，惆怅画桥风与月。

——《玉楼春·西湖南北烟波阔》

这首词还是写诗人在颖州西湖上宴客游赏的繁华热闹。

西湖烟波、风里丝簧和歌舞娱情的描写，带有醉赏烟霞的意味，而车马东西，回首画桥风月的惆怅，则兼有对琼楼虚幻和荣华无常的认知。烟波中，一阵翠袖红裙、丝竹管弦的热闹之后，忽然人弦俱寂，舞余女子垂手侍立，面若施粉，娇弱不胜酒力。诗人不知不觉大醉，全是因为“但坐观罗敷”。因为看着青春女子随声起舞，每到精彩处，便浮一大白。

如此痴及局外，所以醉倒。缤纷的红尘里无限的世味，就是普通人不觉、贪看的一日、一生。所以，诗人最后说，人生没有不散的宴席，现在大家在一起歌舞升平，明朝车马各自西东之后，再回首，今日的画桥风月，就只是一场旧梦，今日的风月主人，也只是人世几个依稀的过客。

词中流动着的，是一种风流蕴藉，雍容和婉的士大夫气息。诗人善从“烟波阔”的大处取景，从“声韵咽”的细处琢磨，开合有度，闹中取静，有一种恰到好处的忧伤。

画船载酒西湖好，急管繁弦，玉盏催传，稳泛平波任醉眠。

行云却在行舟下，空水澄鲜，俯仰留连，疑是湖中别有天。

——《采桑子·画船载酒西湖好》

这首词上片描绘载酒游湖时船中丝竹齐奏、玉杯频传的热闹气氛；下片写诗人酒后醉卧船上，俯视湖中，只见行云在船下浮动，分不清天上水中的醉态。

“急管繁弦”，是“玉盏催传”时的背景音乐，也是光阴催转的暗声。“疑是湖中别有天”是警句。诗人醉后俯视湖水，不知天在水上，还是水在天上，也不知人在天上，还是人在水上，这种

宋·佚名·骑驴人物图

不知何为天、何为水的虚虚实实的景象，让人俯仰留连，茫然若失，直想到不知庄子是蝴蝶，还是蝴蝶是庄子的梦幻人生。诗人醉眼看人生，看到“行云”“空水”，怀疑人生好景不实。能看到“湖中别有天”，功夫已在诗外，既是“别有洞天非人间”的出世间的动念，也是说如寄的人生，即是醉醒之间、天地之间的一场云水幻梦而已。从急管繁弦到曲终人散，人俯仰水天之间，知觉了光阴渐次，也知觉了一切法。

上面这几首词，尽状颍州西湖美景，人情世相，画面虽有不同，但其中真味却各各相契。宋人张芸叟言：“欧阳永叔如春服乍成，酾酒初熟，登山临水，竟日忘归。”从词中，我们看到的就是一个快乐有趣、冲和古雅、和合四象、酾酒初熟的醉翁。人生大梦一场，醉翁于杯中最得齐物论、等生死、法贵天真是无等等妙谛。

欧阳修四岁失怙，从小过着寄人篱下的生活，小小少年心里藏着莫大的哀痛，却出奇地成长为北宋最快乐的人，没有一点阴影和心理障碍。他走着和许多文人同样泥泞的道路，可是他眼望星空，看见的是别人看不见的光明。他在人生的高低之间修其仁和之性，活得自然，写得自然，不激不厉，自极其工。圣人是发号施令的人，他是圣训的实践者，是我们想把人生之路走得好一点时，最应当仿照的范本。

宋・易元吉・猴戏图

有人手拿念珠数空虚，欧阳文忠公数菩提般若。

欧阳修去世后，天下贤愚不肖，均为之涕泣伤悼。学生王安石《祭欧阳文忠公文》，追忆欧阳修一生的道德、文章、事功，仰慕恩师已臻立言、立德、立功“三不朽”的人生最高境界：“如公器质之深厚，知识之高远，而辅学术之精微，故充于文章，见于议论，豪健俊伟，怪巧瑰琦。其积于中者，浩如江河之停蓄；其发于外者，烂如日月之光辉。其清音幽韵，凄如飘风急雨之骤至；其雄辞闳辩，快如轻车骏马之奔驰。世之学者，无问识与不识，而读其文，则其人可知。”

用这样的话，评价孔子亦不为过。

恩师仙逝，苏轼如丧考妣，二十年后，才敢下笔写《颍州祭欧阳文忠公文》：“师友之义，凡二十年。再升公堂，深衣庙门，垂涕失声。白发苍颜，复见颍人，颍人思公，曰：‘此门生。’虽无以报，不辱其门。清颍洋洋，东注于淮，我怀先生，岂有涯哉。”苏轼说，物是人非，二十年后，颍州人仍在思念故太守，还在说他是欧阳公的门生，他只能以“虽无以报，不辱其门”自我安慰。天下岂独颍人思公，苏轼说：“我怀先生，岂有涯哉。”

再读欧阳修，我深觉自己知识浅薄，如欧阳修《秋声赋》所言，“思其力之所不及，忧其智之所不能”，只能写成这个样子，没有办法写得更好，只能虚心写下一点对欧阳文忠公的爱意，觉得还是有很多话没有说完。我只是想说，我们读古人的诗书，首先应该生出一种爱敬之心。那时候，他们在蜡烛光下用毛笔写作，用一生时间写下自己的悲欣忧患和对人生诗意的识见，用以言情载道，以及文化的递衍。佛修成了不坏之身，而他们用“修之于身，施之于事，见之于言”的道德文章修行，也把自己修成了神佛，已经千年不坏。我们读他们的作品，就是在敬神礼佛。

苏轼说，欧阳文忠公“论大道似韩愈，论事似陆贽，记事似司马迁，诗赋似李白。”

苏轼还说：“公虽云亡，言如皎日。”

欧阳修如歌如诗般的人生，已经给了如苏轼辈奇迹般的震撼。他如此评赞，已经是把欧阳文忠公奉若神明，晨钟夕梵，顶礼膜拜了。

而我们，只能一拜再拜。

宋・赵佶・四禽图

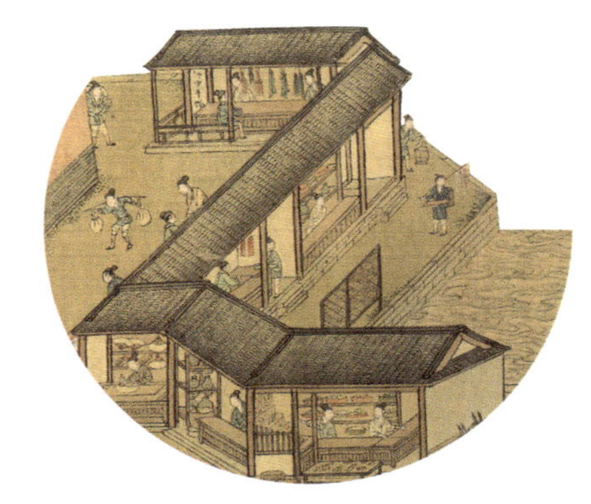

可惜风流总闲却

自古帝王州，郁郁葱葱佳气浮。
四百年来成一梦，堪愁，晋代衣冠成古丘。
绕水恣行游。上尽层楼更上楼。
往事悠悠君莫问，回头。槛外长江空自流。

如果一个人在一个时代里哭泣，那么他的理想要么是超前于这个时代了，要么是落后于这个时代了。

王安石走在了时代的前面。大鹏折翅之后，他用后半生思考前半生，用诗词为他的理想哭泣。

王安石一生能确定的词作只有24首，却是词史上不能忽略的人物，况且因为有感于他的功业和为人，所以我必须为他写下一篇理解的文章，心里才觉安妥。虽然是“呵手试梅妆”的新人，不论是否言之成理，但因为怀着爱敬之心，只期文字庄重。

不知道为什么，读王安石的诗词，是决意从后往前读的。人生不可以从后往前过，文章却可以从后往前读。每个人的一生，大体上前半生在为别人活着，后半生才为自己活。从后面往前看，放下“文以载道”的重担，才能看出写作者的真性情，对人生的悔悟也才醒目醒世。“千里澄江似练，翠峰如簇”“彩舟云淡，星河鹭起，画图难足”，是王

宋·苏汉臣·傀童傀儡图

安石早期词《桂枝香·金陵怀古》中的句子，站得高，看得远，其中“六朝旧事随流水，但寒烟衰草凝绿。至今商女，时时犹唱，后庭遗曲”句，通过对六朝遗迹的凭吊，对“商女不知亡国恨”的批评，含蓄地表示了他对现实的不满，透露出居安思危的忧患意识。词的情志和艺术超过了苏轼的《念奴娇·赤壁怀古》，而且为苏轼的豪放词开了一扇天窗。这首不可多得的怀古词，是电光火石之一瞬，已凌驾于他所有词作之巅。从他晚年的词中，我们看到的，则是一个灭却心头火之后，一代伟人缓慢悠然的化蝶之舞。

自古帝王州，郁郁葱葱佳气浮。四百年来成一梦，堪愁，晋代衣冠成古丘。

绕水恣行游。上尽层楼更上楼。往事悠悠君莫问，回头。槛外长江空自流。

——《南乡子·自古帝王州》

南京，在历史上曾经叫金陵，在北宋叫江宁，南宋叫建康，到明朝时才叫南京。王安石晚年谪居江宁，任江宁知府，这首词即作于此时。词借对六朝古都金陵今不如昔的感慨，写自己忧国忧民的心情。

金陵又名石头城，自古以来就是帝都，刘禹锡曾作七律《西塞山怀古》，首联、颔联云："王睿楼船下益州，金陵王气黯然收。千寻铁锁沉江底，一片降幡出石头。""金陵王气黯然收"和"一片降幡出石头"虽写亡国的伤心事，却写得霸气十足。金圣叹说，"前日锁江锁得尽情，此日降晋又降得尽情"，虽是取笑，可读诗时，真是让人觉得很尽情，对冉冉蒸腾的金陵王气仍然心向往之。哀情不哀，更见功夫。然而，到了王安石看到金陵时，郁郁葱葱的王气已经收去四百年了，魏晋风流已成荒冢寒烟，成了李白总结的"晋代衣冠成古丘"的远景。在历史背景的衬托下，一位老人缘江而行，上尽层楼，再上尽层楼，仍然前不见古人，后不见来者，只见天地悠悠，只有心事悠悠。从三勃《滕王阁诗》中借来的"槛外长江空自流"一句借得好。"槛外"，是实景，也是诗人处江湖之远的"槛外人"的处境与心态。古人登山临水之际，常怀家国兴亡、羁旅淹滞之忧，成就了许多诗词文赋。词中借用了李白和王勃的诗句，化用了王之涣的名句"欲穷千里目，更上一层楼"的句意。虽然是借水行舟，因为借得巧，整篇看上去顺风顺水，并不见有触舟的痕迹。

宋・梁楷・八高僧图

长江逝水长东，有如历史的流向，浪花淘尽英雄，不为魏晋停留，也不为人生停留。“堪愁”，是为历史愁，也是为自己愁。“回首”时，往日帝王的功业，今日自己的人生，都已经黯然收。

平岸小桥千嶂抱，柔蓝一水萦花草。茅屋数间窗窈窕。尘不到，时时自有春风扫。

午枕觉来闻语鸟，欹眠似听朝鸡早。忽忆故人今总老。贪梦好，茫然忘了邯郸道。

——《渔家傲·平岸小桥千嶂抱》

这首词是王安石隐居金陵时所写。

词意展现给我们的是这样一幅小图：一个老人，在春天里，静坐在茅屋里小小的木格子窗前，远望处，千峰环抱平阔的江岸，小桥横卧柳岸，江水碧蓝如镜，岸边杂花填路，春风徐徐，扫花扫尘，因此到处看上去干净明洁。一日苒苒，又到了午间。老人正在小睡时，突然被几声啼鸟惊起，误以为是催人早朝的鸡鸣声。清醒后，才想起当年和他一起上朝的两班文武都和他一样，已经老去无事，于是重入梦乡，浑然忘机。

词上片写景状物，下片叙事抒情，眼前景与梦中身虚实相间，有恍如隔世之感。“邯郸道”出典于唐人小说《枕中记》，暗引卢生在邯郸道上说的“建功树名，出将入相”的事，“茫然忘了”，表明自己对建功立业的往事已觉了了。“平岸小桥”“茅屋数间”“语鸟”“朝鸡”，融为一体，妆出江畔小桥流水人家的田园风光。“时时自有春风扫”一句最好，“扫”字拟人，先生坐卧闲房，因春风时时扫，故“尘不到”窗，尘不染心。从词中，能看出远离喧嚣的轩冕之途、隐居村野的诗人怀抱渐舒，放眼风物，静观万象，对“邯郸道”有了新的认识。只是，“欹眠似听朝鸡早”一句，写错觉，写时间错移，却隐约透露出诗人仍有持节云中的幻梦。同期的《竹里》诗云：“竹里编茅倚石根，竹茎疏处见前村。闲眠尽日无人到，自有春风为扫门。”其中“闲眠尽日无人到”，同是一种“欹眠似听朝鸡早”的残念，是有所等。

熙宁九年，即 1076 年，王安石二次罢相，回到江宁，在江宁府上元县城外修筑了一座“半山园”，过起了隐居生活。叶梦得《避暑录话》记载：“王荆公不爱静坐，非卧即行。晚卜居钟山谢公墩，畜一驴，每食罢，必日一至钟山，纵步山间，倦则即定林而睡，往往至日昃及归。”这样的情景，若是竹林七贤所为，可以看作是魏晋文人的风流做秀，而一个老人在老树下孤眠，像佛祖一样，把老树作为修行的精舍，仿佛睡在人世之外，在我看来，更多的是幽独。一个人的一生不可能划江而治，心思也不唯正反两面，而是错综复杂的迷宫，需要不断深入寻找，才会见到出口的亮光。诗人将一缕愁怀接向寂寞无人的江岸，在梦醒之间静观往事，起则行，倦则卧，看似平常的生活中，大业无成、英雄暮年的感伤却十分醒目。《维摩诘经》云："是身如幻，从颠倒起。是身如梦，为虚妄见。"所有的无明颠倒，皆起于虚妄。诗人虽然"贪梦好"，但是梦中不能藏身，只有梦觉，才可能进入一个安稳的境界。

我想，对我们这些没有功业，只有朝朝暮暮的人来说，其实我们根本不懂得一个宰相级的人物失败下野后心灵重构的艰难。也许，那就是一种向死而生的状态吧。在这种状态里，怡情山水只是一服中药，是调理方式，他内心的创伤也许永远无药可治。

别馆寒砧，孤城画角。一派秋声入寥廓。东归燕从海上去，南来雁向沙头落。楚台风，庾楼月，宛如昨。

无奈被些名利缚。无奈被他情担阁。可惜风流总闲却。当初谩留华表语，而今误我秦楼约。梦阑时，酒醒后，思量著。

——《千秋岁引·秋景》

这首词创作年代不详，从词中表现出的情绪看，也很可能是王安石退居金陵后的作品。

每个人都生活在自己的历史中，一场严重的事件不能轻易从记忆中抹杀，所以，在某个特定的时候，就会不知不觉重新走回这个事件的深处，一遍遍分析、解释、淡化，常常是塑了金身，又坏了金身。

流水磨光了石头，岁月磨光了王安石的棱角，却不能磨掉曾经的历史，王安石活在自己的主观情绪里，看似闲澹，其实是无奈。秋声最惊离人，在秋风秋雨中，孤馆寒窗下，诗人在旅店里，听风声、角声、寒砧声，看秋色渐深渐寒，看滩涂上的东归燕，南来雁。在看风景的过程中，往事夹带着温情和无奈再次淹没了他。

“楚台风”，借宋玉《风赋》中写楚襄王和宋玉一行站在名叫“兰台”的高台上，惬意地吹着“快哉风”的典故；“庾楼月”，借《世说新语》中记叙的东晋名宦庾亮在月夜，坐在胡床上，与众人一起吟咏、谈笑，举座皆欢的典故。用这两个典故，是想说清风明月如古人，旧日大家在一起临风步月的游赏之乐也如古人，至今想起来，还像昨天一样，让人感到温暖。可是，山川依旧，人事已非。燕来雁去，各自回家，燕来雁去，也各自忙碌，只有自己久客异乡，身不由己。“无奈被些名利缚。无奈被他情担阁。”无奈，又无奈，都是因为名缰利锁未断，世俗人情未了之故。当初徒然与人许下退出名利场、归隐林泉的诺言，可是时至今日，还是难以践约。

宋・赵佶・听琴图

“华表语”，是指向皇上进谏的奏章，此处代指名利场；“秦楼约”原喻男女私约，此处只是比兴。“可惜风流总闲却”，是说风流未竟，也是说风流已被雨打风吹去。王安石诗词中常用“闲”字，如“只有春风似我闲”“山水空流山自闲”，诗人时与山水、溪鸟、春风共闲，对往事却不能等闲视之。

王安石是个有争议的人物，他头戴光环，官服上却沾满了污水。史书记载，他早年丧父，中年丧女，晚年丧子，常年患病，再加上宦海沉浮，壮志难酬，使他的人生在无数面破镜子的映照下，显得支离破碎。在年轻时，他为人执拗，人称“拗相公”，有“直至如今千载后，谁与争功”的激情与自负。进入老年，他沿着他在《游褒禅山记》中说的“尽吾志也而不能至者，可以无悔矣”的思路，努力放下生命中最重要的事情，努力调整心态。可是因为有伤有痛，有迷有悟，所以常常进退两难。比照金圣叹的诗评语言“天既欲暮，巷又独深，忽然风起，四面落叶”十六字所含的周折，想想王安石的绝境自救，真不知道他走了多少弯路。

“王安石变法”的功过成败已经被历史评说了千年时光，自有一定之论，不明就里人云亦云地乱说一气不如从略，我只以王安石这句著名的话作倾向性感悟：“天变不足畏，祖宗不足法，人言不足恤。”这句话里所包含的思想解放意识，直与逐渐觉醒的后世的改革者同调，是一种新的文明建立时必须经过的阵痛，只是在当时由于明白的人少，装着

宋 · 萧照 · 中兴瑞应图

不明白的人多，变法终于中道而止。

其实，短暂的变法功业对于王安石来说，只是历史偶然“降大任于斯人也”的一场风云际会，并不是他生命之河的必然走向，他只是在其中充当了一枚过河卒子，孤军作战直至阵亡而已；对于历史而言，只是一场自上而下、龙云风虎的热闹大戏，君子小人轮番表演，终以不欢而散收场，并没有输赢之分，北宋的社会并未因此变得更好或更坏，历史仍在沿着它固有的轨道缓慢前进。文明到来的时刻不是少数先知者觉悟的时刻，只有等到大多数人懂得了文明的含义，懂得了一个社会制度对文明产生所起的作用后，才可商量。否则，就不能解释泱泱大唐为什么也仅仅享国二百多年。

上帝说：要有光，就有了光。

也许他赢了，只是他自己不知道。在一个不安定的世界里，很多事情的表面与真相都是貌合神离，谁又知道什么是输，什么是赢呢？

其实，无论是在台前还是幕后，无论是成功还是失败，一个思想者的悲歌，对于我们而言，都是不可多得的精神财富。千年之后，我们只要记得王安石的传世奇句，思量其中造化的启示、一个人心中的遗憾、对后世的期待，念之怀之即可：

春风又绿江南岸，明月何时照我还。

但有纤毫即是尘

常时黄色见眉间，松桂我同攀。

每言天上辛苦，不肯饵金丹。

怜水静，爱云闲，便忘还。

高歌一曲，岩谷迤逦，宛似商山。

佛教发展到北宋，世俗化程度已深，尤其是禅宗的心性之学，对士大夫有着极大的吸引力。耽佛习禅，寻山访寺，结交僧人，已经成为许多士大夫生活中的一桩雅事。礼佛的日常功课，一则可以帮助人们化解人世的痛苦，一则深研佛经，也可以让人超越自我，站在更高的境界历世阅人。

王安石二次罢相后，英雄白发，加上爱子早夭，变法派内部分崩离析，许多门生反戈相向，物议如沸等等，让他阅尽炎凉世态，心灰意冷，从此隐居南京，转身向佛，希望用佛教“治心”。为此，他写下了大量的禅诗和禅词，在诗词中思考同一个问题，那就是如何才能做一个无挂碍无有恐怖的人，挣脱名利索，证得大光明，了结生死缘。

常时黄色见眉间，松桂我同攀。每言天上辛苦，不肯饵金丹。

怜水静，爱云闲，便忘还。高歌一曲，岩谷迤逦，宛似商山。

——《诉衷情·常时黄色见眉间》

俞秀老，即俞紫芝，是浙江金华人，寓居扬州。少有高行，笃信佛教，终身不娶不仕。王安石晚年居南京，俞紫芝与其从游。俞紫芝的诗修洁丰整，意境高远，气质不凡。据说他的诗初时不大为人所知，后来王安石把他的诗句“有时俗事不称意，无限好山都上心”写在随身所用的扇子上，众人这才称异而看重他。王安石有五首《诉衷情·和俞秀老鹤词》，这是其中之一。

词中写二人遁入山中，共赏水静云闲，参禅悟道之事。眉间见黄色，

宋·佚名·海棠白头图

宋・文同・墨竹图

是“双眉敛恨春山远”的反语，写二人愁眉尽开，忧愁尽解，倚松眠桂，萧然世外。“每言天上辛苦，不肯饵金丹”，明写不肯刻意烧丹炼汞求长生不老，暗写“高处不胜寒”，不肯再去上国沽名钓誉。“商山”取“商山四皓”的典故，暗示“邦有道则仕，邦无道则隐”的归隐之意。佛语云：“空中之音，相中之色，欲有寻绎，不可得矣。”“寻绎”，就是“思想”。佛本无求，求之欲远，只有高歌一曲，看绵延山谷，郁郁松桂，静观世事，忘掉世俗间的一切观念形相，便会有诗人自说的“赏尽高山见流水，唱残白雪值阳春”的柳暗花明。

行云无迹，流水无止，随处缘化，随处忘机。诗人登山临水，参禅悟道，从山水中体悟禅机，寓哲理于意象，以禅家淡泊宁静的平常心淡化生活中的大起大落，终有怜水爱云的心得。

营巢燕子逞翱翔，微志在雕梁，碧云举翮千里，其奈有鸾皇。

临济处，德山行，果承当。自时降住，一切天魔，扫地焚香。

——《诉衷情·营巢燕子逞翱翔》

这首词也是和俞秀老词之一。

燕雀安知鸿鹄之志哉？

燕子翱翔，意在梁间；鸾凤举翮，志在千里。“临济”与“德山”是当时两个禅宗大师，两家皆以呵佛骂祖著称，门风峻烈，号称“德山棒，临济喝”。王安石与两家均有往来，“果承当”，意下已有皈依认宗之心。诗人以为，如能心向佛门，便可降服一切天魔外道，从此“扫地焚香”。

王安石有“是身犹梦幻，何物可攀缘。坐对青灯落，松风咽夜泉”的诗句，青灯夜泉，是真也是幻，说明他的人生仍在梦幻间，没有相看两不厌的静观，只觉得暗夜无边，泉咽如泣，此身无凭无依。只有一念放下，俗尘不染，能视梁间燕子、云中大鹏为众生平等，没有高下之分，才能万般自在，优雅地扫地焚香。

嗟见世间人，但有纤毫即是尘。不住旧时无相貌、沉沦，只为从来认识神。

作么有疏亲，我自降转法轮。不是摄心除妄想、求真，幻化空身即法身。

——《南乡子·嗟见世间人》

普渡众生，证得无住无相，是我佛慈悲。诗人畏天悯人，叹惜世人不明真相，不知空静，常于微末处沾染俗尘，失了初心，因而不得解脱。禅宗有“娟娟翠竹，总是法身，灿灿黄花，无非般若”之语，其意是说禅无处不在，处处都能发心成佛，时时都能拈花微笑。“幻化空身即法身”取禅宗这段语意，直示众生，万相皆为空相，不论亲疏，我们只要顺转经轮，降伏心魔，除去妄念，无相无我，“不住旧时无相貌”，就能超越三世，不落生死，当下成佛。诗人同期的《昆山慧聚寺次孟郊韵》诗云：“扫石出古色，洗松纳空光。”风雨“扫石”“洗松”，也是教人洗心洗尘、“识取自家城郭”的天启。

孜孜矻矻。向无明里、强作窠窟。浮名浮利何济，堪留恋处，轮回仓猝。幸有明空妙觉，可弹指超出。缘底事、抛了全潮，认一浮沤作瀛渤。

本源自性天真佛。只些些、妄想中埋没。贪他眼花阳艳，谁信道、本来无物。一旦茫然，终被阎罗老子相屈。便纵有、千种机筹，怎免伊唐突。

——《雨霖铃·孜孜矻矻》

这首词感叹世人不了正法，为浮名浮利所累，视浮泡为大海，以盛衰兴废的色相为实有，结果不能跳出三界，摆脱世网，最终难免在六道之间轮回。

孜孜矻矻，是指勤勉不懈的样子。韩愈《争臣论》言：“自古圣人贤士皆非有求于闻用也，闵其时之不平，人之不义，得其道，不敢独善其身，而必以兼济天下也，孜孜矻矻，死而后已。”起笔用“孜孜矻矻”语，旨在援引韩愈不敢独善其身，以兼济天下为己任，死而后已的志向。词中虽将浮名浮利视作“窠窟”“浮沤”，明示俗世不堪留恋，但只这开篇一句，就写出一个失路之人的真实心志，意思是说我曾经也“孜孜矻矻”，可是如今又怎么样，梦想与现实大相径庭。“无明”简单说，就是烦恼，指人无智、无慧、愚昧、愚痴，不明世相，不解佛理，不懂得放下。“向无明里，强作窠窟”，是说人们执着地在这种愚念里寄身。然而人生仓促，只有借助佛祖的“明空妙觉”，才可于弹指间断离妄念，究竟成佛。苍苍者天，茫茫者水，鲲鹏背负青天，击水三千里，直上九万里，岂能恋恋于一个水泡而无视辽阔海天，反认他乡是故乡？色即是空，空即是色，“菩提本无树，明镜亦非台。本来无一物，何处惹尘埃。”世人心性本净，但“五色令人目盲，五音令人耳聋”，如果

宋・佚名・古柏归禽图

不放下这些让人眼花缭乱的俗世虚华，一旦茫然，等无常到来时，就会“机关算尽太聪明，反误了卿卿性命”。

大凡出家人的诗词，多以清风、明月、浮云托兴，如“云在青天水在瓶”“明月照时常皎洁”，碧空如洗，长风万里，最证圆觉。可是，

王安石禅词中所取的鲲鹏、燕子诸般意象，仍与尘世名利有不解之纽，他的鲲鹏还在负志飞翔，梁间燕子还在徒然营巢。大悲无泪，从他的词中，我们虽然看不到一滴小园帘幕下的泪水，却能听到回荡在山水间的长长的叹息声。这种叹息声，有雄浑的、苍凉的轰鸣效果。他的愁，已是愁损眉山的老者的深愁。泪尽声咽之后，王安石以慈悲的佛经为杯，一杯一杯浇灭心中的块垒；以山水为弦，一弦一弦拨转人世的歌哭。但是，过去的损伤太过凌厉，在他心里已结成硬痂，他法轮频转，宝剑空悬，却不能立时斩断连环。在佛的明空与人世的艳阳之间犹疑取舍，他有向佛之心，却是望梅止渴，虽然认取“三千繁华，弹指刹那，百年过后，不过一捧黄沙”的开示，终未弹指超出，只得一时自在。

诗人转身。

盖棺论定时，方见人心公道。

《宋史·王安石传》记载：王安石“少好读书，过目不忘。文笔飞动，议论高奇，慨然有矫世变俗之志。”他的人生准则是“自治治人”，在

宋·李公麟·维摩演教图

这个准则的自我约束下，他一生清廉，身居高位，却衣敝履空，从不讲究吃穿，苏洵说他“衣臣虏之衣，食犬彘之食”“囚首丧面而谈诗书”；黄庭坚说他“不溺于财利酒色，视富贵如浮云”，他一生从不接受贿赂，不为亲属谋私利，不坐轿子不纳妾，是历史上惟一死后无任何遗产的宰相，就连政敌也不得不说他“平生行止，无一污点”。

看王荆公的生前身后事，不由得感叹欧阳修、王安石、司马光、苏轼四人的君子之交。王安石小欧阳修十四岁、小司马光两岁，长苏轼十六岁，他们同朝为官，亦师亦友，共同托起了北宋初年政治文化的满天霞光。

王安石变法，司马光是反对派的代表人物，但在私下里他们二人却

是好朋友，“平生相善”“游处相好之日久”。朝堂上，司马光用激烈的言词弹劾王安石，反对他的主张；朝堂下，作为朋友，司马光多次给王安石写信，劝他不要“用心太过，自信太厚”，极尽“益友之忠”。王安石落寞而死，消息传到京城，正在主持废除新法的司马光认为老朋友死后，“反复之徒必诋毁百端”，为堵小人的泼天污水，他上书皇帝，请求朝廷“优加厚礼，以振起浮薄之风”。在他的呼吁下，朝廷追赠王安石为太傅，衔誉一品。

苏东坡曾在王安石落难之后写诗给他，说“从公已觉十年迟”，并专程探望；在代宋哲宗所拟的《王安石赠太傅》的“制词”中，东坡高度评价这位政敌，说正是因为天意要托付“非常之大事”，才产生了王安石这样的“希世之异人”，并称赞他“名高一时，学贯千载，智足以达其道，辩足以行其言；瑰玮之文，足以藻饰万物；卓绝之行，足以风动四方。”同样，在苏轼乌台诗案或生或死千钧一发之际，已经退出政治舞台，受尽攻击遍体鳞伤，又痛失爱子家破人亡，一人孤独在家独守贫寒的王安石冒天下之大不韪，呈上的“岂有圣世而杀才士乎”的折子，是这个一直给他的变法捣乱的天才的最后一根救命稻草。

欧阳修是王安石的恩师，他曾经作诗称赞弟子：“翰林风月三千首，吏部文章二百年。老去自怜心尚在，后来谁与子争先。”王安石的政见与恩师亦有相左处，为此，他还曾经弹劾过自己的恩师。但是，一日为师，终生为父，欧阳公去世后，王安石痛定思痛，不能忘情，作祭文悲悼，将欧阳公誉为孔孟级大师，哭曰：“念公之不可复见，而其谁与归！”

这几层故事，几件事情，都不是今人能够做得到的。人笑“听评书掉泪，替古人担忧”的人，而我就是听到这样的故事掉泪的人，只是忧的不是古人，而是今人。

“衣沾不足惜，但使愿无违”，陶渊明这句诗，最解王安石的登临意。不论世人有多少口水，不论英雄有多少苦水，最终都愿他不再玷污王荆公的儒冠衲衣，让他随缘仙化，扫地散花。

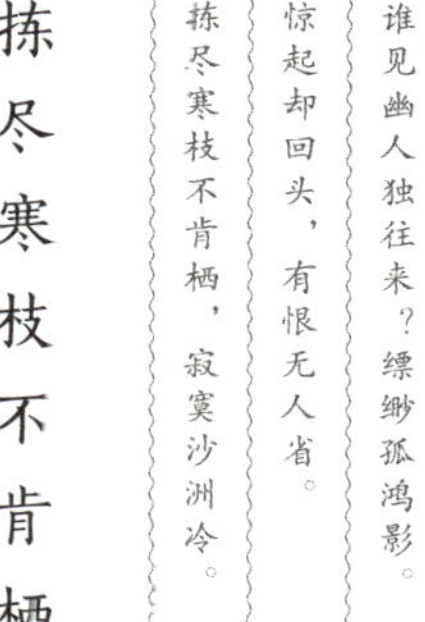

缺月挂疏桐，漏断人初静。谁见幽人独往来？缥缈孤鸿影。

惊起却回头，有恨无人省。拣尽寒枝不肯栖，寂寞沙洲冷。

——《卜算子·黄州定慧院寓居作》

从乌台诗案中死里逃生后，苏轼被贬往黄州，在黄州定慧院容膝。

苏轼 20 岁进士及第，这一届，欧阳修是主考官，他看过苏轼的考卷《刑赏忠厚之至论》，并且面试过苏轼后，“退而大惊曰：此人可谓善读书，善用书，他日文章必独步天下”。并且意味深长地说自己：“吾当避此人出一头地。”一代才子，从此名噪京师。长安居，有何不易？可是，等待他一生的却是世路多艰，宦海沉浮，最严重的一次是身陷乌台诗案，九死一生。

公元 1079 年三月，四十二岁的苏东坡由徐州调任太湖之滨的湖州任知州。例行公事，到任不久，就写了一篇名为《湖州谢上表》的述职报告，先说微臣庸碌，再谢皇恩浩荡，锦绣文章，自然一挥而就。可是，他不该节外生枝，在严肃的奏章最后激动地写上这样笔带感情的话："陛下知其愚不适时，难以追陪新进；察其老不生事，或能牧养小民。"

宋神宗时期，朝廷最大的政治就是变法。在宋神宗支持下，王安石主持变法，其中一系列措施虽然对改变国运民生有利，但是由于操之过急，产生了许多副作用，为此，遭到以司马光为首的保守派的公开反对。司马光曾书面指责王安石变法是"生事"，于是"生事"一词一时成了攻击变法新政的热词。站在司马光一边，苏轼对这个敏感的词汇没有推敲，而是现学现用，说自己"老不生事"。同时，对拥护变法、急功近利的"巧进之士"，他统统冠以"新进"的群称，得罪了御史台的无数"群小"。作为当时的文坛领袖，苏轼有挥挥袖子就起风的影响力。于是，这些平时嫉恨苏轼的小人物集体恼羞成怒，站在忧国

宋・沈子蕃・缂丝梅鹊图轴

忧民忧君的道德高台上，弹劾他“愚弄朝廷，妄自尊大”，说他“衔怨怀怒”，甚至“指斥乘舆”“包藏祸心”，力促神宗“大明诛赏，以示天下”。蚍蜉终于撼动了大树，于是，同年七月二十八日，苏轼茫茫然中被急急解往京师御史台大狱，也就是乌台大狱。孔平仲的《孔氏谈苑》记录了当时押解苏轼上路时的情景：“即时出城登舟，郡人送者雨泣。顷刻之间，拉一太守如驱犬鸡。”

如驱犬鸡啊！

乌台诗案早已没有悬念，但重读此案，其中记录的几个细节却让我心痛难过。

抓捕苏轼的消息最先由一位附马密告给苏轼的胞弟苏辙，当时苏辙在河南商丘为官，于是急遣人倍道疾驰至湖州。苏轼得报后，慌作一团，急忙向下属交接了公事，惶惶不可终日地等着钦差到来。钦差到来后，他先是“恐不敢出”，不得不出见时，又脱去官服，欲以一身布衣去堂下负荆请罪，认为“既有罪，不可穿朝服”，经人提醒，说“未知罪名，仍当以朝服相见”，这才敢穿戴整齐，“具靴袍，秉笏立庭下”，支撑起州官的一点体面。见面后，面对装模作样、久立不语的钦差，面对一左一右“顾盼狞恶”的御史台差役，不等宣旨，他就匍匐请死，将几日来想得最要紧的话一并说出：“苏轼自来疏于口舌笔墨，着恼朝廷甚多，今日必是赐死。死固不敢辞，乞归与家人诀别。”第二个情节，是在解往京城途中，经过扬州江面和太湖时，他多次想学屈原自沉。终于没有死、不敢死的原因，是思前想后，既怕他的案子会牵三挂五，株连众多朋友，又怕给他同朝做官的弟弟苏辙招来说不清道不明的麻烦。第三个情节，是在乌台狱中，对于自己原本是“缘诗人之义，托事以讽，庶几有补于国”的诗文，在被穿凿附会、罗织构陷为批评新政、讥讽“新进”、没有原则地体恤民生的物证时，他竟然在没有刑讯逼供的情况下，全部供认不讳。第四个情节，由于在狱中生死未卜，一日数惊，绝望中，他给弟弟苏辙写了两首绝命诗，像所有绝命诗一样，交代了后事，托付

宋・梁楷・八高僧图

了家人。但其中有这样惊心的句子："梦绕云山心似鹿，魂飞汤火命如鸡。""圣主如天万物春，小臣愚暗自亡身。"

宋代"兴文教，抑武事"，崇尚文治、奖励儒术是基本国策，因此宋代文人地位之高为历代所不及，文化艺术也承上启下，达到了全盛时期。宋太祖曾指示"宰相须用读书人"，并立下祖宗家法，告诫后代子孙不得轻杀大臣和言官。因此，宋代也是适宜文人做官做梦的朝代，像范仲淹、欧阳修、苏轼这样的文人站在了官场潮头。这其中，也有许多二三流的文人，揣着语不惊人死不休的梦想翘首功名，却不抵苏轼信手一笔，就足以使他们须仰视才见。"月明多被云妨"，"木秀于林，风必摧之"是必然的劫数。检举者的心理委琐自卑，不能自圆其说，既说苏轼"初无学术，滥得时名，偶中异科，遂叨儒馆"，又说他"名高当时，辞能感众"。乌台诗案略去党争的政治立场不说，从头到尾，本来就是一场因嫉生恨、文人相轻的冤狱。在这个过程中，从上述的细节里，我却第一次感觉到苏轼确实只是一个只有三尺微命的一介书生，他天真幼稚，没有城府，既没有政治人物应对风云突变的权谋之术，也没有他自诩的八风吹不动的定力，"卒然临之而不惊，无故加之而不怒"只是他在《留侯论》里的纸上谈兵，平常心也仅仅是“道”。他不仅不狡辩，甚至连解释都不会。他惊惶失措，不打自招，痛不欲生，万念俱灰……和所有的文人一样，他是精神的贵族，情感的奴隶，本色的书生，是名利场上最不经践踏的花朵。一旦小人物挟天子以令诸侯，他同样会吓得像草民一样“魂飞汤火命如鸡”，面对屠刀，他一样会低到尘埃里，涕泣感激“圣主如天万物春”，自轻自贱“小臣愚暗自亡身”。苏轼是神仙一流的人物，才华达到了当世最高峰，人品官声也极佳，但是，他没有一点理直气壮，没有一点尊严。可怜的诗人，可怜的东坡！在“几经重辟”、命悬一线时，还是宋神宗比较冷静，翻遍了各路人物援救的奏章后，十二月二十九日，他最终允准的，竟是变法阵营主帅王安石呈上的“岂有圣世而杀才士者乎”的奏章。王安石以君子之腹，走出党争的小圈子，为天下惜才惜士，可圈可点。宋神宗敲山震虎后，在最关键的时刻，聪明一时。他在终审判决书上批道：“诗人之词，安可如此论？”

诗人之词，安可如此论！

屠刀在苏轼头顶高高举起，却只是让他陪杀场，最终不曾落下！

苏轼不死，诗人何幸！苏轼不死，文学史何幸！

一场诗案终于在雷声震震、雨雪交加之后，化为秦云楚岫，人们各尽所能地表演后，各取所需地平静下来。苏轼似乎被重罪轻罚，最终被放逐到黄州，暂时在定慧院安身。寺院里全是古老的教人进退、定慧的智慧，刑余之人，惊魂甫定，苏轼完全可以在这里找个角落坐下，双手合十，念经也好，养神也好，闭门思过，移移性情。可是，他并没有“惊起却回头”。那只顾影自怜，庭夜独步，绕树三匝，不知何枝可依，不肯随便择枝而栖的哀哀孤鸿，似鸿非鸿，似人非人，仍是不合时宜。词中通篇蕴涵的“有恨无人省”的一念之寒，像冬日黄州阴冷的夜晚一样，冷心冷面，一直冷到苏轼的中年里，人生里。

苏轼是月光诗人，他的诗词中，无一夜无月。而在这个孤鸿游荡的夜里，只有一弯缺月，挂在枯叶落尽的桐树上，无色无光，只有黑暗和寒冷。孤鸿飞向了寂寞的沙洲，而他也像一弯缺月，挂在人生边上，定慧院的佛光不能给他启示，他被世界遗弃了。这么冷、这么茫然的文字，在苏轼的诗文中仅此一篇！

乌台诗案之前，是苏轼的前半生，他为官政绩卓著，诗文多涉仕宦抱负。乌台诗案之后，是苏轼的后半生，虽然在短期内柳暗花明，他甚至曾一度官至翰林学士，但从此少了“圣明若用西凉簿，白羽犹能效一挥”的豪情，只觉得“料峭春风吹酒醒，微冷”。诗人开始亲近清风明月，将功名放远，自觉地将自己结网在自己认定的意境和意义中央，悬在人世间的半空，从高处向下看，看到的是人生哲学的矛盾统一，是苦中作乐、苦乐相续，是生命在流离中的失所，是人生逆旅中不确定的方向。

虽然他弱不禁风，虽然他英雄气短、儿女情长，但他终归是一个大鹏，乌台的牢狱不能葬他，俗世的沟壑不能污他，他必将有足够广阔的天地，任他飞翔。

惊鸿照影，伴君幽独。

杳杳没孤鸿

落日绣帘卷，亭下水连空。
知君为我新作，窗户湿青红。
长记平山堂上，攲枕江南烟雨，杳杳没孤鸿。
认得醉翁语，山色有无中。

落日绣帘卷，亭下水连空。知君为我新作，窗户湿青红。长记平山堂上，攲枕江南烟雨，杳杳没孤鸿。认得醉翁语，山色有无中。

一千顷，都镜净，倒碧峰。忽然浪起，掀舞一叶白头翁。堪笑兰台公子，未解庄生天籁，刚道有雌雄。一点浩然气，千里快哉风。

——《水调歌头·黄州快哉亭赠张偓佺》

"月"写思乡，"柳"写惜别，"梅兰竹菊"喻高尚人格，"鸿雁"在古典文学中，也多是羁旅漂泊、思乡怀亲、离愁别绪的象征。因鸿雁

“春则避阳暑而北，秋则避阴寒而南”的习性，看在文人眼里，大多带着一种去留无定、孤独悲伤的情感，携鸿雁入诗，《诗经·小雅·鸿雁》“鸿雁于飞，肃肃其羽。之子于征，劬劳于野”写流民役吏，《汉书·苏武传》写鸿雁传书，曹植诗“孤雁飞南游，过庭长哀吟”写思远，杜甫“夜来万里客，乱定几年归？肠断江城雁，高高正北飞”写离乱。

苏轼诗词中也多以飞鸿取意，或比附自身幽独，或感慨人生飘缈。“目尽孤鸿落照边，遥知风雨不同川”“人生到处知何似，应似飞鸿踏雪泥。泥上偶然留指爪，鸿飞哪复计东西”，苏轼的孤鸿，沉重的翅膀上承载着历代孤鸿的意义，更是诗人独自飞翔的姿态。

这首词，写在与友人在黄州快哉亭留别之际。

夕阳中，诗人与友人幸会，透过超然台上的绣帘，看见一片水天相接的空旷，眼前之景，恰合当年与恩师欧阳修在平山堂上唱和宴饮时的景象。“山色有无中”句，明写山色微茫，深旨在“有无”二字。诗人认得恩师，更认得事间万象似有若无，有中生无，无中生有，自有其盈虚消长，人行其中，如孤鸿明灭，不过是挥挥衣袖之间，为何不拂尘而过。下片先写静景，碧波翠峦，一碧千里。如果就这么写下去，就像《春江花月夜》诗一样，冷冷清清，反反复复，只在同一种情绪中游荡。但苏词所以与众不同，在于其常以神来之笔，忽得其经纬深远。从“忽然浪起，掀舞一叶白头翁”一句起，突然兴风作浪，一叶钓舟上下翻飞，山水由此而活，画面因此而旷，人随之起心动念，词的调子由“清平乐”转为“满江红”，越唱越响。“堪笑兰台公子”句，是一波三折的过渡，诗人笑兰台公子宋玉不过一俗人尔，风若有雌雄，指鹿或可为马？最后一句，“一点浩然气，千里快哉风”，既是兰台典故，是当下景，是在祝福友人气象万千、一日千里，又是“吾善养吾浩然之气”的学习心得。一直以为，诗词文章的最高境界，或是让人伤心欲绝，或是让人拍案叫绝，失此两者，就不是好文采。此处是大家大笔，其“气”是元气，其

宋·赵佶·雪江归棹图

“风”是“国风”，其“快哉”是仰看白云，俯听流水，是三昧。气畅、词绝、意尽后，诗人拍案而起，他果然可以高调地说“学道虽恨晚，赋诗岂不如”了！

写这首词时，乌台诗案已历数年，诗人从“缺月”“漏断”“惊起”中回过神来，在水天相连的超然台下，上有高天，下有长水，人在其中，人又不在其中，已证得半生红尘软系不过是“庄生化蝶，蝶化庄生”的梦幻空花。“杳杳没孤鸿”，孤鸿在此处，已是一道风景，远走高飞，已是出世间相。

在同时期的《后赤壁赋》中，这只孤鸿换了一个姿态化身：

……适有孤鹤，横江东来。翅如车轮，玄裳缟衣，戛然长鸣，掠予舟而西也。

须臾客去，予亦就睡。梦一道士，羽衣蹁跹，过临皋之下，揖予而言曰："赤壁之游乐乎？"问其姓名，俯而不答。"呜呼！噫嘻！我知之矣。畴昔之夜，飞鸣而过我者，非子也邪？"道士顾笑，予亦惊寤。开户视之，不见其处。

读到此，揣想这应该是"寒塘渡鹤影，冷月葬诗魂"的出处。雪芹收所有中国古典文化于一梦，自然深谙苏轼之魂魄。

《后赤壁赋》写于他贬谪黄州的第三个深秋，这桩冤假错案引起的孤愤，经过时间的抚慰，已经在诗人心中缓刑，他开始为自己的人生重新把脉。

苏轼写有两篇赤壁赋，世称前后赋。前赋在"壬戌之秋，七月既望，苏子与客泛舟游于赤壁之下。清风徐来，水波不兴"的缓慢舒旷的长镜头中展开，主客唱酬，诗人是自己，又是自己的另一半。通篇华丽丰满，有始有终，识得盈虚，认得自己，明白"天地之间，物各有主，苟非吾之所有，虽一毫而莫取"，于是"相与枕藉乎舟中，不知东方之既白"。一叶孤舟，自由自在，不日不月，是苏轼向往的生活质地。后赋写一次没有准备、想约又不想约的赤壁夜游，行文虽平铺直叙，没有四六句，不太合辙押韵，却空灵奇幻，笔笔欲仙，已经眼空尘世。

山高月小，水落石出，孤舟，孤鹤，诗人于断岸千尺处，摄衣而上。

草木震动，山鸣谷应，人影在地，仰见明月，在这幽暗唯美的水上月下，东坡“悄然而悲，肃然而恐”。而那只“翅如车轮，玄裳缟衣，戛然长鸣”，掠舟而西，复又入梦，梦里梦外不离不弃的横江孤鹤，是神明的启示。在这一片澄明朗阔中，险象环生中，诗人渐渐接近宗教。一个敏锐的心灵，对于人世的痛苦既然不能解铃系铃在人世，那么，在野径少人行的地方，诗人只能另辟蹊径。《古文观止》评《后赤壁赋》曰：“岂惟无鹤无道士，并无鱼，并无酒，并无客，并无赤壁，只有一片光明空阔。”

《传灯录》中，天衣义怀禅师云：“雁过长空，影沉寒水，雁无遗踪之意，水无留影之心，若能如是，方解向异类中行。”月下赤壁，水撞击岩石的轰鸣声、孤鹤凄厉的鸣声，像一声声奉喝，有一种神秘的力量，将诗人面临的现实与精神的冲突击出千层浪，在千层浪花的明灭中，人世一切不实的意义瞬间变得清朗，诗人内心的自由一时达到了最大化，证得了飞鸿无碍，泥上是否留痕，无须用意的大光明境。

每次读苏轼的诗文，都会在他营造的冰冷的苍凉中热血沸腾，感慨天才应运而生，应时而动，感慨士先器识而后文艺，感慨人生如水月不真，孤鸿来去，感慨古人今人既沉溺于虚幻中，又融和于虚幻中，感慨……

东风吹破千行泪

十年生死两茫茫。
不思量，自难忘。
千里孤坟，无处话凄凉。
纵使相逢应不识，尘满面，鬓如霜。

命运的劫数，让苏轼一生三娶三葬，三度春风，三葬落花。“相思千点泪”“惟有泪千行”“东风吹破千行泪”“枕前珠泪，万点千行”“佳人千点泪”……丧偶之痛不同于失去父母、手足甚至子女之痛，这是一种活生生的撕裂肢体的痛，是血肉模糊的痛，人就像突然被悬在半空、弃在半路上一样，成了一个不完整的人，生命失去了一半意义。而多情的苏轼一生竟三次经历了这种撕裂之痛，在他万点千行的泪水里，流淌着我们不能想见的离丧的惨伤。

十年生死两茫茫。不思量，自难忘。千里孤坟，无处话凄凉。纵使相逢应不识，尘满面，鬓如霜。

夜来幽梦忽还乡。小轩窗，正梳妆。相顾无言，惟有泪千行。料得年年肠断处，明月夜，短松冈。

——《江城子·乙卯正月二十日夜记梦》

悼亡诗滥觞于《诗经》，其中《绿衣·邶风》“绿兮衣兮，绿衣黄裳。心之忧矣，曷维其亡”是睹物思人；《唐风·葛生》“百岁之后，归于其居……百岁之后，归于其室”已不成诗，而是一声声悲号。

苏轼这首悼亡词，最动摇人心的，是其空茫之感。空间距离和凄凉之情混合在一起，深远又凄凉，哀伤又沉着。“千里孤坟”，重壤幽隔，不是空间的距离，而是生与死的距离。这样悼亡，已经超出了情爱的苑囿，已是对生与死的哲学思考，是痛定思痛的撄宁。

对于死别，没有几个人能够把持得住。说到叙死别之作，最喜欢韩愈的《祭十二郎文》。韩愈在人们心里，通常是《进学解》里那个迂腐板正的国子先生，“先生之业，可谓勤矣”“先生之于儒，可谓有劳矣。”可是，在这篇祭文里，韩愈一反常态，先渲染自己少孤，父母兄长早殁，零丁孤苦，与嫂子和侄儿相依为命，“未尝一日相离也”，及韩氏两世，“承先人后者，在孙惟汝，在子惟吾。两世一身，形单影只”的悲情背景，再事无巨细地追忆长大成人后两人的几次短暂相聚，又喋喋不休地将得到侄儿死讯的过程和将信将疑的心情一一记下，然后，就开始像一个悲痛欲绝的村妇那样抢天呼地，呜乎哀哉、呜乎哀哉地大哭起来：“其信然邪？其梦邪？其传之非其真邪？信也，吾兄之盛德而夭其嗣乎？汝之纯明而不克蒙其泽乎？少者、强者而夭殁，长者、衰者而存全乎？未可以为信也。梦也，传之非其真也。”在痛悔“汝病吾不知时，汝殁吾不知日，生不能相养于共居，殁不得抚汝以尽哀，敛不凭其棺，窆不临其穴。吾行负神明，而使汝夭；不孝不慈，而不能与汝相养以生，相守以死。

宋·苏汉臣·侍女图

一在天之涯，一在地之角，生而影不与吾形相依，死而魂不与吾梦相接”之后，他开始怨天怨地：“彼苍者天，曷其有极！”说自己“自今已往，吾其无意于人世矣！当求数顷之田于伊颍之上，以待余年！”什么都不做了，什么都不要了，人间无味，归田园居，不亡以待尽而已而已……哀词难工，然而情真一切真。这篇祭文是在听到侄儿死讯的第七日写的，韩愈大惊失色、斯文扫地、口不择言的样子是面具后面的真实人性。

苏轼这首词，写在结发妻子王弗去世十年之后。一个七日，一个十年，苏轼这样深沉地举哀，不是因为他比韩愈斯文矜持，而是时间在中间起了作用，时间减缓了疼痛。“人间别久不成悲”，十年里，苏轼人到中年，歌哭已绝，外伤变成了内伤。可是，不期想的一帘幽梦，忽然就将他带回往日的深闺。梦中的人还是十年前的花容月貌，在小轩窗下梳理着十年前的妆容。梦醒后，室虚风悲，他知道梦的由来，是因为“不思量，自难忘”，是因为“无处话凄凉”，只能是梦里花落知多少。梦中还能“相顾无言，惟有泪千行”，可醒来后，“月冷空房不见人”。最让他担心的，是她见到他很可能“纵使相逢应不识”，因为她芳华依旧，而自己已经劳碌半生，在人间岁月里，“尘满面，鬓如霜”了。想想《诗经》里描述的“葛生蒙楚，蔹蔓于野。予美亡此，谁与独处”的“短松岗”的凄凉，想想自己坟里坟外的十年怅恍，他只能在这月明之夜，冷静地写下这篇隔着阴阳的哀诔。这首词通俗易懂，过目成诵，是因为诗人已经无心措词，是因为这样的诗句一直就在心里，他只是不敢写。人生最深切的悲苦，即使是苏轼也难以下笔，谁又能写清楚？

清人沈复的《浮生六记》中，写他与一息奄奄的妻子死别瞬间的文字，是我读到的最惨伤细微的夫妻死别的白描，不烦摘录如下：

“……忆妾唱随二十三年，蒙君错爱，百凡体恤，不以顽劣见弃。知己如君，得婿如此，妾已此生无憾！若布衣暖，菜饭饱，一室雍雍，优游泉石，如沧浪亭、萧爽楼之处境，真成烟火神仙矣。神仙几世才能修到，我辈何人，敢望神仙耶？强而求之，致干造物之忌，即有情魔之扰。总因君太多情，妾生薄命耳！”

因又呜咽而言曰：“人生百年，终归一死。今中道相离，忽焉长别，不能终奉箕帚，目睹逢森娶妇，此心实觉耿耿。”言已，泪落如豆。

……

芸又唏嘘曰：“妾若稍有生机一线，断不敢惊君听闻。今冥路已近，苟再不言，言无日矣。君之不得亲心，流离颠沛，皆由妾故。妾死则亲心自可挽回，君亦可免牵挂。堂上春秋高矣，妾死，君宜早归。如无力携妾骸骨归，不妨暂厝于此，待君将来可耳。愿君另续德容兼备者，以奉双亲，抚我遗子，妾亦瞑目矣。"言至此，痛肠欲裂，不觉惨然大恸。

余曰："卿果中道相舍，断无再续之理，况'曾经沧海难为水，除却巫山不是云'耳。"

芸乃执余手而更欲有言，仅断续叠言"来世"二字，忽发喘口噤，两目瞪视，千呼万唤已不能言。痛泪两行，涔涔流溢。既而喘渐微，泪渐干，一灵缥缈，竟尔长逝！时嘉庆癸亥三月三十日也。当是时，孤灯一盏，举目无亲，两手空拳，寸心欲碎。绵绵此恨，曷其有极？

绵绵此恨，曷其有极？也只能白描一下过程而已。

王弗十六岁出嫁，红袖添香，陪伴苏轼度过了青春年少的十年时光。大家闺秀，亦负文才，周到沉静，正如"青山正补墙头缺"一样，正好补了苏轼行云流水一样自由流淌的性格弱点。想想两人死别时，王弗应该就是这样呜一响而绝的，苏轼就是这样抚膺大恸的。

"总因君太多情，妾身薄命耳！"这就是恩爱夫妻不到头的原因吗？

就情愿这样相信了吧。

对酒卷帘邀明月

去年相送，余杭门外，飞雪似杨花。今年春尽，杨花似雪，犹不见还家。

对酒卷帘邀明月，风露透窗纱。恰似姮娥怜双燕。分明照、画梁斜。

印象中，苏轼是最干净的诗人，他总是在远远地欣赏女人生命的美丽，他不靠近，也不让别人靠近自己，没有拉拉扯扯的细节，从不写“香囊暗解、罗带轻分”这样的话。美人与他，是“墙里秋千墙外道”，是“步转回廊，半落梅花婉娩香”，是“绣帘开，一点明月窥人”。他用笔洁净，是因为胸怀洁净。

去年相送，余杭门外，飞雪似杨花。今年春尽，杨花似雪，犹不见还家。

对酒卷帘邀明月，风露透窗纱。恰似姮娥怜双燕，分明照、画梁斜。

——《少年游·润州作，代人寄远》

杨花似雪，雪似杨花，苏轼用词这样取巧，他想说什么？

事实是，别时雪似杨花，此时杨花似雪，一个颠来倒去的杨花飞雪，看似单调的重复，却是将离人春望思归之心，提到了一种家常之境。

公元1074年三四月间，时任杭州通判的苏轼被调往镇江赈济灾民，与妻子小别。冬去春来，花开过了，接着柳絮飘飘，中间不过两三个月。虽是小别，多情而周到的苏轼想到妻子的孤独，从妻子的角度写下了这首淡淡小词，所以叫“代人寄远”。想想温情娴雅的第二位苏夫人在杨花飞雪的春天接到这封家书时的会心一笑，才知幸福是家常，才知嫁个才子，家常也是诗情画意。

当初，在杭州城门外，雨雪霏霏，夫妻执手告别；如今，乱花飞红，柳絮欺雪，冬去春又来。人生也同样反反复复，只见时光流转，人总是在两地，宦游的远人总也回不了家。客居人世，诗人说自己“多情应笑我，早生华发”，有太多的柔情牵绊。在纷纷柳絮迷人眼时，浅量的苏子最会把酒邀月，向月亮讨个清静。这时，有风絮飘窗，有画梁美宅，有“良辰美景奈何天，赏心乐事谁家院”。最让离人惊心的，分明还有

宋·苏轼·潇湘竹石图

一对燕子，双栖双宿，在月光下缱绻。对比“秋千慵困解罗衣，画梁双燕栖”，欧阳修的淡荡春光，铺陈的是宋朝一个不知名的下午一个士大夫的慵倦，似有一点情色，而“雪似杨花”，却是一地“似花还似非花”的小别的清怨。“幽欢却是寻常”，闲处留情，替人画蔷，万种风情集于一身的苏轼是宋朝的贾宝玉，有贾宝玉的无事忙，有闺阁的无尽含蓄。

苏轼的第二任妻子王闰之，是王弗的堂妹，在王弗去世后第三年嫁给了苏轼，比苏轼小十一岁，自小对苏轼崇拜有加。闰之姑娘生性温柔善良，虽然没有那么多的诗情画意和聪明伶俐，但笨笨的人却有笨笨的好。她一直陪伴着东坡的宦海浮沉，随之辗转南北，祸福与共，操持着一家人的柴米油盐，辛苦照看着王弗留下的孩子和自己的孩子，为苏轼遮风挡雨。《后赤壁赋》中，那位为夫君悄悄收藏着一坛好酒，“以待子不时之需”的贤妻就是王闰之。主雅客勤，苏轼家里总是客满樽盈，给内心孤独的诗人带来了许多片刻的欢娱。

然而，路过的都是风景，走得最快的，总是最美丽的时光。在明艳的春天里倚门望夫的家常女子，并没有陪他走完人生的第二程。二十五年之后，王闰之也先于苏轼逝世。离丧已不是杨花飞雪，而是落花成冢的沉哀。苏轼再次痛断肝肠，写祭文道：“我曰归哉，行返丘园。曾不少许，弃我而先。孰迎我门，孰馈我田？已矣奈何！泪尽目干。旅殡国门，我少实恩。惟有同穴，尚蹈此言。呜呼哀哉！”苏轼去世后，弟弟苏辙遵照苏轼“惟有同穴”的遗愿，将他与王闰之合葬一处，让他们生则同室，死则同穴，在另一个世界里长相厮守。

由此，他们永远守住了朝飞暮卷的杨花，守住了最家常的云霞翠轩。

不与梨花同梦

银涛无际卷蓬瀛。
落霞明，暮云平。
曾见青鸾紫凤、下层城。
二十五弦弹不尽，空感慨，惜余情。

玉骨那愁瘴雾，冰姿自有仙风。海仙时遣探芳丛，倒挂绿毛幺凤。

素面翻嫌粉涴，洗妆不褪唇红。高情已逐晓云空，不与梨花同梦。

——《西江月·梅花》

杨慎《词品》云：“古今梅词，以东坡此首为第一。”李清照说：“世人作梅词，下笔便俗。”而在这首词中，一句“不与梨花同梦”，一枝岭南的白梅花，就让所有的梅花脱下了生硬清高的外衣，洗去了俗艳，低下了姿态。苏轼作此词明为咏梅，实则是在怀念他的红粉知己朝云。全词仙气缭绕，不像是写一个被他看得红衰翠减的身边女子，而是在仰慕月中仙娥。“玉骨”“冰姿”“仙风”“素面”，这些空灵的素描，早已让后人想起天上掉下的林妹妹，自有一段风流和不可说的美。

曹植在《洛神赋》中，将美人写到了极品：“其形也，翩若惊鸿，婉若游龙，荣曜秋菊，华茂春松。髣髴兮若轻云之蔽月，飘飖兮若流风之回雪。”“芳泽无加，铅华弗御。”“丹唇外朗，皓齿内鲜。”“瑰姿艳逸，仪静体闲。柔情绰态，媚于语言。”宋玉《登徒子好色赋》中的“东家之子”则美成这样：“增之一分则太长，减之一分则太短；著粉则太白，施朱则太赤。眉如翠羽，肌如白雪，腰如束素，齿如含贝。”

苏轼写美人没有这么琐碎，“玉骨那愁瘴雾，冰姿自有仙风”喻其质，“素面翻嫌粉涴，洗妆不褪唇红”喻其容。惠州的梅花生长在瘴疠流行之乡，却不被瘴气侵染，是因为它有冰雪般的肌体、神仙般的风致。海仙时常遣人来探梅丛，这个使者化身为倒挂在树上的俏皮的绿毛小鸟，意欲一睹芳容。岭南梅花洁白如玉，边缘微含红云，有不施粉黛的天生丽质，就像美人有不能洗却的天然红妆。张炎《词源》中论及咏物词，说咏物贵在“收纵联密，用事合题。一段意思，全在结句”。在结句里，苏轼已经不能掩饰自己以梅喻人、以梅怀人的真情和悲伤，“高情已逐晓云空，不与梨花同梦”旨在表明，冰梅已绝，梨蕊不能效颦，我爱梅的情结也已随着朝云的早逝而成为梦幻空花，此生不再梦梅花，此生不再觅知音，此生相忘于江湖。

朝云十二岁时在杭州成为苏轼侍女，长大后被苏轼收为侍妾。在苏轼的后半生中，朝云万里相随，九死不悔，始终对苏轼“钟敬如一”，直到三十三岁病逝于惠州。她是苏轼晚景中唯一的红颜知己，苏轼称赞朝云“敏而好义”，她能看出苏轼有一肚子的“不合时宜”，能在吟唱苏轼“花褪残红青杏小”那首明艳的词曲时，竟因为懂得而泪流满面。在晚年的苏轼眼里，他们两人一起参禅悟道，一起放生布施，一个是“维摩境界”，一个是“散花何碍”，宛如神仙眷侣，不愿踏进凡尘。这也是在朝云新亡后，苏轼将她写得像花仙子一样的菩提因果。

虽然是颠沛流离的生活，但年轻的朝云幸福地陪伴了苏轼十一年，在这十一年里，万千宠爱在一身，她体会到了作为一代才子的女人的尊贵，体验到了被这样一个几百年不出一个的才子真爱的温暖。朝云曾经使多少女人羡慕，又让多少女人嫉妒。朝云走在苏轼前面，于她是幸运的。苏轼将她葬在惠州城西的丰湖边上。从此，像陆游一样，“林亭感旧空回首，泉路凭谁说断肠”，丰湖成了苏轼的沈园，城西成了他的禁地。剩下的岁月里，白发苍苍的苏轼只能独自面对茫茫江海，继续写他的悼亡诗：

银涛无际卷蓬瀛。落霞明，暮云平。曾见青鸾紫凤、下层城。二十五弦弹不尽，空感慨，惜余情。

苍梧烟水断归程。卷霓旌，为谁迎？空有千行流泪、寄幽贞。舞罢鱼龙云海晚，千古恨，入江声。

——《江城子·银涛无际卷蓬瀛》

同是怀念朝云，《江城子》更多的是一种“空感慨”“空有千行流泪”，是“断归程”后的空旷苍凉之感，是无语怨东风。当年的玉人已经像青鸾紫凤这样的神鸟一样，飞入苍茫的海上仙山蓬莱，栖身在仙人居住的层层蜃楼之中，海天相隔，可望而不可及。当年一起调筝弹琴的西窗时光也已烛烬弦烟，只剩袅袅余音。烟水路，敲门谁迎？眼看着一个个如花的生命在自己眼前香消玉殒，第三次葬花，人到暮年的苏轼深感命运泥泞不堪，“千古恨”，只能任由其“入江声”了。江河日下，

宋·花卉

如同诗人的晚景。这个孑然一身的伤心老人，从此徘徊于南国水岸，看雨丝风片，烟波画船，在落霞暮云中，踏着夕阳归去，空有余情无处寄，空有千行泪无人拭。

陶渊明《闲情赋》云：“佩鸣玉以比洁，齐幽兰以争芬；淡柔情于俗内，负雅志于高云。悲晨曦之易夕，感人生之长勤。同一尽于百年，何欢寡而愁殷。”

陶渊明同样在唱叹玉洁兰幽、柔情雅志、美丽姣好的生命。可是，再美丽的生命也抵挡不住时光朝朝暮暮的摧折，而是与我们一样，终将“同一尽于百年”。

愿诗人苏轼的在天之灵，能与他生命中的如花美眷在离恨天重逢，并像五柳先生期望的那样，“坦万虑以存诚，憩遥情于八遐”，将万千思虑坦然释怀，只余下一片“月出皎兮，佼人僚兮。舒窈纠兮，劳心悄兮”的明月初心，与爱人在八荒之外，天长地久地流连、忘返。

二 陆初来俱少年

银涛无际卷蓬瀛。
落霞明，暮云平。
曾见青鸾紫凤、下层城。
二十五弦弹不尽，空感慨，惜余情。

子曰：“孝弟也者，其为仁之本与。”孝悌忠信、礼义廉耻，是儒家倡导的人生八德，是中国文化的中轴。悌，专指兄弟姐妹情义，在中国文化中仅次于孝。兄友弟恭的儒学传统，在子瞻子由兄弟身上，彰显到了可以立碑立祠的程度。

苏轼字子瞻，弟弟名苏辙，字子由，小苏轼两岁。十八岁那年，苏辙与苏轼同科高中进士，一生为官。几十年间，苏轼兄弟诗词唱和，像写情书一样，不知道的人会很不理解，兄弟之情何至如此。然而，从下面撷取的这些不多的史料中，我们可以看到这对兄弟的一世长情，而我在读在写时已经潸然泪下。

子由说自己“幼从子瞻读书，未尝一日相舍。”“昔余少年，从子瞻游，有山可登，有水可浮，子瞻未始不褰裳先之。”有兄如此，子由是最高调的弟弟：“自信老兄怜弱弟，岂关天下无良朋。”苏轼说：“嗟余寡兄弟，四海一子由。”“吾少知子由，天资和且清。岂是吾兄弟，更是贤友生。”兄弟二人风神俊秀，芝兰同芳。苏辙学问深受父兄影响，为文“论事精确，修辞简严”，诗词“意境闲澹，情趣悠远”。苏轼称赞“其为人深不愿人知之，其文如其为人，故汪洋澹泊，有一唱三叹之声，而其秀杰之气，终不可没”。在《祭亡兄端明文》中，苏辙泣曰：“手足之爱，平生一人。幼而无师，受业先君。兄敏我愚，赖以有闻。寒暑相从，逮壮而分。”

在仕途上，两人大道相同，进退一致。苏轼恃才傲物，不合时宜。苏辙恭谨内敛，深沉稳重。苏轼一生数迁，一次牢狱之灾，数次贬官远地。苏辙多次为兄补台，一生基本平稳，曾官至副宰相。“乌台诗案”苏轼罹祸下狱，苏辙“举家惊号，忧在不测”，倾其所有，上下打点。他呈交给宋神宗的《为兄轼下狱上书》的奏折，意在为兄长做无罪辩护。为写这篇救命文章，苏辙不知捻断几根须，这可能是他这辈子写得最有层次的一篇文章，字字惨淡经营，比得上李密的《陈情表》。文章一开始，他先哭诉自己“早失怙恃，惟兄轼一人，相须为命”的身世之悲，说兄长与臣的“不胜手足之情”。再三跪九叩：“臣闻困急而呼天，疾痛而呼父母者，人之至情也。臣虽草芥之微，而有危迫之恳，惟天地父母哀而怜之！”将皇帝高悬在天地父母之上，极言兄长的微命全蒙“聪明仁圣”的皇帝哀怜。再述愚兄有罪：“狂狷寡虑，窃恃天地包含之恩，不自抑畏。”先低头认罪。再下，则婉陈罪不该死的理由，说哥哥就是这么一个不谙世事的诗人，“居家在官，无大过恶。惟是赋性愚直，好谈古今得失，前后上章论事，其言不一。”“遇物托兴，作为歌诗，语或轻发。”说兄长常常说话前后矛盾，没有一定之见，“愚于自信，不知文字轻易”，陛下不必把他的话当真。再下，说兄长已知错，陛下已有过警示，愚兄也早已“感荷恩贷，自此深自悔咎，不敢复有所为”，罹祸的文字不过都是些旧文字。于是，再乞求，以兄长“得免下狱死为幸”。这是先救命。因为知道皇帝最怕群臣结党谋逆，所以接下来写兄长无党无朋，“立朝最孤，左右亲近，必无为言者”，说他没有任何背景，也

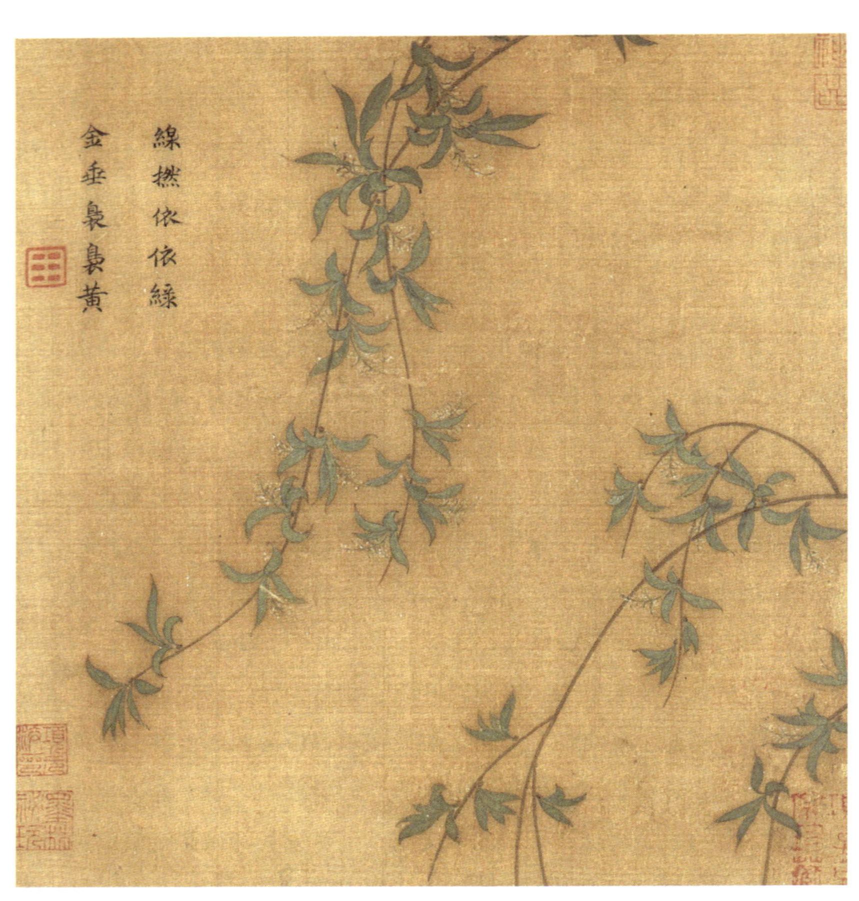

宋・佚名・垂杨飞絮图

无人指使。接着再说兄长少怀大志，目的就是为了“欲效尺寸于晚节”，报效明主，臣虽“非敢望末减其罪”，只是恐怕他早衰多病，不堪牢狱之苦，再无机会“洗心以事明主”，臣才敢冒死进言，是“窃哀其志”，想求得皇帝“赦其万死，使得出于牢狱，则死而复生”。这是求免刑。先认罪，再求免死，再求免刑狱之苦，一步步试探，最后是表决心。因为知道自己必定有连坐之罪，也为表明救兄心切，所以他情愿学缇萦救父，免去所有职务，“欲乞纳在身官，以赎兄轼”。并发誓，从今往后，“臣愿与兄轼，洗心改过，粉骨报效，惟陛下所使，死而后已。”全文不仅自己低声下气，也替兄长低下了一代才子喧宾夺主的所有姿态，低情曲意，步步为营，将男儿不轻弹的泪水挥洒得恰到好处，也将皇帝阅读时的心理揣摩得恰到好处。由于苏辙如此这般“冒死一言”，苏轼得救后，苏辙与兄同遭惩治，被贬官外放。狱中，苏轼“自度不能堪，死狱中，不得一别子由，故和二诗授狱乡卒梁成，以遗子由”。诗中写道：“与君世世为兄弟，更结来生未了因。”在乌台大狱出口，历史记载了这样一个细节：苏辙在风中伫候，见到常被“狱卒毒打、诟辱通宵”、大难不死的哥哥后，泣下如雨，第一个动作是“特捂其嘴”。意思是说，你就是祸从口出啊。元祐年间，子由已升为尚书右丞，苏轼又遭人排挤，心灰意冷，乞求外任。子由也连上四札，同乞外任，以追陪兄长左右。

公元1097年，苏轼被贬谪到海南儋州，苏辙被贬谪到广东雷州。五月十一日，兄弟二人相约于广西藤州见面。苏轼后悔当初没有听弟弟劝他效仿陶渊明归隐田园的话，作诗云：“劝我师渊明，力薄且为己。”这一年，苏轼六十岁，苏辙五十八岁。恋恋难舍一个月后，六月十一日，白发萧萧的两兄弟在海天辽阔处分手，从此作别，直至苏轼五年后病殁常州，此生再无缘面见。奄奄一息时，子瞻以不见子由为大憾大恸，子由接到噩耗则“号呼不闻，泣血至地”，哭到声嘶、呕血。苏轼去世后，苏辙独自寄身尘世十年，安葬兄嫂，照顾两家家小，史称“二苏两房大小近百余口聚居”。明月如水时，云中无人寄相思，苏辙只能读着亡兄写给自己的旧诗词，以哀以悼。

苏轼兄弟一生宦游，四十多年里，尽管他们一有机会就相聚相守，但毕竟山高水长，“别易会难”，如苏轼所言，“不相见者，十尝七八”，只能凭借鸿雁传书，感慨离合。其中，苏轼“寄子由”的诗词最多。苏轼在杭州任期满后，因苏辙正任职济南，就请调山东密州，以图相邻。《沁园春·孤馆灯青》这首词便作于苏轼由杭州移守密州途中，词前有小序：“赴密州，早行，马上寄子由。”

（赴密州，早行，马上寄子由。）

孤馆灯青，野店鸡号，旅枕梦残。渐月华收练，晨霜耿耿；云山摛锦，朝露漙漙。世路无穷，劳生有限，似此区区长鲜欢。微吟罢，凭征鞍无语，往事千端。

当时共客长安，似二陆初来俱少年。有笔头千字，胸中万卷；致君尧舜，此事何难？用舍由时，行藏在我，袖手何妨闲处看。身长健，但优游卒岁，且斗尊前。

——《沁园春·孤馆灯青》

苏轼一生“黄州、惠州、儋州”，萍踪不定，交游颇多，多作留别寄远诗词，但其情多徘徊于“桃花潭水深千尺，不及汪伦送我情”的感激与流连之间，肺腑之言，“不足与外人道也”，只能对最放心的人说。兄弟间交流无碍，这首词中，苏轼一边思亲，一边发牢骚。

时年三十七岁的苏轼当时处境艰难，心情复杂，词也写得百感交集。上片寓情于景，取感时花溅泪的笔法，“孤馆灯青，野店鸡号，旅枕梦残”“渐月华收练，晨霜耿耿，云山摛锦，朝露漙漙”数句，全是冷色调，是大地上最凄清无彩的风景。此时晨熙微微，驻马沉吟间，想到与变法派的矛盾，自己在朝中难以立足，被调来遣去，想想“世路无穷，劳生有限”，而自己披星戴月，风尘万里，多愁少欢，兄弟分离，不知道一天到晚都在忙些什么，不由得有一种厌倦情绪。

如果说上篇是杜甫的惯常情绪，那么下篇开篇，一个急转身，就换成了李白“天生我材必有用”的才子本色。苏轼对弟弟说，想起当年别眉山、破三峡，初到汴京时，我们兄弟二人青春年少，金榜题名，宴尔新婚，人生正如鲜花着锦、烈火烹油一般，像西晋才子陆机、陆云兄弟一样，胸藏万卷，下笔千言，想“致君尧舜上，再使风俗淳”有何难哉？可是，十七八年过去了，现实是这样的不尽如人意。“用舍由时，行藏在我，袖手何妨闲处看”，这三句又是一个转身，一方面表现自己对荣辱得失不屑一顾的态度，一方面又有“我辈岂是蓬蒿人”的骄矜。用不用，我都是潜龙在田，从云从水我自有打算。而此刻，我只想做个袖手旁观的闲人，最好是像鲁国大夫叔向被囚后“优哉游哉，聊以卒岁”那样，“但优游卒岁”，和兄弟一起，从春夏到秋冬，在林下月下，健康快乐，长醉不醒。

苏轼出身书香门

宋·马远·对月图

第。苏门以诗书传家，有几百年的流光积厚。到了苏轼父子这一代，更是登峰造极，一门三学士，唐宋八大家虚三席于苏门。想当年，和所有面壁十年图破壁的读书人一样，怀着治国平天下的仕途经济梦想，二十岁的苏轼和弟弟从穷乡僻壤出山，沿着科举的道路一路走来，走得辛苦而成功，为的就是要一展他大丈夫以天下为己任的补天怀抱，要“诗酒趁年华”。虽然认识到自己“半生出仕，以犯世患”，但他幻想着凭自己举世罕见的才华，如果机缘和合，必有“达则兼济天下”的机会。但是，他的理想没有顺利实现。因此，这首词除写离情外，更多地表达了苏轼入世出世的矛盾苦闷，看似超然物外，实际上是他人生上篇的负气总结。

如果以乌台诗案为楚河汉界，那么，在乌台诗案之前，苏轼是一只骄傲的鸡，他在野店徘徊，在黎明起舞，等待着一鸣惊人的时刻。在乌台诗案之后，苏轼却成了一只孤鸿，他在夜晚飞翔，没有方向，不知心恨谁，只对平林漠漠、水流花开心生向往。接下来的这首《满江红·怀子由作》，写出了他在知天命之年的人之常情。

清颍东流，愁目断、孤帆明灭。宦游处、青山白浪，万重千叠。孤负当年林下意，对床夜雨听萧瑟。恨此生、长向别离中，添华发。

一樽酒，黄河侧。无限事，从头说。相看恍如昨，许多年月。衣上旧痕余苦泪，眉间喜气添黄色。便与君、池上觅残春，花如雪。

——《满江红·怀子由作》

宋・梁楷・八高僧图

苏轼一生，套用一句现代的话说：不是在贬官之地，就是在去往贬官之地的路上。如他自己所说："坐席未暖，召节已行，筋力疲于往来，日月逝于道路。"

这首词作于1091年，时年苏辙在东京洛阳、任尚书右丞；苏轼"在翰林数月，复以谗请外"，被贬出知颍州。颍州在今安徽阜阳，此诗写在赴颍州途中，如苏轼所言，"为怀念胞弟，追感前约，厌于官场倾轧，企盼退闲之乐而作。"上片仍以写景起笔。途中，一个屡次被贬谪的人，只看见颍水青山，征帆远棹，或明或暗，千里万里。面对此情此景，苏轼不由得想起了苏辙早年读韦应物诗，至"那知风雨夜，复此对床眠"时，恻然感之，与他相约"早退为闲居之乐"的愿望。可是，三十多年过去了，二人都已白发苍苍，这个愿望还是没有实现。苏轼一生何恨？"长恨此身非我有"，恨人生不自由。下片回忆起二人离别七年后，于"熙宁十年二月，始复会于澶濮之间"的往事。欢聚的时光历历如昨，可是此去经年，中间已不知隔了多少岁月。伤感至此，为了不让弟弟难过，作为兄长的苏轼擦去泪水，转而写道：虽然衣上不知沾了多少新旧

宋·王晋卿·柳荫高士图

泪痕，可正如韩愈所言，“眉间黄色见归期”，隐约于我眉间的那一点黄色，也许正预示着我们很快就要相见了。等到相见时，“便与君、池上觅残春，花如雪。”最后这几句，看似在写春天二人并立花下的团圆美景，但读至此，却让人倍感伤神。因为他们看到的，已是流水送残春，落花如落雪的人生晚景，而我们知道，在这对白头兄弟的心里，还有此生未践的林下之约，以及难以成真的补天梦想。

苏轼中秋怀人之作，大多为子由而写，其中《水调歌头·明月几时有》更是千古绝唱。时在神宗熙宁九年，苏轼与苏辙已有六年没见面了。

中秋月下，苏轼大醉，望月思弟，生出无穷悲欢之感。“但愿人长久，千里共婵娟”，将手足之怜念，离别之伤感，人生宇宙之哲理写成了极品。前人云：“中秋词，自东坡《水调歌头》一出，余词尽废。”月亮在诗人笔下，总有难以言说的意义，自从这首词出现后，所有写月亮的词都容易读懂了。

兄唱弟随，在苏轼写了《水调歌头·明月几时有》的第二年，苏轼与苏辙在徐州相聚，苏辙也写了一首《水调歌头·徐州中秋》回赠其兄，写欢聚的喜悦和即将离别的伤感。苏辙词很少见，这首词，同样是一篇上乘之作，足见其人品才情。

离别一何久，七度过中秋。去年东武今夕，明月不胜愁。岂意彭城山下，同泛清河古汴，船上载凉州。鼓吹助清赏，鸿雁起汀洲。

坐中客，翠羽帔，紫绮裘。素娥无赖，西去曾不为人留。今夜清尊对客，明夜孤帆水驿，依旧照离忧。但恐同王粲，相对永登楼。

——《水调歌头·徐州中秋》

相聚的日子是数着过的，离别总是催人。今夜当庭把酒，明夜水驿孤帆，“相对永登楼”的日子让人亦喜亦忧，再相对，又不知何年何月。

《庄子·大宗师》云：“凄凄似秋，暖然似春。”这句话用来写苏轼最合适。

被世人认为又豪放又婉约的苏轼，性格中以阴以阳，一分两半，一半是忧郁的，凄凄似秋水横波；一半是和煦的，暖然似春光普照。在乌台诗案之前，他的忧郁是真实的忧郁，是天才诗人的真性情。在乌台诗案后，经过了“转朱阁、低绮户、照无眠”般曲折的反思，他刻意追求和表现出的豁达冲和的样子，同样也是真实的。这些转变，细微地表现在写给弟弟的诗词中，更让人觉得真实、亲切。

苏轼兄弟出生在四川眉山一个“门前万竿竹，堂上四库书”的书香门第，父亲苏洵是大文学家。据记载，苏洵三十岁以后才有苏轼苏辙二子，自然倍加爱护教导，希望他们能同车并辔，相得益彰，光宗耀祖。《左传·庄公十年》中写曹刿论战时，有“下视其辙，登轼而望之”之语，苏洵在给儿子起名时也许是受此语启发。他写有《名二子说》一文，文中对“轼”和“辙”这样诠释：“轮、辐、盖、轸，皆有职乎车。而轼独若无所为者。虽然，去轼，则吾未见其为完车也。轼乎，吾惧汝之不外饰也！”“天下之车莫不由辙。而言车之功，辙不与焉。虽然，车仆马毙，而患亦不及辙。是辙者，善处乎祸福之间也。辙乎，吾知免矣！”

苏洵是说，“轼”，原本是古代设在车箱前面供人做扶手的横木，这截木头大多数情况下没什么用处，但也绝不是可有可无。父亲祈祷聪明外向的长子要像“轼”一样，认清自己的处境和作用，最好不要显山露水，锋芒毕露，要学会掩饰自己，做到有所为有所不为。“辙”是车行过的压痕，天下的马车都在沿着前车的印迹行走，马到功成时，虽然车辙无功，但如遇车祸，车辙也不会受到牵连。对这个生来稳重敦厚的次子，父亲希望他能心平气和地沿着前车之辙平稳地走下去，不要改弦易辙，这样虽不能荣华富贵，却也可以免灾避祸。还有一层隐约的意思，就是父亲总担心他的天才长子会有不测风云，他暗自希望苏辙能对兄长有“濡沫涸辙”的襄助。

知子莫若父，苏轼兄弟正是用他们一生的手足情意，取长补短，相辅相成，终成大器，不辱父命，不失悌德的道统。

宋·李公麟·会昌九老图

想当年，一生无缘科举功名的苏洵在看到两个儿子同榜高中的奇迹后，曾又自嘲又伤感地说："莫道登科易，老夫如登天；莫道登科难，小儿如拾芥。"其实，苏洵做父亲真的很成功，有苏轼苏辙二子，区区功名，不要也罢。

《诗经·陟岵》曰："陟彼冈兮，瞻望兄兮。兄曰：嗟！予弟行役，夙夜必偕。上慎旃哉，犹来！无死！"这是在写一个远役他乡的弟弟登上山岗，远望故乡思念哥哥，似乎听到哥哥在说：我的兄弟日夜服役，一定要当心身体啊，一定要早日归来啊，一定不能客死他乡啊！

汉乐府《别诗》云："骨肉缘枝叶，结交亦相因。四海皆兄弟，谁为行路人。况我连枝树，与子同一身。"诗中把兄弟比作树叶缘枝，本是同根生，本是同一身。

苏轼生就才子性情，"性不忍事""不合时宜"，命途多舛。正因为有大智若愚、低调内敛的弟弟在身后助力，这只飞翔于天地间的大鹏才能后顾无忧，扶摇直上九万里。

人生天地间，骨肉有几人？想想李密《陈情表》中悲感的"既无叔伯，终鲜兄弟，门衰祚薄，晚有儿息。外无期功强近之亲，内无应门五尺之僮，茕茕孑立，形影相吊"的孤独无靠，有兄如轼，有弟如辙，怡怡此情，于兄于弟，此生足矣。

梦中了了醉中醒

夜饮东坡醒复醉，归来仿佛三更。
家童鼻息已雷鸣，敲门都不应，
倚杖听江声。

苏轼一生都在“缘溪行”，却找不到桃花源。

前半生，他名动天下，活在自己的理想里，活在建功立业的儒家文化的体系中，这段时间他应该是快乐的，有前行的方向。直到有了乌台诗案的教训和离丧之痛，他才发现，自己一身的本事不过是文人的本事，是写诗填词的末技，作为一个大宋的中高层官员，这些都是闲花草，他原是不懂仕途经济的，他就是横在车前面的那一截木头，登高望远可以，歇马赏花可以，但绝不是官场希望的栋梁之材。苏轼说，“人皆养子望聪明，我被聪明误一生。惟愿孩子愚且鲁，无灾无难到公卿。”只有“愚且鲁”，才能“到公卿”。而他聪明过人，自信过头，难免“兴尽晚回舟，误入藕花深处”。如果一直这么误下去，那就不是真聪明了。从乌台诗案开始，他重新定位自己，努力回归，梦想着“几时归去，作个闲人。对一张琴、一壶酒、一溪云”，不再参与党争，不再想着治国平天下，只以一个诗人的身份活在宋代，活出一个自由身，活出安全感。

可是，“性不忍事”是苏轼的天性，“不合时宜”是苏轼的标志，诗人天生不规范，要调教好一个诗人不容易。苏轼一生出入朝野，俗世的场场纷扰他都想投入，这些纷扰让他喜悦，也让他痛苦。所以，不管是在闹市街头，还是穷乡僻壤，他一面华丽亮相，享受着成功者的鲜花；一面寻找着他梦中的桃花源，修他“此心安处是吾乡”的道行。在这条戴枷修行的路上，他走得很辛苦。

分携如昨，人生到处萍飘泊。偶然相聚还离索。多病多愁，须信从来错。

尊前一笑休辞却。天涯同是伤沦落。故山犹负平生约。西望峨嵋，长羡归飞鹤。

——《醉落魄·分携如昨（席上呈元素）》

宋·钱选·兰亭集贤图

宋·苏汉臣·百子嬉春图

这首词是苏轼告别朋友杨元素时的感怀。

身在官僚体制中，苏轼的心和他的宦途一样，一直在流浪中。“故山犹负平生约”“长羡归飞鹤”，是苏词中重复的情景，是苏轼文学花园里生长的哲学花朵。苏轼对朋友说，我们都是天涯沦落人，出没风波里，偶然聚，偶然散。我半生萍飘蓬转，多愁多病。“家在西南，常作东南别。”每次瞻望家乡，似乎都能看见峨眉山月在依依相顾，我曾与家人相约要辞官回乡，可是这个约定早已过期，我还是不知道什么时候才能回去，只是徒然羡慕来去自在的飞鹤。

苏轼在《放鹤亭记》中作歌曰：“鹤归来兮，东山之阴。其下有人兮，黄冠草屦，葛衣而鼓琴。躬耕而食兮，其余以汝饱。归来归来兮，西山不可以久留。”鹤飞于野，有隐士的清净深远，常让苏轼羡慕嫉妒。而他此刻与朋友分别，独自上路，要去的地方既不是“故山”，也不是“东山”，没有载欣载奔的喜悦，只有行路人一程一程的辛苦。“我徂

东山，慆慆不归；我来自东，零雨其濛。我东曰归，我心西悲。”《诗经·东山》里征人的叹息，就是苏轼的叹息。“伤沦落”“从来错”，他明明知道西山不可以久留，他已经错了又错，却无力归来，只能用这些优雅而忧伤的诗文，反复向人们说着：归来归来兮。

夜饮东坡醒复醉，归来仿佛三更。家童鼻息已雷鸣，敲门都不应，倚杖听江声。

长恨此身非我有，何时忘却营营？夜阑风静縠纹平，小舟从此逝，江海寄余生。

——《临江仙·夜归临皋》

既然“长恨此身非我有”，又不知“何时忘却营营”，苏轼就是一个悖论，是一念清醒，一念糊涂。红尘在一墙之内，人在三更，在黑暗中，在门外，所以敲门都不应，他只有独自倚杖听江声，由此明白到处都是江湖，当下就是余生。时光在昼夜之间流转，他在去留之间醉醒，此身已踏在红尘之外，已经看见夜阑风静，像张满的弓一样的潮水已经平息，人生至此，原本可以不必再敲门，而他的一叶孤舟尚不能从此逝，云水之约尚不可期，是因为散发采薇的缘份还未到。

有情风万里卷潮来，无情送潮归。问钱塘江上，西兴浦口，几度斜晖？不用思量今古，俯仰昔人非。谁似东坡老，白首忘机。

记取西湖西畔，正春山好处，空翠烟霏。算诗人相得，如我与君稀。约他年、东还海道，愿谢公、雅志莫相违。西州路，不应回首，为我沾衣。

——《八声甘州·寄参寥子》

有情风，万里潮，潮来潮去，云卷云飞。这首词舒展开阔，思量古今，俯仰今昔，大气豪放不输“大江东去”。在茫茫大江之上，烟霞晚照，白首东坡捻须微笑，想念故人，断取山河，做着和东晋名士谢安那样隐居东山的人生大梦。“有情风万里卷潮来，无情送潮归”“不用思量今古，俯仰昔人非”，这样的句子即使读一千遍，也有人生初见的惊艳。风是有情风，潮是无情潮，只有东坡能这样听风观潮，凡人都只配归入无眼界、无意识界、无明界。而俯仰之间，昔人已非，只要知道一俯一仰何其短促，就不用再问百年光阴值“几度斜晖”。最后，东坡说，不用回首哦，不用为我泪下沾衣。已经把人生写得这样不堪回首了，他却径自微笑转身，只能让人望其项背，大惊失色。

然而，苏轼在这样的山水中反复出现的身影，也让我们看出，他期望的红尘拔足仍然只是“约他年”，而不是约当下，他还在有情无情间，潮来潮又去。

（三月七日，沙湖道中遇雨。雨具先去，同行皆狼狈，余独不觉，已而遂晴，故作此词。）

莫听穿林打叶声，何妨吟啸且徐行。竹杖芒鞋轻胜马，谁怕？一蓑烟雨任平生。

料峭春风吹酒醒，微冷，山头斜照却相迎。回首向来萧瑟处，归去，也无风雨也无晴。

——《定风波·莫听穿林打叶声》

北宋·王居正·纺车图

野游途中偶遇风雨，本是小事，能让苏轼写出“谁怕，一蓑烟雨任平生”的名句，可知小事里也有大禅机，而“归去，也无风雨也无晴”的结论，更是搭起一座莲花台，敲响一片晨钟暮鼓。再把“莫听”“何妨”“谁怕”“归去”八个字连起来看，则是苏轼又一次夫子自道。莫听，则世声不惊；何妨，又是何等晏如；谁怕，是洛阳才子的气派；归去，已然在风波之外。“同行皆狼狈，余独不觉”，觉时，“已而遂晴”。行走风雨人世，苏轼颖悟过人，对“穿林打叶声”他比别人经得起，对“料峭春风”他比别人早知觉，不需要皓首穷经，只在一场不期而遇的红尘风雨中，他竹杖芒鞋大步走来，已经一马当先，格物致知。

其实，身在红尘，我们常常不是挂钩之鱼，就是作茧自缚，“受苦现在，殃流来劫”。如何走，如何歇，如何沉醉，如何解脱，这是人人都在思考的问题，是矛和盾的故事。《记游松风亭》短短一百字，犹如俗世半部《心经》，是苏轼苦苦修行一生后，最后的舍利子：

余尝寓居惠州嘉祐寺，纵步松风亭下。足力疲乏，思欲就亭止息。望亭宇尚在木末，意谓是如何得到？良久，忽曰:“此间有甚么歇不得处？”由是如挂钩之鱼，忽得解脱。若人悟此，虽兵阵相接，鼓声如雷霆，进则死敌，退则死法，当恁么时也不妨熟歇。

“此间有甚么歇不得处？”

老子曰：“吾所以有大患者，为吾有身。及吾无身，吾有何患。”人在世间，多为自身所累。苏轼一直在与自己的人生作战，在调教自己，

宋・佚名・柳塘钓隐图

直到最后，终于证得，人生不过是兴之所至，走到哪算哪，没有哪里是适当的地方，没有哪天是适当的时候，说停就停，说了就了。“客亦知夫水与月乎”，苏轼知道。这种松风亭下，自在行、自在止的境界，就是他的赤壁，他的桃花源，是他在兵阵相接的人世进退两难时，歇足的地方。

“永远身在别处，却在此岸预言。”作为一个渴望回归的精神游子，苏轼的一生是痛苦的，也是快乐的，他就这样痛苦并快乐地活了一辈子。这样活着，本身就是一种功业。我们的一生，都在“既自以心为形役，奚惆怅而独悲”中消磨，而他细致地、有节制地表达了这种感受，这是最接近真实的一种人生感受，是对人生苍凉本色的认真回应。他在离去和坚守中矛盾彷徨的背影，带着现代人对人生意义的思考，带着智者对生命最温情的抚慰与关照。

苏轼去世后，举国哀悼，祭文如潮。弟子李廌《祭东坡文》曰：“道大不容，才高为累。皇天厚土，鉴一生忠义之心；名山大川，还千古英灵之气。”宋高宗在追赠苏轼的敕文中赞曰：“不可夺者峣然之节，莫之致者自然之名。”近代国学大师王国维推崇苏轼：“三代以下诗人，无过屈子、渊明、子美、子瞻者。此四子者，若无文学之天才，其人格亦自足千古。故无高尚伟大之人格，而有高尚伟大之文章者，殆未有之也。”林语堂说：“像苏东坡这样富有创造力，这样守正不阿，这样放任不羁，这样令人万分倾倒而又望尘莫及的高士，是人间不可无一、难能有二的。有他的作品摆在书架上，就令人觉得有了丰富的精神食粮。”

宋·佚名·夏卉骈芳图

这是一个热情生活过的人，一个完美的人。在荆棘丛生的人生中，他珍爱自己的生命，自视甚高，自云“吾上可以陪玉皇大帝，下可以陪卑田院乞儿，眼见天下无一个不是好人”，上下自在，骄傲得可爱。他慈悲为怀，文采冠绝，“胸有万卷，笔无点尘。其阔大处，不在能作豪放语，而在其襟怀有涵盖一切气象”，道德文章均成一代大观。他生活着，思考着，写作着，升华着，“天生健笔一枝，爽如哀梨，快如并剪，有必达之隐，无难显之情。”他几度“琼珠碎且圆”，却出淤泥而不染，明机巧而不用，历经百劫，赤子之心终不能改。

苏轼的话题永远也说不完。

面对一个伟大的生命，就像面对一部伟大的作品，千人千部红楼，千人千眼苏轼，因为横看成岭侧成峰，所以远近高低各不同。我们只要知道，他的存在，就是天地奇观，是造物主给人类的一个奖赏。在中国文学史上，因为有过这样一个生命，中国文学史才可以辉煌地写下去，中国文人才有了一个完美的范本。

雪地上的飞鸿已经不知去向，他没有说完，却道尽了一切。他踏过的痕迹，已经成为永远的景深。

陶渊明是我最怜惜的诗人，杜甫是我最敬重的诗人，苏轼是我最喜爱的诗人。为此，我写下一段闲笔，用以描摹苏轼的人生画卷。是否管窥蠡测不以为陋，是否唐突韵文不以为羞，只以此作为重读苏轼的总结，并遥祭苏子在天之灵。

修短合度，五官清朗。衣带风露，帽挂斜阳。

居官帽靴端严，家常素服布衣。神情怅然若失，脸上常带笑容。

平视红尘，看往来之人；心怀高远，羡天际飞鸿。

话虽不多，也不沉默。心地单纯，容易激动。

或不分场合地点，说几句劳骚话；常三五好友相聚，游几回夜赤壁。

莫名其妙叹气，不知不觉流泪。

听人说话，半天才回过神来；看人受苦，经常会解囊相助。

对流年暗换敏感，见花褪残红伤心。

做事往往不计后果，喝酒常常酩酊大醉。

有故乡情结，梦里常回眉山看看；有名士风度，宦游总不忘写家书。

有弟名辙，兄友弟恭；兄弟唱和，像写情书。

热情迎送往来朋友，每逢聚散必作诗词。

有两任妻子一个爱妾，如花美眷，琴瑟和鸣，惜伊人都不长寿；

与歌舞官伎饮宴交游，有时惊艳，乐而不淫，从不写罗带轻分。

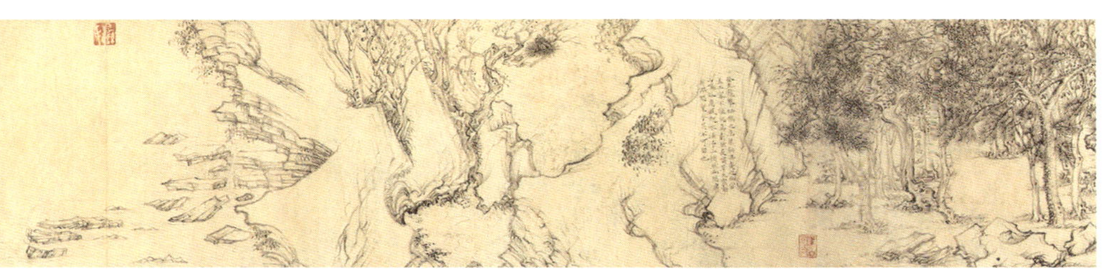

有三子绕膝，无一女承欢。

西园筑台，风晨花夕，时效醉翁约八方来客同超然；

东坡耕田，春种秋收，常学东篱带四时明月荷锄归。

二十高中榜眼，声噪一时；一生高才雅德，名满天下。

兴来时高唱大江东去，心灰日常思水波不兴。

豪放婉约行藏在我，荣辱浮沉去舍由时。

琴棋书画诗词文章均成一家，闲茶闷酒美食竹舍自有心得。

蒙乌台劳狱之辱，有翰林学士之尊。

谪居黄州惠州儋州，行走庐山恒山罗浮。

西湖修苏堤惠民千载，海南广教化坐馆授徒。

儒释道三教得兼，天地人三才一统。

道德文章揽一人之身是后学梦中夫子，

天地灵犀集一人笔下实中华千古嘉声。

宋·乔仲常·后赤壁赋图

两情若是久长时

纤云弄巧，飞星传恨，银汉迢迢暗度。
金风玉露一相逢，便胜却人间无数。
柔情似水，佳期如梦，忍顾鹊桥归路。
两情若是久长时，又岂在朝朝暮暮。

牛郎织女的传说家喻户晓，历久弥新。

一对夫妻被银河阻隔，制造悲剧的天神被二人的苦情感动，动了“好生之德”，于每年七月七日搭起鹊桥，允许他们在七夕相会，这就是牛郎织女故事的梗概。这个传说中所含的种种悲剧因子使人神共惊，也成为历代文人抒发离愁别恨的经典意象。如，《古诗十九首》中的《迢迢牵牛星》吟道：“迢迢牵牛星，皎皎河汉女。纤纤擢素手，札札弄机杼；终日不成章，泣涕零如雨。河汉清且浅，相去复几许？盈盈一水间，脉脉不得语。”杜甫诗云：“牵牛出河西，织女处其东。万古永相望，七夕谁见同。”白居易诗云：“烟霄微月澹长空，银汉秋期万古同。几许欢情与离恨，年年并在此宵中。”杜牧诗云：“银烛秋光冷画屏，轻罗小扇扑流萤。天阶夜色凉如水，坐看牵牛织女星。”无可奈何天，痴情梦中人，虽然牛郎织女的故事终是虚话，但这些美丽的诗歌却直教人感动千年。

至宋代，七夕的故事也写入了文人词中。

纤云弄巧，飞星传恨，银汉迢迢暗度。金风玉露一相逢，便胜却人间无数。

柔情似水，佳期如梦，忍顾鹊桥归路。两情若是久长时，又岂在朝朝暮暮。

——《鹊桥仙·纤云弄巧》

两颗星星，让秦观看久了，于无可奈何中，却看出了新意。

夜空中，纤薄的云彩，百般弄态。流星如雨，似乎在传递着星际间的愁怨。茫茫银河，铺就了与往日不同的红地毯，灵鹊也已经搭好了与人方便的康桥。这时，秋风微微，白露薄薄，人间天上，两颗相望一年的星星终于远道而来，赴巫山之会，续千年仙缘。其“金风玉露”一相逢的一夜艳情，已胜过人间万千俗世男女的朝朝暮暮。然而，相思一年，相见一夜，情如天河，梦若流星，转眼又别鹊桥。鹊桥不解留郎住，来路也是归路。鹊桥分手处，掩面牵衣时，心中纵有百般不忍，还是不得不忍，只得以两情不渝再次相勉，何年何月才能朝夕相守这样的话，再不要说下去了。

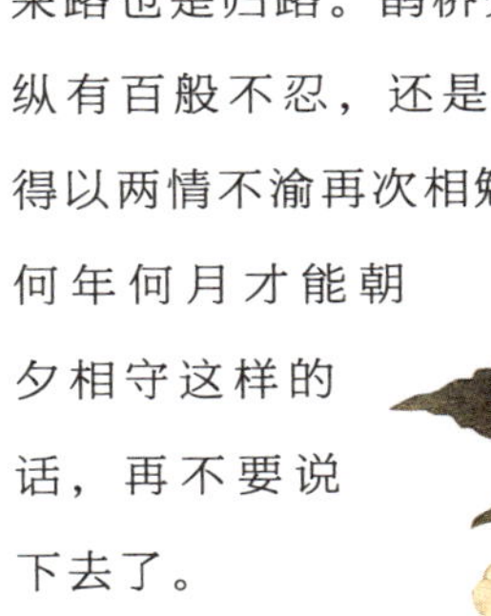

秦观忧郁多情，其言幽情时也是不温不火，自有一

宋・李迪・白芙蓉图

道屏风遮羞，“金风玉露一相逢”是最含蓄的笔法，明是写秋风白露的时节，其中二星相逢时胜过人间无数的细节，却能让人心领神会。“两情若是久长时，又岂在朝朝暮暮”，这两句警语，已经成为爱情颂歌中的千古绝唱。这场天神之恋，已经超凡脱俗，这种破格之谈，也超过同类作品别多会少的幽怨情调远矣。七夕词写至此，也可以说“余词尽废”。

南宋诗人范成大的《鹊桥仙·七夕》，也是洗旧翻新之作。

双星良夜，耕慵织懒，应被群仙相妒。娟娟月姊满眉颦，更无奈、风姨吹雨。

相逢草草，争如休见，重搅别离心绪。新欢不抵旧愁多，倒添了、新愁归去。

——《鹊桥仙·七夕》

宋 · 刘松年 · 罗汉图

起笔点明写七夕，并以侧笔渲染出当事人和旁观者的心情，烘托出一年只此一度的七夕相会的环境氛围。遥望星空，银河灿烂，牛郎已无心耕种，织女也无心纺织，只盼着鹊桥相会。可是，这种悲喜交加的相会，却被群仙嫉妒。因为牛郎织女经年相思，终有一见，而月中嫦娥和风姨的孤寂却没有尽头，难免郁结起一段不平之意。于是，月姐蹙起愁眉，只露出一弯明月窥人，风姨也兴风吹雨，洒下点点泪水。“月姊”嫦娥常见，“风姨”却是初次出场。这本来是说天气状况，因为时值阴历七月上旬，月相为上弦，其状如弓，从地上望去，就只见月牙如眉，而兼有风雨，也是秋日常态。诗人用这种拟人的笔墨写下，自然风月就成了人间风月。在这种乌云浊月当空、不太和谐的环境里，二人的相逢自然草草。“争如休见”这句，不知出自二星谁之口，这是爱极而生怨，是欲求近，反疏远。片刻新欢，不抵一年旧愁，本来已经习惯的孤独岁月，却又因为这匆匆一见，使旧伤痕又添新伤痕。人走了，带走的，留下的，都是新愁。晏几道说，“欢尽夜，别经年，别多欢少奈何天”，也是替两位断肠仙子解愁解恨。

爱恨不由人，情知此会无长计，如此相濡以沫，却不能相忘于江湖，惟有新愁旧恨堆积，神仙也不能跳出人生八苦。范成大的这首词，一反秦观词的欢情，把一场欢会写成了不欢而散，看似在写双星的夜来风雨，实是在说人间情侣不能长相守的暗愁长恨。苏轼的七夕词《菩萨蛮·风回仙驭云开扇》之句：“相逢虽草草，长共天难老”，同样也写相逢草草，却因为这种草草可以与日月常存，不似人间尘缘匆匆，所以“终不羡人间”，比范成大明朗乐观多了。

北宋诗人陈师道也有一首《菩萨蛮·七夕》词，写牛郎织女相会的情景，却随心倒转古意，发出人间不如天上的感叹。

东飞乌鹊西飞燕，盈盈一水经年见。急雨洗香车，天回河汉斜。

离愁千载上，相远长相望。终不似人间，回头万里山。

——《菩萨蛮·七夕》

七夕这一天，最忙的是东飞的喜鹊和西飞的燕子。

词的上片写喜鹊和燕子如约而来，忙忙地为牛郎织女铺设着一年一会的天路。牛郎织女的故事感动了天界，天雨也急着为织女清洗出行的

宋·佚名·竹雀图

香车。“天回河汉斜”，是说随着黎明的到来，一直运动回转着的银河从地上看上去斜斜的，与过片“离愁千载上”顺接，是写一夕忽忽，天就要亮了，离别的时候也即将来临。牛郎织女悲剧的核心就是有情人不能长相守，千载离愁，人隔两岸，只能“相远长相望”，这本是不能忍的憾事，可是，人间天上对照之下，诗人却说天人虽然“相远”，犹能“长相望”，而人间却常常“回头万里山”，山远水远，连长相望也做不到。为什么会“回头万里山”，诗人没有说下去，而我们早已知道，爱情是人间最不能分说的一个词。

牛郎织女“盈盈一水经年见”这个神奇的想象，看来近乎荒诞不经，可正是在这种想象和荒诞中，爱情的勇气和力量得到了公证，人间怨侣不能实现的愿望在心理感情上得到了满足，所以成了爱情病的解药。

北宋末年诗人谢薖的《鹊桥仙·月胧星淡》在这首词的悲观之上，又添一层凄凉。

月胧星淡，南飞乌鹊，暗数秋期天上。锦楼不到野人家，但门外、清流叠嶂。

一杯相属，佳人何在？不见绕梁清唱。人间平地亦崎岖，叹银汉、何曾风浪！

——《鹊桥仙·月胧星淡》

北宋末年，奸臣当道，诗人谢薖由于不阿谀当权者，归隐山野，一生困居布衣。七夕作词，其情绪低落可想而知。词在表面上是写七夕，却着力以“锦楼”和“清流叠嶂”做比，写富贵人家乞巧的奢侈热闹和

宋·梁楷·八高僧图

野外清流人士的清贫冷寂。天上银河风平浪静，神仙眷侣相得益彰，而人间看似平地，却处处崎岖坎坷，常常情随事迁，人在两地。

上片朦胧的月、淡淡的星、南飞的喜鹊，都蕴含着一种朦胧、欢快的情感，为牛郎织女“暗数秋期天上”做着铺垫，蕴含着诗人对牛女相会的歆羡、赞美之意。七夕这天，富贵人家的女子在锦楼上结缕穿针，向心灵手巧的织女乞求织艺，恩爱夫妻对着象征永恒爱情的神仙眷侣盟誓，祈求爱情天长地久。而身在远地的诗人独对重山流水，一杯在手，无人可约，一切热闹都只是别人的热闹，与诗人枯槁孤寂的生活相去千里。“佳人何在”“不见绕梁清唱”，是思美人不来，歌欢不再，是对潦倒身世的感叹。最后，再从人间返回天上，以天上爱情的美满反衬人间的爱而不得。至此，起承转合备矣。

以上这几首词，流畅明白，传之千载，均是佳作。然而，读到此时，牛郎织女的故事是悲剧还是喜剧，已经不能断然下结论。秦观词的主旨在于“两情若是久长时，又岂在朝朝暮暮”，说爱情的本质是真心相爱，不在意把朝朝暮暮改成岁岁年年。但凡人总归不比神仙超脱，无限漫长的别离日月，重重叠叠的悲伤，决非人心所能长久忍受，所以范成大阐释的与其天上人间可望不可及地等下去，慌张、夸张、乍合乍离地折腾下去，还不如守着红尘客梦到老到死的家常情怀更能被俗世男女接受。到了陈师道和谢邁，又得出了人间鹊桥不可期的结论。秦词的高情逸调不可多得，范词表达的是普通人的情感所向，陈、谢词的人间常态里，带着明显的个人哀怨。同样的题材，不同的视角，写出来各有心得，缘于每个人不同的性情和际遇。

问欢情几许？问良夜何其？

宋代词人李之仪最解相思苦，他著名的词《卜算子·我住长江头》用民歌的清韵写相离之远与相思之切，念之成诵："我住长江头，君住长江尾。日日思君不见君，共饮长江水。此水几时休，此恨何时已。只愿君心似我心，定不负相思意。"江水悠悠不断，相思绵绵不已。"日日思君不见君"写恨，"只愿君心似我心，定不负相思意"写痴。悠悠长江水，既是千里屏障，又是考验爱情的距离。可是，这样的爱情是否经得起时间与距离的考验，谁也没有把握，他在另一首词《谢池春·残寒销尽》中，给出了世俗的答案："不见又思量，见了还依旧。为问频相见，何似长相守？"不见时想见，见了又如何呢？两地相思，终不似一生相守，这才是最简单的解连环的办法。

离合聚散，虽是天人也不可幸免，里面有交割不清的风情月债。"真个离别难，不似相逢好"，这是晏几道的大实话。

牛郎织女的相会和离别只能凭借天意，而人间的聚散却事在人为。我们没有时间天长地久地绾誓言，卜来年，所以只愿人间男女都早早收拾起新愁旧怨，于一世短程中，不羡银河仙子，珍惜人间情味。

山抹微云

红蓼花繁，黄芦叶乱，夜深玉露初零。
霁天空阔，云淡楚江清。
独棹孤篷小艇，悠悠过、烟渚沙汀。
金钩细，丝纶慢卷，牵动一潭星。

秦观生于公元1049年，卒于公元1100年，字少游，一字太虚，号邗沟居士，学者称淮海先生，扬州高邮人。他天生聪颖，有过目成诵的天赋，不仅诗词文各体兼工，而且能书善画，苏轼曾夸他“兼有百技”。他的词多写男女情爱，也多有感伤身世之作，情韵兼胜，凄美婉约，是史上一位不可多得的绝尘才子。

“待月迎风，情怀如诉”，这是前人对秦观风神仪态的诗话。

山抹微云，天连衰草，画角声断谯门。暂停征棹，聊共引离尊。多少蓬莱旧事，空回首、烟霭纷纷。斜阳外，寒鸦万点，流水绕孤村。

销魂。当此际，香囊暗解，罗带轻分。谩赢得，青楼薄幸名存。此去何时见也？襟袖上、空惹啼痕。伤情处，高城望断，灯火已黄昏。

——《满庭芳·山抹微云》

遇到这样的词，必须先感慨一番。

在通读了秦观传世的100余首词后，最大的感慨就是，秦观不愧是苏门学士，他已经跨过苏轼的高门槛，登堂入室，俨然是座上宾。

秦观一生与苏轼有极深的因缘。秦观的先祖是南朝时的武将，他也算是将门之后，家风所染，少年秦观爱读兵书，梦想着长大后统将领兵，驰骋沙场。后来能立足文坛，结缘于他三十岁时与苏轼的人生初见。当时苏轼自密州移知徐州，秦观前往拜谒，写诗道："我独不愿万户侯，惟愿一识苏徐州。"苏轼读了他的新作《黄楼赋》后，惊赞他有屈宋之才，并把他介绍给王安石，希望借王安石的名望，使秦观"增重于世"。王安石称他"有鲍谢清新之致"。在苏轼力劝下，秦观参加科举考试，却两度名落孙山，直到三十七岁才进士及第，步入仕途。苏轼一生坎坷，屡遭贬谪，秦观也受到牵连。到了哲宗元祐二年，苏轼引荐秦观为太学博士，后迁秘书省正字，兼国史院编修官。元祐七年，苏轼自扬州召还，秦观迁国史院编修，与黄庭坚、晁补之、张耒同时供职史馆，人称"苏门四学士"，成就了一段文坛盛事。然而，好景不长，哲宗亲政后，重行新法，于是苏轼和秦观等人又一同遭贬。从四十五岁起，秦观先被贬往杭州，不久又贬往处州，再贬郴州、横州、雷州，越贬越远。徽宗登基后，大赦天下，秦观被起复为宣德郎，是一个正七品的小官。回京途中，路过广西藤县的华光寺，他觉得口渴，让仆人去打水。等水送至，他面含微笑地看着，就此离世。如他所言，从此"醉卧古藤阴下，了不知南北"。

关于这首词，有个有趣的故事。秦观的女婿范温性格内向，木讷少言，一次参加宴会时坐在角落，听着歌女唱少游词，不敢吐一语。酒过三巡，这个歌女带着调侃的口吻问他：此郎何人也？此刻，只见已有几分酒意的范公子"遽起，叉手而对曰：某乃'山抹微云'女婿也"。于是，闻者多笑倒。这个故事告诉我们，一是"山抹微云"这首词曲是当时的流行歌曲，秦观已名满天下；二是古人写作最惜笔墨，"遽起""叉

宋 · 马远 · 梅石溪凫图

手”两个动作，已经写活一个自卑的醉书生。

关于这篇神品的创作时间，有研究者认为作于1079年，也有人认为作于1094年，写秦观与一位歌伎的故事。

起笔“山抹微云，天连衰草”句中，“抹”“连”两个经过锤炼的动词用得巧妙而无迹，将晚秋的山野画成了出神入化的泼墨画，令世人拍案惊奇，也让苏轼极口称善，从此称秦学士为“山抹微云君”。古人作诗词讲究“句中眼”，也叫“诗眼”，就是画龙点睛的那个字。欧阳修的《六一诗话》中说，杜甫有“身轻一鸟过”句，因为“过”字脱遗，人或补“疾”“落”“起”“下”字，最终得知是“过”字时，不由人人叹服，说“虽一字，诸君亦不能到也”。这就叫一吟泪双流。我以为，“过”字写鸟飞，好在不急不徐；用作动词，是常用词，不见推敲的痕迹；用于绘景，轻轻一羽飞去，已将画面缓缓拉深；用于望中，已将人的视线渐渐牵远。我们很少注意到鸟“落”“起”“下”的时候，鸟不惊时，总是缓缓地、优雅地飞过，让我们在不经意间看到。“抹”和“连”就是这样婉婉的一两字工夫，却已点石成金。云将山抹去，不是云锁山腰，而是云雾弥漫，山只是隐约可见，可知山远，山过于清晰则不远。衰草与天连接，极目可见天涯，是写平畴千里，与山远相照应，还是写远景。前人评诗词，常说“一切景语皆情语”。词由“山抹微云，天连衰草”起调，全篇的苍茫感全从这八个字里比兴出来。

背景已画成苍茫，在苍茫的底色上，便是混乱的人世。人世间的混乱，无非聚散，无非爱恨，无非今昔，无非生死。诗人思索着，有多少“蓬莱旧事”在“空回首”中见首不见尾，有多少爱情在“香囊暗解，罗带轻分”后消弥成一场薄幸，行路之人有多少次迷茫于“斜阳外，寒鸦万点，流水绕孤村”的歧路中，又有多少聚散在“伤情处，高城望断，灯火已黄昏”中阑珊。这一切既是浮生聚散，又是循环无端，终是一片无解的苍茫。真人行世，可以入火不热，沉水不溺，惟一片苍茫像迷宫一样，没有出口入口，万般哀情，也只能在“暂停征棹，聊共引离尊”时，发而成词。词在高城黄昏灯火的苍茫中收束，于高处望眼，已挣开了襟袖啼痕，见出天涯浪子风尘怀闺秀的本色。

“香囊暗解，罗带轻分”，是写两个人互赠香囊罗带。想想，衰草寒鸦，一帆荡出城门，城门的角声已在身后，已过了十里长亭，送行人仍不肯回头，船不得不停在一个孤村，断肠人携手，再喝最后一杯离别酒。在最后的时刻，原不是为了赠这个东西，实在是不知道还能为对方做些什么，不知道怎么办才好。这个香囊罗带，是晴雯和宝玉互换的心衣，是朱自清的《背影》里父亲买回来的那几个多余的橘子，这里面有最贴身的温情，也有最难掩饰的惊慌。我不明白，苦情如此，诗人怎么会“谩赢得，青楼薄幸名存”？最后，他仰起头，望着天边的晚霞，也是为了吹干委屈的泪水。

欣赏文学作品有基本统一的标准，不像鉴定古董，人们大体不会看走眼。这首词被历代评家称赞，确是因为其中炼字的功夫已近乎神力。宋代吴曾《能改斋漫录》评曰：“近世以来作者，皆不及秦少游，如‘斜阳外，寒鸦数点，流水绕孤村’，虽不识字人，亦知是天生好言语也。”秦观在《黄楼赋》中吟道：“发哀弹与豪吹兮，飞鸟起而参差。怅所思之迟暮兮，缀明月而成词。”这首词有字句，有事理，有情意，月映三潭，不是几缕飞云，一湾逝水，确有“缀明月而成词”的清肃之容，以及“飞鸟起而参差”的收放之功。

红蓼花繁，黄芦叶乱，夜深玉露初零。霁天空阔，云淡楚江清。独棹孤篷小艇，悠悠过、烟渚沙汀。金钩细，丝纶慢卷，牵动一潭星。

时时横短笛，清风皓月，相与忘形。任人笑生涯，泛梗飘萍。饮罢不妨醉卧，尘劳事、有耳谁听？江风静，日高未起，枕上酒微醒。

——《满庭芳·红蓼花繁》

这首词作于1097年，诗人当时年近五十，谪处郴州，即今天的湖南境内。

词上片写秋夜独钓之景，下片写月下独醉之情。大意是说：夹岸而生的红蓼花淡淡如染，芦苇丛一片灰黄，在风中零乱。此时，夜深人静，

宋·燕文贵·江村图

白露初降，秋高云淡，天无际涯，月下的楚江一片清明廓廓。这时候，诗人忽有一时情味，于是独棹一叶孤舟，神行水上，行过烟雾迷离的沙岸小洲，垂钓于秋江之上。深夜行舟本来只为遣怀，因为此行非常人之举，怕人以为怪，于是以垂钓为借口。虽然似姜太公那般无心，不经意间，却也有愿者上钩，将悬着细钩的丝线慢慢拉起时，不曾想同时钓起了水中的星星。

想想，一个五旬之人，夜半江阔风大，独独一舟明灭，独钓星辰，独吹横笛，真不知他为何伤神如此。此时此夜，苏轼夜游赤壁，有二三子相伴，有客问答，尚且慌张，而秦观一舟横江，非心中有大寂寞、了生死之人，不可为之。诗人自道，不必独独怜我，我有清风明月相伴，已经物我同化，不知人间几何。任凭人家笑我如泛梗飘萍一样的生涯吧，我独自饮酒，酒后醉卧，世间的烦劳之事，流言蜚语，全在耳后。秋江风静，水波不兴，一夜沉酣，醉过醒过之后，我横卧舟上，不知东方之既白。

庄子曰：“故养志者忘形，养形者忘利，致道者忘心矣。”忘形，忘利、忘心，脱略形迹，有时候需要一种仪式。一个非常环境中的非常人物，一幅灵异的楚江月夜独钓、独饮、独卧的画面，就是笃信佛教的秦观修行的仪式。他在秋夜寒江“独”、“孤”、“小”的身影，已经是与人世绝游的游魂。其中，“牵动一潭星”是惊人语。舟不动，水不动，一丝不动，星亦不动。而动时，便是六尘浮动。这个“六尘”就是秦观多愁易感的心性与“三举两不第”、官场失意、屡遭贬斥、形同囚犯、孤苦无依的现实人生。清代的冯煦说：“他人之词，词才也；少游，词心也。得之于内，不可以传。”这种得之于内的郁结之气，来自灵河岸边的前世，在今世的风尘碌碌中，终于幻形成词。

碧水惊秋，黄云凝暮，败叶零乱空阶。洞房人静，斜月照徘徊。又是重阳近也，几处处，砧杵声催。西窗下，风摇翠竹，疑是故人来。

伤怀！增怅望，新欢易失，往事难猜。问篱边黄菊，知为谁开？谩道愁须殢酒，酒未醒、愁已先回。凭栏久，金波渐转，白露点苍苔。

——《满庭芳·碧水惊秋》

诗人于晚年谪居后作这首词，意在伤离怀旧。

一叶惊秋，碧水惊秋，惊的不是秋，是惊人生向晚，惊人世恍惚。眼看又是重阳，诗人从碧水与落叶中得知秋消息，悄然无眠时，于斜月空阶，西窗竹下，听砧声风声，起动“遍插茱萸少一人”的故人之思。少了的这个人，或友，或亲，或恋人。身处边地，故人不来，贬谪中，新欢少而易失，西窗烛无人剪，寒衣无人寄，独自凄凉，无人探问，人情反复，世态炎凉，往事在在不可言说，于是独自凭栏，伤怀怅望。“西窗下，风摇翠竹，疑是故人来”，此句最萧条。秋风哀哀，凤尾森森，一时声、色、心俱动。我心恋故人，故人何以弃我，无人可问时，便“问篱边黄菊，知为谁开”。月下丛菊，向人依旧，其中系着故园心结，也系着东篱采菊、拂袖而去或不去的犹豫，是酒中愁，醉后梦。无心赏花，无心把盏，因为一醉不能解千愁。于是，月穆穆而西转后，结局终不过是重新回到空阶，看点点苍苔、冷冷白露而已。

时序变迁之速，使日暮途穷之人最知“催”字的迫切。碧水，冷光，寒气，是身外景，痛也不是具体的痛，诗人只是又一次幽独徘徊，离“悠然见南山”还很遥远，所以写来也是败叶零乱、风摇竹影的依稀梦幻。

陈廷焯评曰：“少游《满庭芳》诸阕，大半被放后作。恋恋故国，不胜热中，其用心不逮东坡之忠厚，而寄情之远，措语之工，则各有千古也。”在这几首词中，秦观状山远、水冷、斋空、人独的苦寒相已近神境，只是通篇没有一笔亮色，山水不明，寒暑不分，人神不亲，似乎所有志气都已销尽，所有生路都已自断，大有心尽气绝的末路之感，所以说，不及东坡忠厚。

西城杨柳弄春柔，动离忧，泪难收。犹记多情、曾为系归舟。碧野朱桥当日事，人不见，水空流。

韶华不为少年留，恨悠悠，几时休？飞絮落花时候、一登楼。便做春江都是泪，流不尽，许多愁。

——《江城子·西城杨柳弄春柔》

这首词是作者被贬离汴京时所作。

在京城任职的几年里，秦观生活虽然拮据，却因为能与师友相与过从，与家人团聚，也算过了一段名士风流的好日子。然而，树欲静而风不止。当时京城新旧两党斗争正闹得雨疏风骤，秦观出于公心，连续写了三十篇文章，对两派的观点做了“旁观者清”的评价。他认为，王安石变法是救国济民的良策，在实施过程中，由于执法者矫枉过正，是产生了一些弊端，但是司马光尽废新法也是因噎废食之举。这样不合时宜的话，这种是非不明的表达方式，真是得了苏轼的真传，黄庭坚也这样说过，让人怀疑这大约是苏门四学士的日常功课。这是诗人说的话，而作为一个官场人物，说这种看似两不妨碍、留有余地的话，实际上是两面都不讨好，还不如说“天凉好个秋”明白。所以，新党上台后，他属于第一批要被抄家的人，只有远远地打发到庄子上去才解气。而这一去，就是七年。这七年，“韶华不为少年留”。

春风杨柳日，本来是好日子，秦观却被命运招来挥去，柳岸归舟尚未系稳，又要载飞絮落花离去。弃家别人之际，诗人的泪水从开始的“动离忧，泪难收”，一直流到最后“便做春江都是泪，流不尽，许多愁”

宋・许道宁・渔父图

也未流尽。泪水长流，是在为他的天真和正直还泪。

秦观与苏轼一生情谊深厚，二人厮抬厮敬，患难与共。苏轼以国士待秦观，凡有机会，第一个想到秦观。秦观身窜南荒，九死不恨，一生跟从苏轼，从不“乱分春色到人家”。可是，同样的人生遭遇，苏轼是清风明月常有而光景常新，秦观却是“黛蛾长敛，任是春风吹不展”。公元1100年，哲宗驾崩，徽宗登基，天下大赦，秦观得以北归，途中与苏轼在雷州见面，作《江城子》词云：“偶相逢，惨愁容。绿鬓朱颜，重见两衰翁。别后悠悠君莫问，无限事，不言中。”“莫匆匆，满金钟。饮散落花流水、各西东。”本来遇赦北归，又与业师相逢，应该欢喜，想想李白遇赦时“两岸猿声啼不住，轻舟已过万重山”的欢眉喜眼，对比秦观的“惨愁容”，便知冰冻三尺，非一日之寒，师友相见，不过是十寒一曝，所以词中不见片言欢笑，只有别后悠悠、落花流水、一言难尽的入骨凄凉。

宋代诗人宋芮诗云：“淮海秦郎天下士，一生怀抱百忧中。”张耒在祭文中说秦观：“官不过正字，年不登下寿。间关忧患，横得骂诟。窜身瘴海，卒仆荒陋。”《苕溪鱼隐丛话》说少游：“情钟世味，意恋生理，一经迁谪，不能自释，故一生怀抱百忧，伤心凄绝。”冯煦《宋六十一家词选例言》中说：“少游以绝尘之才，早与胜流，不可一世；而一谪南荒，遽丧灵宝。故所为词，寄慨身世，闲雅有情思，酒泪花下，一往而深，而怨悱不乱，悄乎得《小雅》之遗；后主而后，一人而已。”

由以上评述可见，秦观就是这样一个多愁多病的才子。从“行道雍容”“论说伟辩”的少年到“其容充然，其口隐然”的中晚年，他的人生生机太短，败落太长。从才华论，他几乎能不换笔续写李煜的愁，“落红万点愁如海”不输“恰似一江春水向东流”；从人生论，他步了因卷入“牛李党争”而困顿一生的李商隐的后尘。然而，他一生追随的却是苏轼。可见，虽然明珠在侧，因为性情殊异，也难同光。

秦观自作挽词云：“江南江北奉周旋，合散如云二十年。”二十年来，因为无意中趟入了宋代党争的浑水里，一个有正义感的才子，既然不想浑水摸鱼，就只能于沧海横流中，取一瓢凄婉的诗词濯缨，最终走入了“雾失楼台，月迷津渡，桃源望断无寻处”的迷茫中，“砌成此恨无重数”，伤心千古，抑郁而终。“天教心愿与身违”，这也许就是秦观的宿命吧。

然而，在作词上，秦观比柳永高雅，比苏轼规范。他的词作，具有含蓄隐丽的特征，取象设词追求意象的精致幽美，描绘景物多为飞燕、寒鸦、垂杨、芳草、斜阳、残月、远村、烟渚，驿亭、孤馆、画屏、银烛之类，传写出凄迷朦胧的意境。他倾一生血泪写成的这些凄美的诗词，传递了失意文人共同的悲哀，因此收到了当世与后世诸多的激赏。秦观去世后，苏轼把秦观的词句“郴江幸自绕郴山，为谁流下潇湘去”书于扇上，并题识曰：“少游已矣，虽万人何赎！”王士祯赞曰：“风流不见秦淮海，寂寞人间五百年。”

“夜月一帘幽梦，春风十里柔情。”秦观这样说，如果也这样活着多好。

少年侠气

城下路，凄风露，今人犁田古人墓。
岸头沙，带蒹葭，漫漫昔时流水今人家。
黄埃赤日长安道，倦客无浆马无草。
开函关，掩函关，千古如何不见一人闲？

读诗词也是读诗人，千人千面，千人千腔。北宋词坛大家贺铸就与我们惯常看到的白面书生大异其趣。

贺铸生于1052年，卒于1125年，字方回，又名贺三愁，因其《青玉案》一词中“梅子黄时雨”佳句，人称“贺梅子”，自号“庆湖遗老”，祖籍浙江绍兴。贺铸含玉出生，是宋太祖贺皇后的族孙，妻子也是宋朝宗室之女。史称他身高七尺，面色青黑如铁，眉目耸拔，似有万夫不当之勇，时人送绰号“贺鬼头”，更兼性格豪爽精悍，“虽贵要权倾一时，小不中意，极口诋之无遗辞”，时人又以为近侠。贺铸说自己“少时侠气盖一座，驰马走狗，饮酒如长鲸”，似乎天马行空，全然不知有汉，无论魏晋。由于他耿介豪侠，傲然自重，入仕后喜论当今世事，轻用其锋，不肯向权贵屈节，因而一生沉于下僚，郁郁不得志。贺铸晚年退居苏州，家有藏书万卷，于是闭门读书，而且每读必亲自校点，自成学问。因为像换了一个人，所以时人又戏说他“反如寒苦一书生”。贺铸著有《东山词》，现存词280余首。

宋 · 佚名 · 夜合花图

豪爽之气、侠客之风、狂士之态是贺铸的精神主体。《六州歌头·少年侠气》正是诗人寓豪士、侠士和狂士于一身的自况生平之作。

少年侠气，交结五都雄。肝胆洞，毛发耸。立谈中，死生同。一诺千金重。推翘勇，矜豪纵。轻盖拥，联飞鞚，斗城东。轰饮酒垆，春色浮寒瓮，吸海垂虹。闲呼鹰嗾犬，白羽摘雕弓，狡穴俄空。乐匆匆。

似黄粱梦，辞丹凤；明月共，漾孤蓬。官冗从，怀倥偬；落尘笼，簿书丛。鹖弁如云众，供粗用，忽奇功。笳鼓动，渔阳弄，思悲翁。不请长缨，系取天骄种，剑吼西风。恨登山临水，手寄七弦桐，目送归鸿。

——《六州歌头 · 少年侠气》

北宋哲宗元祐三年，即1088年秋，贺铸在安徽和县一带任管界巡检，负责地方上训治甲兵、巡逻州邑、捕捉盗贼等事宜，虽然位卑人微，却始终不忘关心国事。当时，宋王朝政治日益混乱，王安石变法的许多成果毁于一旦，对外又恢复了岁纳银绢、委屈求和的旧局面，以致西夏骚扰日重。面对这种情况，诗人义愤填膺，又无力上达，于是挥笔填词，写下了这首感情充沛、题材重大、在北宋词中不多见的豪放名作。

词的上片回忆青少年时期诗人在京城的任侠生活。“少年侠气，交结五都雄”，是对这段生活的总述。先写少年武士的“侠义”：他们意气相投，肝胆相照，三言两语，即成生死之交；他们正义在胸，在邪恶面前，敢于裂眦耸发，无所畏惧；他们重义轻财，一诺千金，以豪侠纵气为尚。“立谈中，死生同。一诺千金重”，好像少年武士正在歃血为盟，大有桃园结义时“天将降大任于斯人也”的庄重和悲壮。再写少年武士的“雄风”：他们驾轻车，跨骏马，呼朋唤友，斗鸡走狗，豪饮于歌栏酒肆，张弓搭箭于郊外，架鹰驱犬，猎获无数。驰逐、射猎、豪饮，有点有染，有虚有实，活画出一群不可一世的弓刀侠客的生活画卷。下片从回忆回到现实。十多年过去后，回忆少年时龙腾虎跃的生活，虽然乐在其中，却也觉得往事匆匆。当年不知天高地厚的游侠少年如今人到中年，渐渐收敛锐气，如孤舟飘蓬般散落各地，以下层武官身份谋生，在重文轻武的时代，如虎落平原，每天只能做些案头打杂的粗活。然而，有谁知道，此时边境已经“笳鼓动，渔阳弄”、笳鼓已响，渔阳已乱，山雨欲来风满楼，异族入侵已经势不可挡。国难当头，本该是英雄用武之时，然而，朝中投降派当道，爱国志士依然无路请缨，一怀壮志，只能化为身上的佩剑，在烈烈西风中飒飒作声。最后，忧国忧民、报国无门的白发武士只能像晋朝人物那样，“目送征鸿，手挥五弦”，登山临水，以此自处。

这首词势如江河决堤，语促情急，跳荡激越，文不加点，有如万箭齐发，是一场速决战。全文夹叙夹议，每个动词都如一声重锤，震荡乾坤，越说越气愤，越说越苍凉，是一篇纸上的快意恩仇。尤其可爱处在那些三字句，字字快意，有秦王扫六合的力量。同时，词中所见的这些少年游侠的形象令人耳目一新，让文弱绮丽的北宋诗词有了精气神。在这首词出现四十年后，直至北宋灭亡，这样的声音我们从陆游和辛弃疾的诗词中才会似曾相识。

贺铸是一个极有丈夫气的人物，文武兼备，侠气雄爽，性格耿直傲岸，璞玉未琢，身披红里子的贵胄外衣，踏着红地毯，自然天生一段虚幻的贵族气派，但他的金字名片却不被现实认可，没有“好风凭借力，送我上青云”的机遇，因此常常满腹牢骚，只能在笔下书写他与众不同的失意。

城下路，凄风露，今人犁田古人墓。岸头沙，带蒹葭，漫漫昔时流水今人家。黄埃赤日长安道，倦客无浆马无草。开函关，掩函关，千古如何不见一人闲？

六国扰，三秦扫，初谓商山遗四老。驰单车，致缄书，裂荷焚芰接武曳长裾。高流端得酒中趣，深入醉乡安稳处。生忘形，死忘名，谁论二豪初不数刘伶？

——《小梅花·城下路》

这是一首怀古伤今之作。词中以愤慨、嘲弄的态度描写那些追名逐利、蝇营狗苟、热衷权势、贪得无厌之徒，表达了自己超然物外、淡泊名利的襟怀。

上片由景起兴。城下长路上，风露凄迷；岸头沙汀处，芦苇苍苍。看到这种风景，人会不由得想起古今变迁，人事无穷。那些曾经的古墓，如今已成耕田；昔时的沧海，如今已成陆地，人与自然都在更新换代中，这是千古不易的规律，是宿命。然而，君不见，长安道上仍然车马不绝，人渴马饥，疲于奔命者多。在兵家必争的函谷关口、楚河汉界，历代战争不断，关开关合，你攻我夺，为名为利，城头变换大王旗，历朝历代的君王都乐此不疲，没有一个人肯闲袖风月，闲数落花。“千古如何不见一人闲”这一句，问得冷峻高深，直问到历史与人心深处。下片写在“六国扰，三秦扫”的历史风云里，像商山四皓这样曾经看破红尘、置身桃源的人，也经不住名利诱惑，晚节不保，屈膝于帝王裙带之下，坏了芙蓉人品，实在可惜可叹。那么，如何才能摆脱人世的种种干扰呢？诗人认为，也许只有效仿刘伶前辈，吾心安处是醉乡，一杯在手，一醉

宋・马麟・山水图

千古，才算是真正懂得魏晋风流。

诗人认为，酒徒们生忘形，死忘名，不慕荣利，不沾世俗，闲情逸致虽不是真实怀抱，却也胜过为仕禄屈膝之流。因为无论“六国”“三秦”，人生终点，终不过是“今人犁田古人墓”“昔时流水今人家”，玉石同烬，同归大化而已。

这首咏史词的特别处，不是咏叹一人，感怀一事，而是将一种现象作为话语背景，同类相比，反其道而用意，在质疑与臧否的同时，表明自己当下的立场。

缚虎手，悬河口，车如鸡栖马如狗。白纶巾，扑黄尘，不知我辈可是蓬蒿人？衰兰送客咸阳道，天若有情天亦老。作雷颠，不论钱，谁问旗亭美酒斗十千？

酌大斗，更为寿，青鬓长青古无有。笑嫣然，舞翩然，当垆秦女十五语如弦。遗音能记秋风曲，事去千年犹恨促。揽流光，系扶桑，争奈愁来一日却为长！

——《小梅花·行路难》

这首词由李白的《行路难》化意铺叙而成。诗人借回忆往事与一次豪宴，写人世沧桑变迁和功业难成之苦，乐往悲来，既感流光易逝，又觉愁里光阴无法排遣，其中苦闷，虽是老生常谈，却难在集句出新。

上片依然写诗人当年与朋友豪放不羁的生活，抒发渴望建功立业的豪情壮志。词中说，手能缚虎者有勇，口如悬河者有谋，倘若生逢其时，这样的文武奇才当高车驷马，上凌烟阁，封万户侯，可眼前却个个穷愁潦倒，车敝马瘦。诗人和他们一样，白衣未仕，终日往来奔走于咸阳道上，无人知道“我辈岂是蓬蒿人”。“衰兰送客咸阳道，天若有情天亦老”是李贺诗句，说兰花本来开在幽僻处，孤芳自赏，其荣枯本无人知，却硬撑着仅剩的芳华与清高，在世路上随风摇曳。对花而言，衰老枯谢，本是物理，而苍天日出月没，光景常新，看似终古不变，可假若它是有情之物，也照样会因伤感而衰老。诗人借这个名句，抒写豪杰们不为时用，人老江湖，有命无运的遭遇。最后四句，写豪杰啸聚，宴席已开。酒楼送别时，豪杰们一掷千金，同道无忌，做好了大醉而别的准备，词也由此自然进入下片酒酣耳热的高潮处。

下片极写斗酒饮宴的场面。诗人与豪侠朋辈徒有“少年心事当拏云”的英雄气概，然而生不逢时，怀才不遇，此时何以解忧？唯有杜康。于是他们索性放浪形骸，在酒肆里大碗喝酒，大声喧哗，倚红偎翠，恣情饮乐。这场酒会，声色无遗，不知令多少时人侧目围观。这不是喝酒，是喝心情。看上去字字欢笑，细思时又字字泪水，像汉武帝的《秋风辞》所说：“欢乐极兮哀情多，少壮几时兮奈老何！”对于光阴遽逝、人生空老的伤感，不是谁都时时挂在嘴上，只有那些功业难成，或有未尽之情的人才最敏感。诗人于醉中，发“遗音能记秋风曲，事去千年犹恨促”之叹，感人生一瞬，恨不能将流光系在东海的扶桑树巅，让它静止不动。然而，欢乐时千年恨促，愁重时却又一日嫌长。篇末，热闹不再，语调转哀，愤懑不平由外露而至深藏，由激烈而变缠绵，终成寂寞。诗人心情忽喜忽悲，情怀忽开忽合，万般纠结，均在于感慨生命短暂、志士失路、行路艰难种种哀苦。哀哀无告，最终，只能沉缅于醇酒妇人，与李白殊途同归。

这首词集前人诗意诗句为词，从词里，我们能看到《诗经》中士兵驱车奔驰的场面，也能读到《世说新语》中对有肃清天下之志的人物的赏誉，有《离骚》《史记》中的人物与牢骚，也有李白、李贺、曹植等人的句意与插话。集句原是一种作诗方式，就是采用前人一家或数家的诗句，拼集而成一诗一词。由于集句的局限性，集成的作品往往缺少诗人自己的主见，容易落入前人窠臼，同时，也难免有支离破碎之弊。然而贺铸这首集句词，却能在百家诗中自在出入，以风中碎锦织就自己的无缝天衣，这全在于他胸有成竹，故能意在笔先。贺铸曾说："吾笔端驱使李商隐、温庭筠，常奔命不暇。"我们所见，不是诸多古贤为贺铸驱使，却好像是他们自愿在为诗人奔命不暇。

贺铸说自己学诗于前辈，得八句云："平淡不涉于流俗，奇古不邻于怪僻，题咏不窘于物义，叙事不病于声律，以兴深者通物理，用事工者如己出，格见于成篇浑然不可镌，气出于言外浩然不可屈。"这八句话，可为这首词作艺术点评，再加上陈廷焯说的"方回词，胸中眼中，另有一种伤心说不出处，全得力于楚骚，而运以变化，允推神品"，以及"文虽失于野，却不害气质"之说，便是总论。

从上述三首词看，贺铸出身与怀抱虽在万人之上，遭遇却如郁郁涧底松。然而松虽在涧，却依然不掩松风阵阵。他的词里，第一次出现的英雄豪侠的形神，即如一阵松风，一扫花间情调的余尘，壮得恣肆，悲得慷慨，再加上语如连弩，意如四野，让人招架不住，心荡神弛，不仅使北宋词坛为之一振，我们今天读之，仍然能感觉到一种强烈的震撼力，欣赏到一种有别于西子捧心、微风燕子斜那种怏怏病态的健康美，一种清奇悲壮的崇高美。

重过阊门万事非，同来何事不同归？
梧桐半死清霜后，头白鸳鸯失伴飞。
原上草，露初晞。旧栖新垅两依依。
空床卧听南窗雨，谁复挑灯夜补衣！

同来何事不同归

北宋词人大多儿女情长，英雄气短，而贺铸是难得的英雄豪气与儿女私情兼美的人，因此世人以为他上可接苏轼，下可启辛弃疾，是在日月之间闪烁的星辰。

正如项羽能诛秦摧汉，宰割神州，也有在垓下诀别之际，“宝区血庙，了不经意，惟眷眷一妇人，悲歌帐饮，情不自禁”的时候一样，贺铸性格中，也有多愁、细腻的一面，他也能深情地悼亡，精致地伤春，爽利地抒写人生愁绪，其纠结、悲怨之状，深肖项羽的垓下风流。

重过阊门万事非，同来何事不同归？梧桐半死清霜后，头白鸳鸯失伴飞。

原上草，露初晞。旧栖新垅两依依。空床卧听南窗雨，谁复挑灯夜补衣！

——《鹧鸪天·重过阊门万事非》

这是一首悼亡词。

好的作品，都是在不经意间写成的。大喜大悲，是最不易下笔处。可是不能说的话，一旦写成文字，这种文字就像长了刺，会深深扎进每个人的心里。“死生亦大矣”，抒发存殁之感，是人之常情。曾于周作人的书中，见到一位日本诗人写的几句悼亡诗，廖廖几语，已将悼亡之情写到哀绝：

露水的世啊，
虽然是露水的世，
虽然是如此。

这几行诗，什么也不想说了，就是几行冰冷的泪水，哭完死去的人，再哭活着的人。

贺铸这首词，写诗人于秋天某日，偶过苏州城西门，本来是走在回家的路上，可是一过城门，却突然近乡情怯，往日走到这里，早已归心似箭，而这一日因为夫人新亡，这座城成了空城，这条路也不是回家的路了。生活面目全非，由此生出怨心，怨不能与妻子同年同月同日死，怨妻子不与自己同年同月同日死。死者长已矣，生者如同一棵梧桐树，在人生半秋，已经死去了一半，如同失伴的寒塘鸳鸯，一个人游于世间。回到家里，人在旧家，心却在新坟。新坟在荒原，草在坟顶，生命不过草上露，朝夕而已。雨夜更深，坐在窗下的人，还在想着原野里的新坟，想着新坟下的那个人，曾几何时，那人还在灯下针线闲拈，而今唯有空室悲风，不知谁还能为我补衣，补人生破损。

这首词只要说明是悼亡词，便不用一句句细说。词里的存殁之感，于情于景中，凄凉而分明，谁遇到谁懂得。“曾经沧海难为水，除却巫山不是云”是元稹在妻子新殁时的悲极之辞，然而，坟里坟外，天人相隔，日月经天经年之后，这种感情也只能随云化水，无可奈何。因为这是露水的世啊。死去的人像露水，活着的人也终将是露水一世。落花已经辞枝，逝水不归，活着的人，也不必日日持誓佛前，只要不忘初心，也算是方得始终吧。

凌波不过横塘路，但目送、芳尘去。锦瑟华年谁与度？月桥花院，琐窗朱户，只有春知处。

飞云冉冉蘅皋暮，彩笔新题断肠句。试问闲情都几许？一川烟草，满城风絮，梅子黄时雨！

——《青玉案·凌波不过横塘路》

这首词写在诗人晚年退隐苏州期间。看似写相思之情，却是用的香草美人的笔法，写自己怀才不遇的闲愁和迷惘。晚年的诗人，半生高调之后，终于学会了藏锋，一生的不得志，时也，运也，但也有自己少壮不努力的种种因果。活到老，想到老，心里有怨恨也有羞愧，偶尔借香草美人含沙射影一下，也是一种自我解脱。毕竟没有几个人的理想能实现，也没有几个人有能力自我忏悔，虽然心下明白所有的错并不都是别人的错，却没有几个人肯明明白白写罪己诏。

有女翩若惊鸿，凌波微步，是受曹子建笔下洛神的启发。有位佳人，在水一方，美人擦肩而过，只留下一路芳尘，让目送的人心生怅怅，浮想连翩。诗人想问这样的美女，谁会娶多愁善感的你，谁会给你做嫁衣，与你共度春光？本来才子配佳人，可是“盈盈一水间，脉脉不得语”也是人生常有的遗憾。望美人兮渐远，在“月桥花院，琐窗朱户”的幽僻处，我只能自己虚度年华。春光年年如旧，空庭寂寞无人，此中寂寞，只有春知道，我知道。暮云苒苒，一日将尽，长满香草的水边高地上，虚老江湖的才子已经不再有江淹的五色才笔，就是相思断肠，也写不成句，这种闲愁如可比附，只可从“一川烟草，满城风絮，梅子黄时雨”里作如是观。

“一川烟草，满城风絮，梅子黄时雨”三句，是词史上当然的名句。这三句景语字字摇动，缠缠绵绵，占尽文字风流，看似无指，因为有前情层层铺设，有“若问闲情都几许”轻轻一语点明，我们已经明白，原来闲情不等闲，原是闲愁，一川烟草是愁广，满城风絮是愁密，梅子黄时雨是愁长。由此我们恍然大悟，原来无物可状的愁也可以形而下为物，这就是我们看到这样的景物时为什么怏怏不乐的原因。这三句词

宋·燕文贵·溪山楼观图

于不经意中写下，再不需要添减一分，从此束之高阁，像独孤求败一样茫茫然，没有对手，贺铸也因此得了“贺梅子”的雅号，这是文学史能给他的最高奖赏。一蛙鸣田，会引起众声合唱，据说宋金词人步其韵，唱和仿效者多达二十五人，和词多达二十八首，可是就像人临《兰亭序》一样，后人只是各自临出了各自的味道，均与真迹相去天高地远。如果说有，那首“枯藤老树昏鸦，小桥流水人家，古道西风瘦马。夕阳西下，断肠人在天涯”虽不同调，大约能与其神通。

杨柳回塘，鸳鸯别浦，绿萍涨断莲舟路。断无蜂蝶慕幽香，红衣脱尽芳心苦。

返照迎潮，行云带雨，依依似与骚人语：当年不肯嫁春风，无端却被秋风误！

——《踏莎行·杨柳回塘》

关于荷花，出淤泥而不染，是我们最了解的品格。所以屈原《离骚》中有“制芰荷以为衣兮，集芙蓉以为裳。不吾知其亦已兮，苟余情其信芳”的句子，表示想采集荷花制作衣裳，以妆成此身芳洁。于是，自《离骚》起，以香草、善鸟配忠贞，以宓妃、美人比贤士，香草、美女、贤士从此三位一体，正是咏物词的由来。这首词，借荷花自喻，以没有采荷人喻君子不来，写我与君子两两相误的愁怀，隐约有对人生的忏悔之意。

人生能直说的话，究竟有几成，谁都知道。咏物的目的在于托物言志，因为有话不便说，不便明着说，所以就托比于物，这样才能尽“婉而不迫，哀而不伤”之余味。梅兰竹菊荷，是君子的群芳谱。其中，宋

人最喜梅花，尤喜白梅，几乎人人都能吟咏一二，最后大都归结到“寂寞开无主”的主题上，这也是陆游的绝唱。李清照说世人咏梅词最俗，我以为她说的俗，是俗在人人心中有，人人笔下也有上。植物既然有了固定的品格，怎么才能写到不俗，这是下笔前最需要用心处。这首咏荷词之所以能去俗意，在于歌咏之外，有一种对荷花息交绝游、枝头抱香死的人生态度的反省。

词中写到，在一个祥和而恬静的池塘，鸳鸯戏水，杨柳依依，这本来是一个很好的生态环境，有颜有色，有动有静，可偏偏荷花不会择地而处，要生长在池塘的幽僻处，自断舟路，所以莲舟不来，蜂蝶不慕，君子不知，荷花当折时不能折，只能独擅幽香，独自寂寞凋落，又独自悲苦。即使在夕阳返照，潮起潮落，流云带雨的时候，此花仍然八风吹不动，冷雨唤不起，仍然我行我素。“当年不肯嫁春风，无端却被秋风误”二句，意与言会，写得明明白白，不嫁，是不屑于嫁，此花不与他花同，不愿意和那些庸脂俗粉一起争妍取怜。用《红楼梦》中的理解，荷花是花王，是花仙，不食人间烟火，这是荷花的身份使然。诗人也是有身份的人，读书人，贵族子弟，所以，他当年也不肯随便嫁与东风。

宋·林椿·百鸟图

但是，后果如何？虽然是自己不肯嫁，可是，在红衣尽脱后，除了芳心独苦，眼见得是白白误了青春年华。诗人悔与不悔，我们不敢妄加揣测，但总觉得这种人生态度不足援引。

这首词，整体就是一个比喻，写人生一场空梦。诗人借哀荷花之凋零，怜美人之迟暮，实伤志士之暮年。美人迟迟不嫁，会成剩女；贤士择主、择官、择友过严，也会因水至清而无鱼，自误了建功立业的良时。佳人慕高义，士为知己者死，没有错，可是如果早知结局如此哀怨无端，不如当年降格以求。如圣人言，责人宽责己严，君子不器云云。对贺铸而言，不如敏于行而讷于言，方圆并用，如此等等。用现在的话说，就是如果我们改变不了世界，就改变一下看世界的态度，否则，偃蹇狭陋一生，尽成死法。

从这些小令中，我们看到的是贺铸的另一种人生。做人，他率性天成，多情多愁，且行且思，自悟进退分寸。作词，他转益多师，缘情体物，天然工妙，没有削刻之痕。

由此可见，跨过北宋诸多不可一世的词人，世人独说他在苏轼与辛弃疾之间暗渡陈仓，并非浪得虚名。

半笺娇恨寄幽怀

蹴罢秋千，起来慵整纤纤手。
露浓花瘦，薄汗轻衣透。
见客入来，袜刬金钗溜。
和羞走，倚门回首，却把青梅嗅。

常记溪亭日暮，沉醉不知归路。
兴尽晚回舟，误入藕花深处。
争渡，争渡，惊起一滩鸥鹭。

——《如梦令·常记溪亭日暮》

白居易《池上》诗云：“小娃撑小艇，偷采白莲回。不解藏踪迹，浮萍一道开。”这首词，化用了白诗的意境。郊游中，酒香，花美，鸾舟荷芰，映带左右，兴尽时，忘路之远近，小舟误入藕花深处，惊起一滩喧哗的鸥鹭。一个少女“小荷才露尖尖角”，才刚刚做了一个起飞的姿势，就被惊为天人，而她注定从此将以她独有的声光色，与两宋才子们争渡。

“皎若太阳升朝霞，灼若芙蕖出渌波。”这就是李清照与我们的人生初见。

李清照出生在山东章丘一个诗书仕宦之家，父亲李格非是苏轼的学生，进士出身，官至提点刑狱、礼部员外郎，史称其“藏书甚富，善属文，工于词章”。母亲是状元的孙女，秉承家学，文学修养也颇为深厚。在家学淘养下，聪慧颖悟的李清照在深闺读书习文，吟赏烟霞。用《红楼梦》中写黛玉小时候的四个字“聪明清秀”比李清照的童年，应该是恰当的。

春花秋月等闲过，李清照渐渐长大，渐知“人事”。她牵着远去的晏殊父子的青青子衿，开始用花间词的情调写诗填词。墙里开花墙外红，待字闺中时，她的诗词就不胫而走，风靡市井，引得当时的文坛名家“共道幽香闻十里”，说她“自少年便有诗名，才力华赡，逼近前辈。”“善属文，于诗尤工。”“才高学博，近代鲜伦。”“诗文典赡，无愧于古之作者。”总之，汴京城里，一片点赞之声。

绣面芙蓉一笑开。斜飞宝鸭衬香腮。眼波才动被人猜。

一面风情深有韵，半笺娇恨寄幽怀。月移花影约重来。

——《浣溪沙·闺情》

南朝梁何思澄诗“倾城今始见，倾国昔曾闻。媚眼随羞合，丹唇逐笑分”是这首词的最佳注解。一个初学梅妆的少女，心里想起与心上人的约会，不禁眼波盈盈，低眉浅笑间，只见粉面含春，荷花含羞。少女一怀风情，情钟何人，谁人能猜？这是既怕人知，又怕人不知。“半笺娇恨寄幽怀”，寄于谁？纸面既是一个情窦初开的少女，纸背就应该是

宋·赵佶·柳鸦芦雁图

一个未谙世事的少年。因为爱而不见，她只得以笔墨为媒，在半页粉笺上偷偷写下一点娇恨，待月移花影动时，与人相约在月色融融夜，花荫寂寂春……

词中似乎在暗示我们，一枝在风晨月夕含苞欲放的花朵正可赏可折，一个类似《西厢记》的故事正在暗中酝酿，只差没写到“香囊暗解、罗带轻分”的禁区里去，而是矜持地停在大家闺秀非礼勿言的闺训里了。

难在“娇恨”二字。只因是“娇恨”，就将只知爱而不知伤的小女子情态绾在了二八年华之中。

蹴罢秋千，起来慵整纤纤手。露浓花瘦，薄汗轻衣透。

见客入来，袜刬金钗溜。和羞走，倚门回首，却把青梅嗅。

——《点绛唇·蹴罢秋千》

秋千架上风吹仙袂的女子美貌如花，篱下三四五朵盛开的鲜花如花

季女子，“墙里秋千墙外道”的故事前辈苏东坡已经写过了，这回是“秋千宅院悄悄”。女孩子刚从秋千架上下来，粉汗微湿，惊魂甫定，正在花下轻捻玉指，重整罗裳。就在这时，墙那边突然就走来了一个云裳翩翩的美少年，香闺女子，不便以全身示人，所以顿时粉面羞红，芳心大乱，来不及穿好绣鞋，理好金钗，就分花拂柳跑远了。到了闺房门口，却躲在门后面回头偷看那人，手里还拿着一颗酸酸甜甜的青梅，半掩羞面，一副又矜持又多情的样子。词里不说那人是谁，可既写“青梅”，就难免让人想到“青梅竹马”的经典。原来那个人正是她想见又不敢见的人呢。

一颗“青梅”，掩去多少俗艳。整首词其质已太过香甜，其色已太过明艳，只这一颗青梅，就降下了调子，让质与色都混入冷香中。

雪里已知春信至，寒梅点缀琼枝腻。香脸半开娇旖旎，当庭际，玉人浴出新妆洗。

造化可能偏有意，故教明月玲珑地。共赏金尊沈绿蚁，莫辞醉，此花不与群花比。

——《渔家傲·雪里已知春信至》

春的气息从梅蕊中走来。春雪过后，一树玉梅如琢如磨，如新浴后的女子，半掩娇容，楚楚迎人。大自然偏爱梅花，开在月光下的玲珑梅花，占得春先，梦幻空灵。这么美的花是春天的新礼物，那就让我们在花树下以新酒相陪，共赏花好月圆的良宵，一醉方休吧。世上有百媚千红，只有白梅花凌寒开放，品质高洁，不是寻常的庸脂俗粉。

宋·郭熙·春江帆饱图

梅花最适宜“托物言志”。何逊《扬州早梅》云：“兔园标物序，惊时最是梅。衔霜当露发，映雪凝寒开。”梅花是报春花，半放的寒梅点缀着覆雪悬冰的梅枝，越发显得光明润泽。以梅拟人，梅花冰清玉洁的品格与梅词作者鄙弃俗尘的情致混同，由此可知托兴深远。

宋人爱梅，梅词最多。不过同是梅花，写起来却有区别。如果是红梅，诗人就是让它开得冷落些，如晁冲之的“向竹梢稀处，横两三枝”，李元膺的“更风流多处，一点梅心，相映远，约略颦轻笑浅”。红梅自带艳照，本来可以骄矜一番，却因常常混同于桃李花中，清高不被赏识，所以低调开放，是取“空自倚，清香未减，风流不在人知”的意思。而且，诗人们的审美趣味大体相同，他们知道，春到人间，小艳疏香时最好，到了乱红成阵时，春已为时晚矣。一树红梅，远没有一枝红梅生动妩媚。可如果是白梅，就让它恣意开放，如晁补之的白梅“开时似雪，谢时似雪，花中奇绝”，李煜则以白梅喻人生，说“人生如雪最寂寞”，白茫茫一片大地就是天尽头，白茫茫一片梅花，开的就是清高。白梅无色，也不以色事人，看上去寂寞冷清，却因有冰姿玉骨，情志远在花外，这就是易安所说的“此花不与群花比”的言下之意，是万法不离自性。

易安这一组早期词作，摄取的是人之初的吉光片羽，字字珠玑，让我们看到了一个未经世事折磨的闺中女子的婉婉情态。她雾里看花，轻描淡写，沉醉在小康人家莺莺燕燕的后花园里，沉醉在“出名要趁早”的喜悦里，尽情享受着一个闺阁女儿的百媚千娇。

写到这里，不禁有些感慨。时间本来是一样的，可是春天却总是让人觉得易逝易老，想其中的原因，就是因为春天太明艳，太美丽。到了花落春归后，日子就正常了，人不再担着风雨摧花的心，也不觉得岁月正在花落水流中一天天流走，一天天变色。青春也是这样让人担心。闺中女儿无知而天真，她看见的只是镜花水月，是人生最初的幻影，却带给她这么多浮光掠影的快乐。这是一片临时的桃花源，可以避一时人生的乱相。这是需要用心呵护和感受的春天，因为它太短促，易成伤。

生怕离怀别苦

卖花担上，买得一枝春欲放。
泪染轻匀，犹带彤霞晓露痕。
怕郎猜道，奴面不如花面好。
云鬓斜簪，徒要教郎比并看。

充分享受了明艳如花、青涩如梅的青春期，“擅风情，秉月貌”，公元1001年，十八岁的才女李清照出嫁了。

卖花担上，买得一枝春欲放。泪染轻匀，犹带彤霞晓露痕。
怕郎猜道，奴面不如花面好。云鬓斜簪，徒要教郎比并看。

——《减字木兰花·卖花担上》

“一春长费买花钱”。新婚燕尔，正是春色满园关不住的时候。一日清晨，新娘子看见卖花担子走过巷口，就轻移莲步，走上前去，买下一枝轻匀露水、红若朝霞的并蒂花，然后对镜绾云髻，整钿花，簪新蕊。妆成后，左顾右盼，自以为美，转头又骄矜地想，“怕郎猜道，奴面不如花面好”，是花美还是人美？对了，一定要让他看看，比比，看他会说“人面桃花相映红”，还是“回看桃李都无色”？

朱庆余的“妆罢低声问夫婿，画眉深浅入时无”早已是经典的西窗私语，但闺中情色，一沾男子笔墨，多有轻薄直白之嫌，这首词，写“猜”不写“问”，这样婉约的闺中谐趣，惟由女子写出，才有曲水流觞的蕴藉。

昨夜雨疏风骤，浓睡不消残酒。

试问卷帘人，却道海棠依旧。

知否、知否？应是绿肥红瘦。

——《如梦令·昨夜雨疏风骤》

知否知否，昨夜下了一场雨，刮了一场风；知否知否，花落知多少，海棠花清减了多少。可是，笨笨的卷帘人真的不是怡红公子的茗烟，不是潇湘妃子的紫鹃，哪里能知道，花窗下刚刚睡醒的女子为谁担了一夜心呢。其实，她不用问就知道，风雨中的海棠花，“应是绿肥红瘦”呀！“绿肥红瘦”，你懂的，大约就是“满地落花红带雨”，或者是“雨后全无叶底花”那种吧，总之是写初夏雨后，落花辞枝，一树红绿换了颜色的样子。“肥”和“瘦”，以花拟人，风雨中，人担着花的心，花让人移了情。

这首小词一经传出闺阁，便轰动汴京士林。《尧山堂外纪》云：“当时文士莫不击节称赏，未有能道之者。”

宋・佚名・竹汀鸳鸯图

人生由一个个片断组成，这些看似闺房记乐的闲笔，记下的，正是李清照人生“一面风情深有韵”的情爱时光。

然而，一个才女的婚姻，却总是让人担心。

在传统礼教中，一向对男女持双重价值标准和双重道德标准，要求男以“三纲五常”立身，女以“三从四德”为命；男必读“四书五经”，女必读《女四书》。《女四书》中，对女子修身、慎言、谨行、敬顺、积善、事父母、事舅姑、事夫、教子、营家、待客、守节等等，事无巨细，均有要求，但无一字言及“文才”。“女子无才便是德”这句名言缘起于明人陈继儒之语：“女子通文识字，而能明大义者，固为贤德，然不可多得；其他便喜看曲本小说，挑动邪心，甚至舞文弄法，做出丑事，反不如不识字，守拙安分之为愈也。女子无才便是德。可谓至言。”此语虽在晚明出现，但早已是长者辈所言。《诗经・瞻卬》即有“哲夫成城，哲妇倾城”“懿厥哲妇，为枭为鸱”“乱匪降自天，生自妇人”之语，此处“哲”即包含文才、智慧之意，大意是说，才华可以成就男人，而女人聪明过人，特别是有文才，非但不是好事，还可能扰了家宅，乱了天下。

才女的婚姻悲剧历朝历代都有，可与李清照比肩的南宋词人朱淑真就是一例。朱淑真生于仕宦之家，博通经史，能诗善画。由父母做主，她嫁给了一个小吏，却因为“鸥鹭鸳鸯作一池，须知羽翼不相宜”的缘故，夫妻长期不和，以至中道分居，女诗人半生过着“独行独坐，独唱独酬还独卧”“卷帘无语对南山”的日子，最终抑郁早逝。不见容于婆家也就罢了，更可悲的是她的亲生父母也不能理解和接纳这样一个女儿，在女儿去世后，竟将她生前的断肠诗词付之一炬。朱淑真在《自责诗》里和泪呈词：“女子弄文诚可罪，那堪咏月更吟风。磨穿铁砚非吾事，绣折金针却有功。”“自责”于自己“闷无消遣只看诗”之后，她竟最终做出“始知伶俐不如痴”的悲恨结论。由此可见，才情并不是女子最好的嫁妆。

然而，“此花不与他花比”，与朱淑真对照之下，一代才女李清照何其幸运，她不仅遇上了一个不嫌她有才华的婆婆，而且还遇到了一个不嫌她才华压倒须眉的丈夫。

萧条庭院，又斜风细雨，重门须闭。宠柳娇花寒食近，种种恼人天气。险韵诗成，扶头酒醒，别是闲滋味。征鸿过尽，万千心事难寄。

楼上几日春寒，帘垂四面，玉阑干慵倚。被冷香消新梦觉，不许愁人不起。清露晨流，新桐初引，多少游春意。日高烟敛，更看今日晴未。

——《念奴娇·萧条庭院》

婚姻最初红烛高照的日子过去后，接下来的生活开始走向常态。

丈夫出仕，李清照独守空闺，过着聚少离多的日子。这首词，借雨后春景，抒写深闺落寞之情。寒食时节，天气以阴以雨，乍暖还寒，就像人的心情一样难以安排停当。燕子来来去去，可惜不能代人传书，惊了好梦的，不是黄莺儿，而是孤枕冷衾。梦醒之后，只见庭前桐树又是一年新绿，春归人不归，诗酒遣不去离愁，雨天又出不了门，就算是天晴了，又能与谁沐乎沂？总之，就是坐立不安，不知道做什么好，到处都是“闲滋味”。

这种闺中闲愁，用张爱玲的话说，其实是一种“相当愉快的度日如年”。

清代李渔《闲情偶记》云：“种树非止娱目，兼为悦耳。”一棵柳树，除了它本身的姿态让人“目遇之而成色”外，还可以引来风声鸟声虫声，使人“耳得之而为声”。读李清照的词，就有这种兼美的效果。左看右看，行止坐卧，都觉得曲折低回，难以捉摸。“种种恼人天气”，这里是说“恼”，而不是“愁”。晏几道有“花时恼得琼枝瘦”句，王安石有“春色恼人眠不得”句，“恼”不是真“恼”，而是“撩”，用现代的话说，是“撩妹”。情动于中，不能明说，只说是因为天气种种不好，才让人生出这些闲烦恼。词法如书法，以中锋为主，偏峰为辅。信矣。

香冷金猊，被翻红浪，起来慵自梳头。任宝奁尘满，日上帘钩。生怕离怀别苦，多少事、欲说还休。新来瘦，非干病酒，不是悲秋。

休休，者回去也，千万遍阳关，也则难留。念武陵人远，烟锁秦楼。惟有楼前流水，应念我、终日凝眸。凝眸处，从今又添，一段新愁。

——《凤凰台上忆吹箫·香冷金猊》

宋·李唐·江山小景图

下笔之前，究竟发生了什么事，让李清照如此心乱如麻？“欲说还休，欲说还休，却道天凉好个秋”“万里悲秋常作客”“秦娥梦断秦楼月”犹可比附，何至于想起“西出阳关无故人”，想起桃花源外“遂迷，不复得路”的武陵人？不叠被，不梳头，不施粉黛，不管日上三竿，只想到路远天凉、冷月迷津、行烟逝水。难道这次不是长亭送别，而是西出阳关？不是正在归去来兮，而是月迷津渡？

原来，公元1102年，朝廷内部新旧党争愈演愈烈，因被冠以“元祐党人”的罪名，李清照的父亲被罢官回到原籍山东。到了1104年，朝廷下令“党人子弟，不问有官无官，并令在外居住，不得擅自到阙下”。接到遣散令，李清照不得不离开丈夫，只身投奔先行被遣归的家人。人生到此，一棵迎春的花树倏然红消翠减，青春蓦然转身。从词中看，诗人愁怨已深，再不是小别闲愁，而隐隐似有山雨欲来之忧。“千万遍”骊歌唱遍，也留不住离人脚步，多少离别的原因“欲说还休”，衣带渐宽，不是因为悲秋，不是因为生病，是因为“终日凝眸”，望断秋水，却不知离人归期。

面对这场不正常的离别，全篇怨恨相枕，全无情绪，只是信笔涂抹。情不自禁时，辞达而已，再无心遣词造句。

薄雾浓云愁永昼，瑞脑消金兽。佳节又重阳，玉枕纱厨，半夜凉初透。

东篱把酒黄昏后，有暗香盈袖。莫道不消魂。帘卷西风，人比黄花瘦。

——《醉花阴·薄雾浓云愁永昼》

爱与忧愁、孤独、思念，常常是剪不断，理还乱的关系，遇春伤春，遇秋悲秋。因写“绿肥红瘦”“露浓花瘦”“人比黄花瘦”词句，李清照有“三瘦诗人”的雅号。然而，此处“人比黄花瘦”，已经不是梨花带雨，而是风中零乱的花影。

又到了晚秋，从早到晚，天上薄雾浓云，地上帘卷西风；屋里炉香袅袅，屋外陶篱清清；夜半孤枕寒凉，黄昏酒淡无朋；霜里枝斜花冷，帘内人比菊瘦……

“佳节又重阳”，闺中少妇用她过人的才情，在一个铸成兽头的香炉里，撒下一把叫“瑞脑”的香沫，在一室幽远的清香里，写下了对远在京城的丈夫的思念，也代我们这些心拙笔拙的人，写下了一封“每逢

宋·赵佶·柳鸦芦雁图

佳节倍思亲”的私密家书。

春到长门春草青，红梅些子破，未开匀。碧云笼碾玉成尘，留晓梦，惊破一瓯春。

花影压重门，疏帘铺淡月，好黄昏。二年三度负东君，归来也，著意过今春。

——《小重山·春到长门春草青》

这一年，汴京之春已经来临。春天里，恩爱夫妻别也无时，聚也有因。伤离两年之后，1106 年，朝廷解除了一切党人之禁，李清照也得以返京，与丈夫团聚。

“春到长门春草青”，“长门”本是汉代长安离宫名，是汉武帝的皇后阿娇失宠后的旧居。此句不知因何而起，或是取反衬的手法？李商隐《马嵬二首》其二云：“如何四纪为天子，不及卢家有莫愁。”贵为皇后的女子常常不能保全自己，而邻家的寻常女子却能在久别之后夫妻团圆，夜共幽梦，晨赏梅花，细细煮茶，喁喁闲话，在淡淡春光中，悠悠品尝民间的悲欢离合。不知不觉，黄昏暗暗，庭院深深，花影掩门，月映帘幕。女子心下暗想，已经被我们多次辜负的春光不欺离人，这次归来，一定不能再负春光。

“红梅些子破，未开匀”，这一句软语，最见女子疏疏淡淡的雅情，恰似佛指间随意托起的一枚小小欢喜，比起“碧云笼碾玉成尘”句，不知省了多少笔墨力气，是晁补之《盐角儿·亳社观梅》词中赞的“香非在蕊，香非在萼”的“骨中香彻”。

春草红梅可喜，小瓯品茗可喜，夫妻相逢可喜，喜相逢的背后，有无限的俗世欢喜，可诗人只用一句“著意过今春”就一笔写过，是“一夜无话”的效果。这样的婉转风流，除了李清照，谁还会有？总之，相爱是两个人的事，黄昏后，夫妻间的许多风景别人是看不见的。

从李清照早期的诗词里，我们能看到这个天资过人的绛珠仙草，从草色遥看、欢颜如花的少女，走到笔墨和秋、秋水芙蓉的少妇的心路历程。我一直以宝黛不能同证木石前盟为恨，现在想想，李清照和赵明诚的婚姻生活，其实就是黛玉和宝玉的婚后生活。“倚楼无语理瑶琴”也好，“枕上诗书闲处好”也好，都是二人世界的诗情画意。

李叔同《为题小梅花屋图》云：“屋老。一树梅花小。住个诗人，添个新诗料。爱清闲，爱天然；城外西湖，湖上有青山。”一间茅草屋，即使环堵萧然如陶舍，就因为住了个诗人，梅蕊才不俗，篱菊才天然，人类才会有诗意的栖居。

庭院深深深几许

风柔日薄春犹早，夹衫乍著心情好。
睡起觉微寒，梅花鬓上残。
故乡何处是，忘了除非醉。
沉水卧时烧，香消酒未消。

李清照是足踏两宋的临水照花人。

在北宋，她沉醉青梅，手挽檀郎，或身居闹市，或屏身乡间，学东篱"归来"，以"易安"自号，虽有微澜惊风，却也过着"东边日出西边雨"的日子，是人生最寻常的和平时光。然而，在跨出北宋的门槛后，前朝的温柔典雅已成背影，舒缓的《春江花月夜》变调成了尖锐的《胡笳十八拍》，毁灭性的灾难纷至沓来，不可选择的命运，将一个欢颜如花的女诗人摧折成一个"孤舟嫠妇"，她的人生，最终流向了我们熟悉的凄惨冷清的世界。

宋钦宗靖康二年，即1127年，北方游牧民族大举南侵，俘获徽、钦二帝及太妃、太子、宗室三千人北去，宗庙毁废，北宋灭亡，大批臣民逃命南方。史称"靖康之变"。五月，康王赵构即位于南京应天府，即现在的河南商丘，改元建炎，是为高宗，南宋开始。

对于"靖康之变"，史书用上述简单几行字就能记清楚，然而，历史不是教科书上的大标题，亡国不只是江山易主。北宋跨向南宋的时间里，历史的大片中只上演着几个皇帝的故事，而我们把眼光从朝廷大殿的琉璃瓦看向尘埃里，从标题看向段落里，我们看到了逃难的人群，看到了“千里无鸡鸣”，看到了离丧。这里面，有草芥一样的众生，还有李清照。这才是这场灾难的细节，是真实的全镜头的“靖康之变”。我们不为一个皇帝的命运惋惜，我们为战火中的流民哭泣，为战火中变得蓬头乱发的诗人哭泣。他们才是我们的哪一世祖先，是我们生命和文化的传承人。

“靖康之变”之年，李清照四十四岁。此后短短两年时间，她的命运飞流直下三千尺，这个唯一可以与历朝历代诗人比肩的女诗人走到了悬崖边上，她在悬崖边上歌唱，唱出了乱世《黍离》。

1127 年八月，丈夫赵明诚从淄州改知江宁府，先行一步。李清照夫妇一生酷爱金石字画，藏品盛丰。当时，眼看北方黑云压城，李清照慌忙整理遴选她和丈夫倾半生心血与财力收藏的国宝，追随丈夫南下，开始了流亡生涯。李清照在《金石录后序》中记载：“既长物不能尽载，乃先去书之重大印本者，又去画之多幅者，又去古器之无款识者。后又去书之监本者，画之平常者，器之重大者。凡屡减去，尚载书十五车，至东海，连舻渡淮，又渡江，至建康。” 1128 年春，经过舟车劳顿，一路风尘的李清照终于抵达建康，即现在的南京市。

（欧阳公作《蝶恋花》，有“深深深几许”之句，予酷爱之。用其语作“庭院深深”数阕，其声即旧《临江仙》也。）

庭院深深深几许，云窗雾阁常扃。柳梢梅萼渐分明，春归秣陵树，人老建康城。

感月吟风多少事，如今老去无成，谁怜憔悴更凋零。试灯无意思，踏雪没心情。

——《临江仙·庭院深深深几许》

宋・佚名・水村楼阁图

这首词作于1129年初，诗人身在建康。

如果说，晏殊晏几道父子是李清照家的西宾，那么，高才大德的前辈欧阳修就是李清照的国子监教授。李清照的词走出花间，渐渐学到了欧诗“环滁皆山也”的宽广大气。“庭院深深深几许”原是欧阳修的名句，李清照仰慕前辈，为之搁笔，引为起句，为全词定下了沧桑忧愤的调子。“云窗雾阁常扃”不是五柳先生“门虽设而常关”的息交绝游，而是为了避乱。“柳梢梅萼渐分明”，春天来临，景色虽同，但已不是北国之春。春来燕子尚且北飞，但是偏安一隅的人空老他乡，山河破碎，没有社稷作主，上天不怜苍生。往事成伤，现实堪忧，诗人再无赏灯踏雪的心情。

词以诗人惯用的闺阁笔墨入手，貌似写“雨打梨花深闭门”的孤寂，而力透纸背的，实是国恨，是对“王师北定中原日”的期待。

风柔日薄春犹早，夹衫乍著心情好。睡起觉微寒，梅花鬓上残。

故乡何处是，忘了除非醉。沉水卧时烧，香消酒未消。

——《菩萨蛮·风柔日薄春犹早》

这首词作于1129年。诗人在南方过着颠沛流离的逃难生活，内心郁积着国破家亡的无限苦楚与思乡的浓愁。

上片写早春时节，阳光和煦宜人，人们刚刚脱去冬装，换上了夹层的青衫。时令转暖，大自然给诗人凄冷的生活涂抹了一点柔和的亮色，可是睡起微寒与鬓上梅残的意象，却与“风柔日薄”违和，像是不祥之兆。果然，下片起笔就揭示出“故乡何处是，忘了除非醉”的沉重主题。由此，前面的“微寒”、鬓边的残梅均有了着落，我们也明白了下面沉香雾散，夜长梦多，宿酒未醒的含意。睡了很久，醉了很久，是为了说怨怀无托，唯有一醉解忧。词中景是早春，其情却是惊春，因为人在他乡，春也不是旧相识。

思乡之情，是习见的题材，李清照此时已经有家难归。春风送暖，本来应该尽情享受大好春光，然而节候的变化，又特别容易触动人的思乡怀人之情，想到山河破碎，这美好的春色，反而成了生愁酿恨之物。这首词语言明白如话，只写日常生活画面，情感看上去一路平稳而冲淡，可是沉积的悲愤、不安和强烈的思乡情绪，却在深闺中的袅袅香雾、沉沉酒杯、昏昏醉意的平淡中暗流涌动，一言难尽。

永夜恹恹欢意少，空梦长安，认取长安道。为报今年春色好，花光月影宜相照。

随意杯盘虽草草，酒美梅酸，恰称人怀抱。醉里插花花莫笑，可怜春似人将老。

——《蝶恋花·上巳召亲族》

这首词也写于南渡之初。

在三月上旬巳日，古人有“修禊”的习俗，即召宴亲友，到水边嬉游，临水插花，以驱除不祥，祈求吉利。离乱后，适逢三月上旬巳日，春和景明，一家人乱后团聚，虽有“花光月影”相陪，有“酒美梅酸”佐餐，本以为可以消愁的酒宴，却未“称人怀抱”，相反更引起诗人对故国的深沉思念和对国破家亡的哀痛，最终聚得杯盘草草。

词以乐景衬哀情，哀乐相生，写出了诗人强颜欢笑的内心痛苦。“空梦长安，认取长安道”是“永夜恹恹”“欢意少”的原因。休对故人思故国，然而面对亲友，不能不起故园之思。“醉里插花花莫笑”，是一时忘忧，而“花莫笑”，实是自己在笑自己，笑“人似春将老”，韶华将逝，北归无日，有“惟觉尊前笑不成”的悲凉。

从这些词起，李清照洗去铅华，走出花间，换上了杜甫苍凉沉郁的蓑衣，像一株陌上桑，任凭风吹雨打，遇挫弥坚。

旧时天气旧时衣

天上星河转，人间帘幕垂。
凉生枕簟泪痕滋。起解罗衣聊问夜何其。
翠贴莲蓬小，金销藕叶稀。
旧时天气旧时衣。只有情怀不似旧家时！

1129年五月，丈夫赵明诚从江宁太守任上调离，接旨任湖州知州，上任前要去面见皇帝。李清照在舟中送别丈夫，“惜别伤离方寸乱”，最后看见的、最后记下的，是丈夫“葛衣岸巾，精神如虎，目光烂烂射人，望舟中告别”的样子。聚少离多，原本是他们夫妻的家常，可是，这一次，由于道阻且长，赵明诚于途中患疾，竟一病不起，同年八月，卒于建康。最后的日子里，虽然李清照“解舟下，一日夜行三百里”，可是到她急急赶到时，早已无力回天。这一年，李清照四十五岁。

天上星河转，人间帘幕垂。凉生枕簟泪痕滋。起解罗衣聊问夜何其。

翠贴莲蓬小，金销藕叶稀。旧时天气旧时衣。只有情怀不似旧家时！

——《南歌子·天上星河转》

风花雪月从来都是风中零乱的笑声。国破家亡，加上这场猝然临之的夫妻死别，让李清照大病一场，几不欲生。从此，儿女私情不再；从此，再不能执子之手，与子偕老。丧夫之痛，对一个宋朝的中年女人来说，无疑是天塌了。天塌地陷，不过如此。李清照无法收拾起旧时的衣裳，她穿着旧时的衣裳，续着现实的遭遇。一枕泪痕，一夜不寐，秋风入户，雨打残荷。一个在天上，一个在人间。天上人间，阴阳两隔，这才是“千万遍《阳关》也难唤回”。再问卷帘人，不再问海棠，只问“夜何其”，回答是“夜未央”，夜还未深，夜还漫长。变调之后，再不是闲愁，而是死亡的哀歌，只有经过离丧之人，才知其中哀绝。哀词难工，凡是写得好的，都是切身的悲凉，是每个人难以抚平的人生折痕里最真实入骨的哀伤。

我们常常会在历史书上看到这样的记录，比如“坑赵卒四十万”，比如“全军覆灭”，或“存者不足二三”，或“一人罹难”。无论数字多少，对应到一个家庭里，就是塌天大祸。《南歌子》又名《断肠声》，用《断肠声》写断肠时，何其悲也。此时此刻，此情此景，有多少悲伤簇集心中，断肠已不觉痛，如何拨响这种绝地之声？人亡物在，诗人翻看着旧衣，由此想到穿着旧衣裳时的旧事，做过的旧梦。人不如物，此刻，只有“旧时天气”里有记忆，只有“旧时衣”是旧相识，尚有余温。可是，旧衣服已经不能再穿。越是哀而不伤，越是怨而不怒，就越是痛到无语。清代况周颐《蕙风词话》云：“至真之情，由性灵肺腑中流出，不妨说尽，而愈无尽。”

李清照祭夫文有“白日正中，叹庞翁之机捷；坚城自堕，怜杞妇之悲深”语，大意是说：庞蕴的女儿在父亲死前，因为怕自己伤心竟先父而去，可我宁愿你走在我前面，这样你就不会为我伤心，这样的痛苦就让我独自承受；你像长城崩塌一样中道放手，留下我如杞梁之妻，即便哭倒长城，也不能将你唤回。

知我意，感君怜，知悲深。死者长已矣，活着的人已经面目全非，可生活还得继续下去。

从 1129 年起，为保存丈夫遗留的文物书籍，李清照开始投亲靠友，寄人篱下。颠沛流离中，文物几经散失、被盗，所余无几。1132 年，李清照到达杭州。图书文物散失殆尽造成的巨痛，逃亡生活的折磨，使李清照陷入绝境。

（世人作梅词，下笔便俗。予试作一篇，乃知前言不妄耳。）

藤床纸帐朝眠起，说不尽无佳思。沉香断续玉炉寒，伴我情怀如水。笛声三弄，梅心惊破，多少春情意。

小风疏雨萧萧地，又催下千行泪。吹箫人去玉楼空，肠断与谁同倚。一枝折得，人间天上，没个人堪寄。

——《孤雁儿·藤床纸帐朝眠起》

丈夫身亡，吹箫人去，笙箫吹断。

李清照一生偏爱梅花，“梅”词最多，不落俗谛。这首词以“梅”引路，因“梅心惊破”相思情，感“肠断与谁同倚”的绵绵之恨。

“藤床纸帐”是房中陈设，喻意简素清贫，“沉香断续”，喻冉冉物华休。时光一炉香一炉香燃尽后，变成了灰白的沉香屑，灾难变成了常态，真实的痛苦变成了真实的文字。最喜“伴我情怀似水”一句。女人是水做的，可以是苦水，也可以是清水。水做的李清照多想静守一炉祭香，在禅静中看光阴流转，借时光料理丧夫之痛。可是，这种静观只是由诗人的理性支撑起的，经不住邻家一声怨笛，就再次惊了春望之心。小风疏雨，江南早春的湿靡最惹人，于是“又”催下千行泪。楼空肠断，

宋・刘松年・山馆读书图

就因为少了一个人，就倾了一座城。天上人间，春天来了，花开了，凤凰来了，可是，梅花驿使不到，吹箫人不来。陆凯有“折梅逢驿使，寄与陇头人。江南无所有，聊赠一枝春”语。可是，人天路断，梅香在手，折来已无寄处。“梅”，“没”也。香断，肠断，路断，唯有情不断。读至此，觉得若能教人无情，也是无碍。花有时候还是不开的好，开得再好，好给谁看？

这是一首悼亡诗，写的仍是新丧之痛。看似平静下来，可就像一个人还没有哭够，一经人问，就千般委屈再次席卷而来。如惊弓之鸟般，经不起一点“小风疏雨”。贺铸“一川烟草，满城风絮，梅子黄时雨”

写闲愁最好，因为是费尽心思才找到的这些可比喻的物象，所以也只能看作是文人的闲愁。“一枝折得，人间天上，没个人堪寄”是悼亡经典。李清照的人生到此，已经全面进入灰暗地段，虽然“说不尽”，但是已经“无佳思”，不再需要象征比附，只是看一眼眼前的景色就已伤绝。她已经不需要遣词造句，她自己就是一首悼亡诗。

能够悲哀，就是还能够思想，心还没有彻底死，还有情意未了，人还活着。

我常常想，我们读古人的诗词，不是在读他们的功业，不是在读他们的日常生活，而是在读他们最纤细的情感，在读他们的心。从我们的心到古人的心，跨越这个距离的难度，就像囚犯在努力越狱一样。我们囚在当代人粗糙的、功利的牢笼里，是不容易走进诗人的心灵的。但是，我们必须心怀敬畏，对他们真实的情感，哪怕是伤心欲绝的情感，我们都必须心怀敬畏，这是只有文学才能带给我们的人生的真相，是在现实人生里我们很难看到的真情实感的艺术表达。在我们常常被一团喜气欺骗蒙蔽的时候，只有诗人的泪水可以映照红尘粗略。

一直怀疑文学的作用，写到这里再次明白，文学是人和天地之间的事，没有作用才是作用，才是悲悯无端。

载不动许多愁

风住尘香花已尽，日晚倦梳头。
物是人非事事休，欲语泪先流。
闻说双溪春尚好，也拟泛轻舟。
只恐双溪舴艋舟，载不动、许多愁。

1134年，李清照避乱金华，时年五十岁。这首《武陵春》作于此时。

风住尘香花已尽，日晚倦梳头。物是人非事事休，欲语泪先流。

闻说双溪春尚好，也拟泛轻舟。只恐双溪舴艋舟，载不动、许多愁。

——《武陵春·风住尘香花已尽》

“只恐双溪舴艋舟，载不动、许多愁”。为写这句诗，李清照积聚了五十年的沉哀。

岁月淹然，此去经年。诗人到了知天命之年，已知天命难违，已经

怕了天命，“物是人非事事休”，“欲语泪先流”，已经不是为一两件事情灰心，而是痛到岁月深处，触目即伤。“风住尘香花已尽”，略去黑云翻墨、狂风大作、暴雨如注的因，现在看见的，是落花成尘的果，也是诗人的现实生活。只是“小舟载愁”的意象，已经驶出前人载酒、载诗的樊篱，而余音“载不动、许多愁”一句，写舟小，愁重，如此质而约的字句，将人生写得水落石出，如此熟用赋比兴的造境功力，更是让人难以置信。

寻寻觅觅，冷冷清清，凄凄惨惨戚戚。乍暖还寒时候，最难将息。三杯两盏淡酒，怎敌他、晚来风急？雁过也，正伤心，却是旧时相识。

满地黄花堆积。憔悴损，如今有谁堪摘？守著窗儿，独自怎生得黑？梧桐更兼细雨，到黄昏、点点滴滴。这次第，怎一个、愁字了得！

——《声声慢·寻寻觅觅》

这首词，几乎所有诗词评家都评过一遍。用“惊世骇俗”四字总评，当不为过。

“愁”是中国诗词文化中一个重要的元素，闲愁、乡愁、离愁、别愁、忧愁、哀愁、春愁、秋愁、清愁、浓愁、新愁、旧愁……诗词中“愁”多堪比“月”多。

没有人知道什么是“愁”。愁是一种情绪。愁在外像空气，愁在人身上，像经络。愁是“道可道，非常道”。

后主李煜就是写“愁”高手。后主为江山愁，愁他的“三千里地山河”；他的愁是悔，愁在远近高低处，“笙歌醉梦间”，是“一江春水向东流”，是“人生长恨水长东”，拾片落叶都愁，愁得“起坐不能平”，愁得汪洋恣肆。可是这种凭栏远望、梦里重归、江山易主的愁不过只是一人之愁，不涉寻常人情。最打动我的，是他的“最是仓皇辞庙日，教坊犹奏别离歌，垂泪对宫娥”一句。想想，在最后祭祀祖宗、告别宫娥的时候，宫廷音乐演奏的还是往日送他出行时的缠绵曲调，但在这种仓惶时刻，为人君、为人子、为人夫的全面失败感，真正是“别是一番滋味在心头”，《后庭花》此时听来就是丧音。既然没有殉国的勇气，除了流泪愧对江山美人，他还能做些什么？往日龙光瑞象的天子顷刻间沦为阶下囚，沧海桑田只在刹那间，看在宫娥眼里，除了惊愕，会不会有受骗上当的感觉？只是，从不流泪的人，流下的泪水往往是真实的。就因为这一句有人性光泽的词，让我心软了，对这个不作为的后主顿起

宋·巨然·萧翼赚兰亭图

怜悯之心。相比之下，易安的愁虽然缠绵在帘幕下庭院里，是女子的“独自愁”，却是更广大的人世的愁。亡国之恨，丧夫之痛，孀居之悲，流亡之苦，是每个人都有可能遇到的人世之伤，愁到身世里，愁到岁月常态里，岂落叶春水可比，是想想都愁，想与不想都愁，是“才下眉头，又上心头”，是“怎一个愁字了得”。

黄昏是一天里最难过的时间。怕黄昏忽又黄昏，在一天的明亮中，太阳从东到西，时间只是在不知不觉间流逝，直到眼看着夕阳一寸寸西下，路上行人渐少，街市渐静，天地间一片烟笼雾罩时，人才会惊觉时光在有形有状地从夕阳的光影中流走。流年似水，流光似夕阳。立尽黄昏，怎么看都是一种伤感，是虚度。白居易有“独坐黄昏谁是伴”的孤独，李白有“送飞鸟以极目，怨夕阳之西斜”的伤感，易安这种从早到晚，从地上的“黄花”看到天上的“雁”，从“风急”到“细雨”，从“暖”到“寒”，酒不能醉，花不堪折，一个老妇在雨中黄昏“守着窗儿独自怎生得黑”的愁，没有任何多余的、新鲜的刺激，不是“从今又添，一段新愁”，只是漫长的“不知其期”的寻常一天里的生活，是眼耳鼻舌身意无所不及的愁。愁得彻底，愁得荒诞，愁得形而上。

清代陈廷焯《白雨斋词话》评这首词：“一片神行，愈唱愈妙。”“寻寻觅觅，冷冷清清，凄凄惨惨戚戚”，李清照敢用这种奇笔写愁，不是要写得恰到好处，而是有意要写到崩溃，写成神品，让别人再没法写下去。

人世多伤，伤在女诗人心里，就添加了千倍万倍的沉重。李清照后期的词，已经洗尽铅华，哭过痛过，肝肠寸断过，但到此时都已经不痛，她沉默抑郁，只是不知道怎么过这样的每一天。人生苦短，而一天却很漫长。随意拾起生活中的一个片断，就是一段城南旧事，一段未了情。时间变成了愁，愁变成了诗。要想打破这种现状，需要一场更大的变化，或者向好处转，或者更坏，否则，既不能坦然接受，又不能断然离开，就只能看着这种令人恐惧、窒息的哀愁泛滥成灾，为它哭损残年。这就是人生的真相，真实得令人痛苦不安。

爱过，伤过，存在过，虚无过，最终都要转念。诗人灵慧若此，转念只在早晚。佛就是想让人了却生死之苦，让人的心进入灰色地带，无喜无忧。佛不用修，人人最终都会成佛，因为生活让人不得不成佛。诗人将人生的伤惨写成绝唱，并不是不懂得人生可以转圜，她只是告诉我们，一颗易感的心灵在如何承受人生的考验。没有失恋过，就不知道爱情可以百转千回。没有痛过，就没有爱过。没有爱过，就没有生活过。人生是各种体验的过程。李清照直写悲苦的态度令人尊敬，她把一个人的苦难写成了人世里所有的女人都有可能遇到的苦难。欧阳修说：“人生少有，相怜到老，宁不被天憎。”丧夫，是一件多么平常又是多么痛苦的事，整个文学史上，只有她替女人们写下来了，到黄昏，点点滴滴；到人生，点点滴滴。读着这样的文字，如果有类似经历的人，会感到安慰。

伤春悲秋在现代是贬义词，因为现代人没有时间、能力，也不屑去做这样的事。诗词远离功名，也早已远离了我们的生活。其实，诗词中有一种没有用处的大功名。读李清照的词，我们不会写，写不成这样，不是错。如果读不懂，那就是我们悟性不够。如果觉得是无病呻吟，写过头了，对作者，对人生，都是大不敬。

一叶扁舟载不动人间愁苦，但它必将载着诗人，最终抵达无苦集灭道、无挂碍、无有恐怖的大自在境。

宋·钱选·兰亭观鹅图

落日镕金

天上星河转，人间帘幕垂。
凉生枕簟泪痕滋。起解罗衣聊问夜何其。
翠贴莲蓬小，金销藕叶稀。
旧时天气旧时衣。只有情怀不似旧家时！

落日镕金，暮云合璧，人在何处。染柳烟浓，吹梅笛怨，春意知几许。元宵佳节，融和天气，次第岂无风雨。来相召、香车宝马，谢他酒朋诗侣。

中州盛日，闺门多暇，记得偏重三五。铺翠冠儿，捻金雪柳，簇带争济楚。如今憔悴，风鬟霜鬓，怕见夜间出去。不如向、帘儿底下，听人笑语。

——《永遇乐·元宵》

据考证，李清照这首词大约作于1150年前后，此时诗人流寓杭州，年近古稀。

老年人最易怀旧，最会怀旧。白发苍苍的老人最爱立尽黄昏，看落日暮云，看回家的人，就好像看自己的晚景；最爱想年轻时的事情，就好像祭奠自己的青春。老年人可爱，是因为看懂了一切世相；老年人可畏，也因为过于世事洞明。所以，面对一个老年人的时候，要多听他们说话，轻易不能作评论。

这首词，是一幅“渔舟唱晚”的图画，用橙色的夕阳红的底色铺陈。金色黄昏，新月如水，堤柳含烟，红梅破啼，笛声隔岸，江南的元宵佳节，虽然时有早春的轻寒，却是难得的一片风平浪静。诗人说，有酒朋诗侣来约，有香车宝马来接，约我同去看灯，我婉言谢绝了。这时候，我想起当年“中州盛日，闺门多暇”，心里暖暖的。同样的三五月圆时，闺中姐妹们戴上嵌插着翠鸟羽毛的时兴帽子，穿着金线捻丝缝制的衣服，打扮得齐齐整整，前去观灯。那种明明艳艳的少女时光好像就在眼前。再看看现在，自己已经是“风鬟霜鬓”的老妇了，真是流光催人老，今非昔比呀。现在，因为天晚路远，我怕夜间出门，也怕引起怀旧的伤感，风吹帘动，我还是在窗前听听观灯人归来时的笑语声，让自己心情放松一下，也就算是过节了吧。

“不如向”，而不是“只能向”，语气里婉婉有一种与岁月和解的意思，也就是“梦里不知身是客”，就情愿“直把杭州作汴州”吧。

这首词写元宵节盛况，没有亲临现场的喧哗，年老的诗人只于窗前枕上，闭目养神，曾经的烟雨楼台，曾经“眼空蓄泪泪空垂”的滋味，在落日时分，已是明日黄花，诗人自言自语，虽有人在异乡的身世之感，年华老去的悲凉之叹，但却蕴涵着一片融融和谐，淡淡真情。久经国破家亡亲逝之痛，在人生的最后光景里，我们看到了诗人向往光明的智者情怀，孤寂悲凉总不敌繁华热闹的世俗的诱惑，在隔帘笑语声中重温旧梦，这里有许多老年的局促感，却也有庄生化蝶的解脱。一帘笑语，是青春，是往事，是最明媚的金粉记忆；一帘笑语，是别人的欢喜，也是人间的欢喜。生命一直在更新换代中，天命不由人，因为顺转经轮，诗人心底已经月色澄明。

宋代张端义《贵耳集》评此词："炼句精巧则易，平淡入调者难。"以为"闺阁有此文笔，殆为间气，良非虚美"。语言表达方式最和年龄相关。年轻时，有许多话说不完，说不明白，总想找个华丽的、别人不曾用过的词，写自以为和别人不一样的心情故事。可是到了晚年，才知道自己的一生其实和别人没有什么不同，悲欢离合原是家常。要么"欲说还休"，要么一两句话就能说清楚，以不全求全，说出来的全是硬道理。"元宵佳节，融和天气""怕见夜间出去""不如向、帘儿底下，听人笑语"这样的话，单取出来念，淡淡如水，就是在和人聊天，是生活中常说的白话文。可是，一经排列在这首词的意境里，却是大象无形，是用一生的因果修炼出的天然风流。所以说，"平淡入调者难"，而"炼句精巧"反而容易多了。这不只在说诗词笔墨，其实也是在说做人，说人生，说禅。禅就是平常，不到一定年龄，没有经过苦难，没有平生功力，坐在富贵安逸的后花园里硬修是修不来的。

清代谢章铤《赌棋山庄集》评曰："李易安'落日''暮云'，虑周而藻密。综述性灵，敷写气象，盖骎骎乎大雅之林矣。"明代杨慎《词品》评："宋人中填词，李易安亦称冠绝。使在衣冠，当与秦七、黄九

宋・佚名・烟江叠嶂图

争雄，不独雄于闺阁也。”

“综述性灵，敷写气象，盖骎骎乎大雅之林。”“不独雄于闺阁。”谢、杨不愧词中解人。

古人云：“赋到沧桑句便工”“诗穷而后工”。正是因为家国不幸，诗人在书写个人身世的同时，逐渐走出了闺阁的一丈之地，将她深沉悲悯的目光投向了国运民生的大格局中，在中年以后写下了许多忧国忧民的诗作。其中《夏日绝句》“生当作人杰，死亦为鬼雄。至今思项羽，不肯过江东”确实“不独雄于闺阁”，锋芒所向，已经压倒须眉，指点江山；《题八咏楼》诗，悲宋室之不振，慨江山之难守，“江山留与后人愁”一句，堪称千古绝调。

家国的苦难考验了诗人，也成全了诗人。李清照以一枝灵飞之笔，书写了她一生的多情、风雅、哀怨、志向，似一段陈檀，见证日月堆积，观瞻历史气象，跻身于大雅之林，“自是花中第一流”。

“自性无非，无痴无乱，念念般若关照。”六祖惠能如是关照人间，也关照她。

诗人从此转身，但凭千古目送。

一怀愁绪

笔耕不辍，长篇短咏，皆寓意悲愤，
兼纤丽雄慨，六十年留诗词万首；
为官勤勉，忧国忧民，曾投笔从戎，
誓复仇雪耻，八十岁写示儿金声。

我曾撰联赞南宋诗人陆游：

笔耕不辍，长篇短咏，皆寓意悲愤，兼纤丽雄慨，六十年留诗词万首；

为官勤勉，忧国忧民，曾投笔从戎，誓复仇雪耻，八十岁写示儿金声。

南宋叶绍翁曾评陆游："天资慷慨，喜任侠，常以踞鞍草檄自任，且好结中原豪杰以灭敌。"

明代吴宽曾赞陆游曰：“以六经、左氏、庄、骚、班、马、韩、曾为师匠，而天资工力，自得尤深。”

然而，一代诗剑英雄，可惜伤情一生。

红酥手，黄縢酒，满城春色宫墙柳。东风恶，欢情薄。一怀愁绪，几年离索。错、错、错。

春如旧，人空瘦，泪痕红浥鲛绡透。桃花落，闲池阁。山盟虽在，锦书难托。莫、莫、莫！

——《钗头凤·红酥手》

这首《钗头凤》，记下的，正是诗人的伤情往事。

那是在公元1155年，三十岁的陆游刚参加完科举考试，因为获罪于权臣秦桧，以高分落榜，从京城回到了老家山阴，就是现在的绍兴。某一个春日，陆游怅然徘徊在城南禹迹寺旁边的沈园里，春色渐晚，满目飞花，正有一腔心事无处安顿时，路转溪桥，忽然看见前妻唐琬和夫婿赵士程正在一个亭子下饮酒赏花。赵士程是皇室后裔，饱读诗书，和陆游曾经是文友，还有亲戚关系。或者出于知书达理的教养，或者出于对妻子的信任和尊重，或者还有另外一些意味深长的原因，总之，二人当有一杯之叙。说了什么不知道，喝了多少不知道，只知道这期间，锦屏后的唐琬曾出来为二人把盏，这是起笔“红酥手，黄縢酒”的由来。酒意阑珊时，陆游已经大醉，于是泫然挥笔，在沈园的红墙上狂草了这篇《钗头凤》，然后仓皇而去。

这场恍若隔世的不期而遇，即使放在现代，也会令人以喜以哀，手

宋·陈居中·胡骑春猎图

足无措。我们能想象三人相见时的惊慌，各自沉吟的难堪，能看见陆游酒后失态的样子。

然而，游园惊梦，才是悲剧真正的开始。

先是唐琬细细读过壁上断笔少划的字后，回到家中，同调和了下面这首《钗头凤》，不久便泪尽而亡。

世情薄，人情恶，雨送黄昏花易落；晚风干，泪痕残。欲笺心事，独倚斜栏，难、难、难。

人成各，今非昨，病魂常似秋千索；角声寒，夜阑珊，怕人询问，咽泪装欢，瞒、瞒、瞒。

——《钗头凤·世情薄》

接着，从这一天起，家门口这个本来平平平常的小园子成了陆游的伤心地。陆游从此怕过沈园，又怕错过沈园，沈园伤心，沈园也伤词。陆游一生为沈园写诗，他的爱情只在沈园徘徊，除此之外，他基本不写爱情诗。

若是有情，何必分手，若是无情，何必费词。我一直不明白，陆游究竟走着一个怎样的心路历程。

一个人的一生，既是自己的历史，也是家族的历史。陆游祖籍浙江绍兴，出生于一个高官显宦之家，自高祖以科举入仕起，四世诗宦传家，父祖均是博学鸿儒，朝廷命官。陆游的母亲贵为相门之女，是真正的金枝玉叶。陆游生不逢时，出生翌年，北宋即陷金人之手，年少的陆游跟随父母在烽火连天中辗转迁徙，这期间，陆家的家业也开始由盛转衰，曾经的富贵风流正被风吹雨打去。

陆游的婚姻走着门当户对的老路子，唐琬是不是陆游的表妹，研究者尚有争议，能肯定的是，唐琬的娘家就是山阴的唐氏，也是世代簪缨之族。唐琬生得天生丽质，能诗善文，堪称一代才女。陆游十九岁娶唐琬，婚后二人“伉俪相得”“琴瑟甚和”。可是，令人惊讶的是，一年后，或几年后，唐琬却被陆家一纸休书休弃。此后，陆游很快另娶王氏，唐琬也改嫁“同郡宗子”赵士程。对于陆游休妻一事，历史记载很简单，一说唐琬“不当母夫人意”；或说“二亲恐其惰于学，数谴妇，放翁不敢逆尊者意，与妇诀”；三是陆游自己晚年在《剑南诗稿》中说：“因唐琬不孕，而遭公婆逐出。”

“与妇诀”后，日子看似风平浪静地过了十年。

可是，十年后的这场沈园邂逅，却一石惊破水中天。

仔细读这两首《钗头凤》，只觉得字字惊心，“错错错”“莫莫莫”“难难难”“瞒瞒瞒”，先是这些叠声字就如同秋声鹤唳，急促凄绝。再是“东风恶，欢情薄”“世情薄，人情恶”，“恶”是诗词中很少用的字，在这两首词里却反复出现，古来写“相见时难别亦难”的诗词文章何其多，没有哪一首诗词写得这样恶声恶语。谁错了，他们在怨谁？恶恶相怨，谁会是赢家？

在古代，婚姻的建立和爱情无关，婚姻的破裂有时也和爱情无关。一个母亲，也许会以爱的名义做出任何不明智的事情，让她亲手缔结的金玉良缘变成木石前盟。在这之前的《孔雀东南飞》和之后的《浮生六记》里，就有类似的真实故事，在这些故事里，都有一个即使用春秋笔法都不能言说的母亲的过错。可是，在任何社会，婚姻从来也都不只是两个人的事情，在一个钟鸣鼎食之家，婚姻更有可能被上下左右老少尊卑各种复杂的伦理人情关系团团围住。再一方面，家庭生活琐碎而微妙，看似杂乱无章，却也有自古以来不能超越的规矩，一旦越界，有时候就会酿成严重后果。在这个大家庭里，这个悲剧是如何酝酿的，如何推进的，又是如何激化的，有多少人参与，在这个家里究竟发生了什么，因为历史没有记录，我们不在现场，不能一一设想。

同样，爱情是什么，自古也无解，因为爱情中的许多细节我们外人也看不到。也许，在年少的陆游心里，爱情的份量并没有那么重，对唐琬的爱并没有他后悔时想的那么多，他没有小吏焦仲卿生死相许的断离，也没有草民沈复携妻出走的隐忍。也许，因为少年不识愁滋味，在不知道后果有多严重的情况下，年轻的诗人放弃了最有效的努力，以最简单、最利己、最利于家族的办法，草率地解决了最复杂的问题。也许，直到沈园相会，亲眼看到唐琬“春如旧，人空瘦，泪痕红浥鲛绡透”的样子，亲眼看到曾经的妻子变成了别人的新娘，既伤情，又伤自尊心，他混沌不清的情感世界才被揭开冰山一角，才大梦初醒，才悔不当初？才后悔一生？

“东风恶”，历来被解读为封建礼教，母权，家长制。可是我想，无论如何，也不能把所有的错误都推给封建礼教。大家都在封建礼教下生活，生活每天都有烦恼，但日子总得过下去，没有几家人把日子过成这个样子。再说，“东风恶”，就一定“欢情薄”？休妻这样重大的事

宋・人物图

情，绝不是一句母命难违就可以说得过去的。世事轮转千年，历史已经尘土满面，这里面的“愁绪”“离索”“错、错、错”，也不是史书上简单的一两句文言文就能写清楚的。

我们知道，沈园伤心之后，陆游走上了仕途，赴闽蜀，进赣淮，戎马倥偬，萍踪不定，入朝还乡，迁贬无常，成就了一生的功业，特别是他终生为恢复中原而努力的爱国情怀，使他成为民族英雄，爱国诗人，永远被历史铭记和歌颂。

韶光易过，英雄归来时，已是华发苍颜。六十六岁后，陆游赋闲山阴故里，看到沈园芳草依旧，壁上墨迹犹存，又重新陷落到早年的悲伤故事里。情无所遣时，他开始写他的长恨歌。六十八岁，七十五岁，八十四岁，他“每入城，必登寺眺望，不能胜情”。在去世前的最后一个春天，还让儿孙搀扶着来到沈园，与唐琬做终天别。这些年里，陆游“一弦一柱思华年”，至少写了八首沈园诗：

枫叶初丹槲叶黄，河阳愁鬓怯新霜。林亭感旧空回首，泉路凭谁说断肠。

坏壁醉题尘漠漠，断云幽梦事茫茫。年来妄念消除尽，回向蒲龛一炷香。

城上斜阳画角哀，沈园非复旧池台。伤心桥下春波绿，曾是惊鸿照影来。

梦断香消四十年，沈园柳老不飞绵。此身行作稽山土，犹吊遗踪一泫然。

城南小陌又逢春，只见梅花不见人。玉骨久沉泉下土，墨痕犹锁壁间尘。

城南亭榭锁闲坊，孤鸿归来只自伤。尘渍苔侵数行墨，尔来为谁指颓墙？

沈家园里花如锦，半是当年识放翁。也是美人终作土，不堪幽梦太匆匆。

路近城南已怕行，沈家园里最伤情。香穿客袖梅花在，绿蘸寺桥春水生。

这组悼亡诗，千年以来，感动了无数红尘男女。近人陈衍云：“无此等伤心之事，亦无此等伤人之诗。就百年论，谁愿有此事；就千秋论，不可无此诗。”

在这些诗里，诗人备极哀词，写下了他一生最大的失败，最深的后悔。后悔的一半是怀念故人，后悔的另一半是给自己安心。从诗中，我们能体会到诗人“断云幽梦事茫茫”“孤鸿归来只自伤”的身世自伤，对美人作土，“只见梅花不见人”“玉骨久沉泉下土”的深切哀惋。可是，诗人只是任持久的“哀”“伤”“空”“怕”的情绪载沉载浮，用哀伤抚慰自己，并没有写到我们最想听到的认识的层面，对自己当年心里捉摸不定的那一缕“东风恶”讳莫如深，也没有给自己选择一种更合理的退路。也就是说，在这个持久的悲剧里，我们只看见了陆游在“桃花落，闲池阁”的沈园里的悲伤，一腔离怨的无所皈依、欲说还休的“莫、莫、莫”的无语，以及一片败景，但这只是一种世相简单的因果呈现，而没有看见“道”，没有看到诗人究竟的了悟。

我们看古人，有时候就像是看路人一样，看到的只是一个片段，他们不说话，我们要想知道他们在想什么，有时候只能猜。人世有万般色相，从一首诗词里，我们也只能看到他们当下的所思所想所为，并不能代表他们一生都是这样想，这样做的。特别是对那些青史留名的英雄人物，我们常常会把他们看作天人，不食人间烟火。事实上，他们和我们一样，生活在某一个村子里，街道上，生活由无数个细节组成，有时喜，有时悲，有时候无知无觉。在这个由生到死的过程中，他们有功业，也会犯错误，就像庄子，有时是庄子，有时是蝴蝶，有时是鱼，它们与庄子如影随形，难以截然区别。有些错误是过失，有些错误是故意。我们

宋・梁楷・八高僧图

读历史，就是想从古人那里得到智慧，包括经验和教训，这才是读史书的最好态度。生命在成长中，夹带着我们的许多失误和遗憾，这是人人都有可能经历的，并不需要为贤者讳。

沈园的故事是一场双重悲剧。悲剧产生美。因为故事中“一怀愁绪，几年离索”“山盟虽在，锦书难托”的婚姻的悲剧，这个故事让我们感伤了千年；因为在沈园惊鸿照影后，一死一伤的后果的推波助澜，使这个悲剧更上层楼，也让我们思考了千年。我想，对陆游而言，时光的淘养，已经让他有了无限悔意，相信在彼岸，他终会明白，纵是别人有千般错，终是因为自己年少无知、意志薄弱，才误了一场永以为好的姻缘。沈园是别人家的园子，沈园里再见的人已经“今非昨，人成各”，爱情可遇不可求，佳人难再得，再多的后悔也不能使破镜重圆，也已经挽不住落花满地。至于唐琬，她的身后就有一个无视封建礼教摧折，接纳了她残缺人生的护花人，她应该悟前因，改性情，以求此生长远无碍，不必再想着对别人“欲笺心事”，不必“怕人询问，咽泪装欢”，也不必“病魂常似秋千索”，以至误了卿卿性命。爱成了恨时，才最易成伤，最没有出路，不如“一别两宽，各生欢喜”，不如把沈园相会看作是一种天意的安排，一个告别仪式，一个成长仪式，一个悲忏的道场。在这场仪式后，要发誓把这一切忘掉。

《陆游家训》中说：

后生才锐者，最易坏事。若有之，父兄当以为忧，不可以为喜也。切须常加简束，令熟读经学，训以宽厚恭谨，勿令与浮薄者游处。自此十许年，志趣自成。不然，其可虑之事，盖非一端。吾此言，后生之药石也，各须谨之，毋贻后悔。

这篇家训简明扼要，集中了陆游对人生的深刻认识。他说“后生才锐者，最易坏事”，因为庸人只是自扰，不足为忧，才锐者难免任性妄为，误人自误，所以说，“宽厚恭谨”是才锐者的“药石”。“宽厚恭谨”这四个字，是诗人对自己事业多磨、婚姻蹉跎追根寻源后得出的教训，“可虑之事，盖非一端”一句，有无限的深意。他再三提醒后生小子要牢记这个四字箴言，说“各须谨之，毋贻后悔”。因为他知道，后悔不及，伤不起。

最后，我想说，婚姻破灭后女人会死已经是宋朝的事了，婚姻破灭后男人会后悔也已经是宋朝的事了，但它留下了很多教训，值得我们往回想，往前看。

行文至此，引一段《牡丹亭·游园惊梦》的唱段念白，用这曲美艳无双的袅袅丝弦，伴放翁和唐琬在天上化蝶，再不过沈园。也用这种浪漫的方式，戒断人间通往沈园的迷路。

原来姹紫嫣红开遍，似这般都付与断井颓垣。

良辰美景奈何天，赏心乐事谁家院？

朝飞暮卷，云霞翠轩；雨丝风片，烟波画船。

锦屏人忒看的这韶光贱！

遍青山啼红了杜鹃，那荼蘼外烟丝醉软。

那牡丹虽好，他春归怎占的先！

闲凝眄，生生燕语明如剪，听呖呖莺声溜的圆。

这园子委实观之不足也。

留些余兴，明日再来耍吧。

有理。观之不足由他缱，便赏遍了十二亭台是枉然。

倒不如兴尽回家闲过遣。

醉里挑灯看剑

壮岁旌旗拥万夫，锦襜突骑渡江初。
燕兵夜娖银胡䩮，汉箭朝飞金仆姑。
追往事，叹今吾，春风不染白髭须，
却将万字平戎策，换得东家种树书。

辛弃疾生于公元1140年，字幼安，号稼轩，山东济南人。

人称辛弃疾是“人中之杰，词中之龙”。作为词人，他的词如刘克庄在《辛稼轩集序》中所言：“大声镗鞳，小声铿鍧，横绝六合，扫空万古，自有苍生以来所无。”作为一位民族英雄，他深明大义，能征善战，是少有的文武全才。

但是，“东风不与周郎便”，辛弃疾一生怀抱不舒，理想与现实的激烈冲突，是他词作的基本内容。

（有客慨然谈功名，因追忆少年时事，戏作。）

壮岁旌旗拥万夫，锦襜突骑渡江初。燕兵夜娖银胡䩮，汉箭朝飞金仆姑。

追往事，叹今吾，春风不染白髭须，却将万字平戎策，换得东家种树书。

——《鹧鸪天·壮岁旌旗拥万夫》

与只会纸上谈兵的书生不一样，辛弃疾有过戎马倥偬的实战经历。

自1127年靖康之变后，山东一带即成沦陷区。公元1161年，金主完颜亮率大军南下攻打建康，山东守备空虚，农民出身的耿京乘机啸聚一支抗金义军，以图收复失地，饱受奴役的民众一呼百应，兵多时竟有二十万之众，声势浩大，威震四方。此时，辛弃疾正值“壮岁”，他敏感到这是精忠报国、建功立业的良机，于是投笔从戎，在家乡组织起一支两千多人的队伍归附耿京，成为军中的掌书记。因为发现敌我军力装备对比悬殊，他建议义军和南宋朝廷取得联系，主动要求招安，求得援助，替天行道。第二年正月，耿京派他率十余名身穿战袍、骁勇神速的骑兵渡江而南，谒见高宗。当时，偏安临安的高宗正受到南下金兵的威胁，情急之下，当即授耿京为天平军节度使，辛弃疾为承务郎。在返回部队途中，因惊闻叛徒张安国杀主帅耿京后投降金人，义军溃散，于是辛弃疾果断在当地组织五十名精锐义兵，直趋山东三野张安国的驻地，智取张安国，并带领义军所剩上万军队星夜驰奔，渡过淮水，到临安把张安国移交朝廷处决。这便是“锦襜突骑渡江初”的传奇故事。“燕兵夜娖银胡䩮，汉箭朝飞金仆姑”，是说趁着金兵在晚上精心准备箭筒、修筑工事时，宋兵进兵神速，出其不意，于拂晓时便发起了进攻，那种叫“金仆姑”的箭万箭齐发，势不可挡。

年轻的诗人怀着一腔报国热诚南渡归宋，满怀希望地打算杀敌立功，可是南宋统治者惊魂甫定后，偏安一隅，“口腹安然岂远谋”，从此把半壁江山抛在脑后。“飞鸟尽，良弓藏”从来都是君臣间的潜规则。像《水浒传》故事一样，朝廷对这些草莽英雄又拉又打，战时利用，战后看不起，又怕他们的队伍壮大后不可收拾，所以解散了义军，众位好汉被化整为零安置在淮南各州县的流民中。辛弃疾因为忠勇异常，被任命为地方小吏。由于一直不认同“南北分裂，已成定势”的投降论调，在各地做文武官吏的二十多年里，辛弃疾多次上书，可是呈给朝廷的《美芹十论》《九议》等“平戎策”都石沉大海，他在各地练兵筹饷，作着抗战准备，又被奸佞小人多次弹劾，几度罢官。从四十二岁起，辛弃疾被排挤出局，闲居在江西上饶、铅山一带，过了近二十年的隐居生活。

从序中可知，这首词写于诗人晚年。随着年华流逝，“壮岁旌旗拥万夫”的记忆已经成为辛弃疾的选择性记忆，他在回忆中受伤，也在回忆中得到安慰，对抗老去无成的恐惧。因此，当听到有人在他面前慷慨激昂地大谈功名事业时，他又一次兴奋起来。然而，“追往事，叹今吾，春风不染白髭须”，时光一去不回，草木能春风吹又生，须发却不能由白变黑，此身不遇，报国无门，只能感叹等闲老了英雄。最后，诗人悲观地说，“却将万字平戎策，换得东家种树书”，我写给朝廷的平戎策略万言不值一杯水，还不如拿给邻人交换来一本种树的书。

南渡之后，山河破碎，像刘过词中所说的“三齐盗起，两河民散，势倾似土，国泛如杯”一样，天下大乱，民生倒悬。在很多士大夫“梦里不知身是客”，对着西湖继续写花间词时，人微言轻的辛弃疾却痛心疾首，枕戈待旦。从他激愤的文字中，我们能感受到在梦想被现实和时间毁灭之后，一个有雄才大略的人忧国忧民的情怀和无奈。

（为陈同甫赋壮词以寄）

醉里挑灯看剑，梦回吹角连营。八百里分麾下炙，五十弦翻塞外声。沙场秋点兵。

马作的卢飞快，弓如霹雳弦惊。了却君王天下事，赢得生前身后名。可怜白发生！

——《破阵子·为陈同甫赋壮词以寄》

宋・佚名・山水人物图

这首词，是写给他的好友陈亮的。陈亮，字同甫，是南宋思想家、文学家，才气超迈，喜谈兵。和辛弃疾一样，陈亮忧于国事，有“复仇自是平生志，勿谓儒臣鬓发苍”的诗句。

词中写道：夜半酒醉后，我挑亮灯烛，抽出壁上悬置日久的宝剑，仿佛看见当年抗金战场上的刀光剑影。辗转反侧良久，甫一入睡，醉时所想的一切又幻为梦境。梦中我听到各营吹起出征前的号角声。在一望无际，似乎绵延八百里的营地里，兵士们群情激昂，在出征前大块吃肉，大碗喝酒，以壮行色。军中百乐同奏着振奋人心的战斗乐曲。畅快淋漓的餐饮之后，兵士们列队站定，将军神采奕奕，意气昂扬地点兵点将，作战前总动员。“沙场秋点兵”，是因为此时“秋高马壮”，正是出兵良时。这一切战前高规格的造势与壮行，预示着此战必定攻无不克，战无不胜。在接下来艰苦惊险的战斗中，匹匹战马皆如名马“的卢”一样风驰电掣，锐不可当，万支利箭震耳离弦，像晴空霹雳，穿云裂石……可是，梦醒后，想着我一生空怀着完成统一大业、赢得生前身后名的梦

想，只可怜，到如今头发都白了，像陆游一样，“平生塞北江南，归来华发苍颜”，梦想依然还是梦想。

抗金部队雄壮的军容，横戈跃马的战斗生活，沙场秋点兵时将军意气昂扬的神情，以及收复失地的梦想，无论醉中梦中，都是那样激荡人心。只是，这一切都是梦中壮景。在另一首词中，他写道：“征衫，便好去朝天，玉殿正思贤。”壮士已经穿好征衣，准备去面见天子，他渴望朝廷能采纳他的建议，让他统率兵马，驰骋沙场，为光复中原竭股肱之力，效忠贞之节，“看试手，补天裂”。正因为这些梦想无法在现实

中实现，于是他才托梦言志，用凌云健笔抒写“老骥伏枥，志在千里；烈士暮年，壮心不已”的慷慨激昂。

辛弃疾是一世豪杰，以气节自负，以功业自许。因为有热血，有担当，他有常人没有的痛苦。我们今天捡拾他的文字，看到的是一个仁人志士负志而往、受阻而悲的落寞情怀。他用一生的努力来让自己成为英雄，却又没有成为英雄的机会。他想让自己平庸化，却又不甘于这种平

宋・李公麟・会昌九老图

庸的人生。无所建树，有负家国的空虚，一直是他生命中最大的空虚，是不堪回首的苍凉，而他一遍遍回味“想当年，金戈铁马，气吞万里如虎”的生活，一遍遍重构早年跃马杀敌的故事，这让他兴起“目断秋霄落雁，醉来时响空弦”的失落感，同时也是对自我价值的认同和陶醉。

伤心人各有怀抱，辛弃疾的伤心与众不同。他在醉中张弓搭箭，空弦虚射，惊落的，更多的是“共西风、只管送归船”的无奈，是“舞榭歌台，风流总被，雨打风吹去”的伤怀。光复故国的大志雄才得不到施展，他将一腔忠愤发而为词，把别人用来取乐的花间词写成了满天《离骚》。

故将军饮罢夜归来

壮岁旌旗拥万夫，锦襜突骑渡江初。
燕兵夜娖银胡觮，汉箭朝飞金仆姑。
追往事，叹今吾，春风不染白髭须，
却将万字平戎策，换得东家种树书。

从内容上分，酬唱词是宋词中的一个大类。辛弃疾词中，也有很多与朋友往来唱酬的词作。词评家常以“苏辛”并称，苏东坡借酬唱词写他对人生的哲学思辨，辛弃疾借这种题材，仍旧写他济苍生、安社稷的心志，并以此与同道共勉，使酬唱词内容为之一新。

（淳熙己亥，自湖北漕移湖南，同官王正之置酒小山亭，为赋。）

更能消、几番风雨，匆匆春又归去。惜春长怕花开早，何况落红无数。春且住，见说道、天涯芳草无归路。怨春不语。算只有殷勤，画檐蛛网，尽日惹飞絮。

长门事，准拟佳期又误。蛾眉曾有人妒。千金纵买相如赋，脉脉此情谁诉？君莫舞，君不见、玉环飞燕皆尘土！闲愁最苦！休去倚危栏，斜阳正在，烟柳断肠处。

——《摸鱼儿·更能消几番风雨》

对于这首词，陈廷焯《白雨斋词话》中已评到极致：

“‘更能消、几番风雨’一章，词意殊怨，然姿态飞动，极沉郁顿挫之致。”“‘休去倚危栏，斜阳正在，烟柳断肠处’，多少曲折，惊雷怒涛中时见和风暖日，所以独绝古今，不容人学步。”

“更能消、几番风雨，匆匆春又归去”，确如我们熟知的柳永的“对潇潇暮雨洒江天”，东坡的“有情风，万里卷潮来，无情送潮归”一样，这种海啸般不由分说席卷而来的气势，已惊得人退避三舍，只觉得是用大大的一笔，写了一个大大的寂寞，真正是词中的天然好言语。这样的句子不是“两句三年得”的，而是情动于中，一发而不可收，是灵感，是任性。读到这样节奏分明、指天划地的词句，只好拍案而起。古人说的“古文观止”，就是说的这种受惊的时刻。

这首词写于 1179 年，是辛弃疾南渡之后的第十七年，诗人时年四十岁。

从二十三岁到四十二岁，是辛弃疾一生中的游宦时期。在此期间，他由签判到知州，由提点刑狱到安抚使，虽然宦迹无常，却政绩卓著。他出任滁州知州仅半年，当地荒陋之气一洗而空。他在湖南帅任上，创置飞虎军，“军成，雄镇一方，为江上诸军之冠。”辛弃疾才志过人，自有不被俗世所容的孤介，加上在议和派当权后，排斥忠良，陷害贤能，他常常被呼来唤去，“二年历遍楚山川”。对于这种频繁调动，他知道“聚散匆匆不偶然”，这既是大材小用，也是不让他独占山头，集聚人脉。为此，他常有岌岌可危之感。如他所说：“生平刚拙自信，年来不为众人所容，恐言未脱口而祸不旋踵。”这次，他又受到排挤，由湖北转运副使调官湖南。临行前，同僚王正之在山亭摆下酒席为他送别，他于席间感慨呈词。

上片不用多言，也不能再译，是辛词中难得不用典的时候，多读几遍，自然不会作诗也会吟。诗人取惜春怨春的古意，写一年春事了时，风雨、落花、芳草、画檐、蛛网、飞絮种种，把“惜春常怕花开早”的

宋·佚名·柳溪泛舟图

心情写得细致玲珑。另一首词中“晚恨开迟，早又飘零近”的惜春语，也大有“寄与不寄间，妾身千万难”的婉转风流。“天涯芳草无归路”，含着对南宋王朝已经日薄西山的讽谕，“尽日惹飞絮”，含着对小人嫉贤妒能、蜚短流长的讽谕。下片要费一些心思阅读。汉武帝的废后阿娇身在冷宫，天天盼望重新被召幸，可是有约不来，佳期一误再误，这都是因为“蛾眉见妒”。纵然用千金买下司马相如的《长门赋》换得恩宠，此情也已不同从前，无处分诉。杨玉环已经“宛转蛾眉马前死”，赵飞燕也被废黜赐死，红颜薄命，早已归化荒田野草，千古兴亡多少事，不过朝来暮去而已。“君莫舞，君不见”句最见讽喻，似在警戒那些长袖善舞的小人。收笔说，自己这些感慨都是闲愁，是替古人担忧，所以劝人不要去登楼，不要望尽天涯路，不要想这些没用的事，是对英雄无处请缨，“脉脉此情谁诉”的自我开解。

词是抒情的文学，它的特点是寄托和含蓄。这首词用情语写寄托，情不可得，怀抱不可舒，再铺上闺妇伤春的底色，就有了怨而不怒的含蓄。而且词语灵动飘逸，长句短说，读起来有一顿一顿的缓和、冲淡。“更无花态度，全有雪精神”，辛弃疾的这句词，也可概言这首词的思想和风格。

结合写作背景看，词中确有“醉里谤花花莫恨”的讽谕的含意，是深层含意。经过千年之后，我们再读这首词，脱下政治讽谕的华丽外衣，再不用想其中的微言大义，也可以简单认为这就是一首春怨词，就是在写简单的惜春怨春的俗世风情，讲红颜薄命的故事，而且用语干净明白，没有那么多的泪水缠绵，却有“休去倚危栏”的聪明了脱。

山前灯火欲黄昏，山头来去云。鹧鸪声里数家村，潇湘逢故人。

挥羽扇，整纶巾，少年鞍马尘。如今憔悴赋招魂，儒冠多误身。

——《阮郎归·耒阳道中为张处父推官赋》

奔波中的辛弃疾于湖南耒阳道上与故人相遇，于是停车话旧，写词相赠。

上片写山景。在一个黄昏，正是“鸡栖于埘，日之夕矣，羊牛下来”的时候，诗人驱车转过一个山头，望见山前有个小村庄，有几点灯火忽明忽暗。比起“山色有无中”深不可测的宇宙空间感，“山头来去云”似乎离人间近些。人们熙来攘往，为名为利忙，实不如山头的白云自在清醒。鹧鸪在春天最多，叫声最响，所以鹧鸪飞出，点明是春天行路。正走得人困马乏的时候，突然于山路上“潇湘逢故人”，却又是人生不可多得的三喜之一。

下片转入抒情。友人不期而遇，相约到不远处的村舍，再喝点酒，触绪即伤，话就格外多。辛弃疾说，想我弱冠之年，也曾效仿诸葛孔明手挥羽扇，头戴纶巾，突骑渡江，率众南归，想干出一番业绩。可是，如今二十年过去，沉沦下僚，辗转宦海，憔悴落魄如此，也只能像宋玉那样作一篇《招魂》，为我的梦想招魂了。

辛弃疾是那种活在理想中的诗人，希望成为理想中的英雄，他多次以三国人物励志，如“吴楚地，东南坼。英雄事，曹刘敌。被西风吹尽，了无尘迹。”“天下英雄谁敌手，曹刘。生子当如孙仲谋。”“千古江山，英雄无觅，孙仲谋处。”等等。这些英雄，能激起他生活的激情。此处，他以“出师未捷身先死”的诸葛亮当年羽扇纶巾、挥师北伐的神貌，比照自己少年时在军中赫赫扬扬的车尘马足，使如今儒冠误身的憔悴更加分明。

“儒冠多误身”句，取自杜甫“纨绔不饿死，儒冠多误身”句，说纨绔子弟能平步青云，诗书饱学之士却常常没有前程。自古以来，读书人多误，有时被自己误，有时被别人误。韩愈《进学解》中说，“文虽奇而无济于用，行虽修而不显于众”，比如眼前干戈满目，并没有几个儒冠有刘克庄说的“快投笔，莫题柱”的果断担当，常常只谈风月，不谈国事，这是自误。另一方面，韩愈又说，一棵树能否“各得其宜，施以成室”，也在于“匠氏之工”。清代陈廷焯说，“稼轩有吞吐八荒之慨而机会不来”，就是因为不得“匠氏之工”，这是他误。

（陈同甫自东阳来过余，留十日。与之同游鹅湖，且会朱晦庵于紫溪，不至，飘然东归。既别之明日，余意中殊恋恋，复欲追路。至鹭鸶林，则雪深泥滑，不得前矣。独饮方村，怅然久之，颇恨挽留之不遂也。夜半投宿吴氏泉湖四望楼，闻邻笛悲甚，为赋《贺新郎》以见意。又五日，同甫书来索词，心所同然者如此，可发千里一笑。）

把酒长亭说。看渊明、风流酷似，卧龙诸葛。何处飞来林间鹊，蹙踏松梢微雪。要破帽多添华发。剩水残山无态度，被疏梅料理成风月。两三雁，也萧瑟。

佳人重约还轻别。怅清江、天寒不渡，水深冰合。路断车轮生四角，此地行人销骨。问谁使、君来愁绝？铸就而今相思错，料当初、费尽人间铁。长夜笛，莫吹裂。

——《贺新郎·把酒长亭说》

燕赵多悲士，南宋也多悲士，如陈亮、史达祖、刘过、刘克庄等，辛弃疾一生与他们交游颇多，文学史上把他们称为“江西派”。与北宋那些宰相级文人相比，他们大多薄宦老天涯，却怀着“男儿西北有神州”的补天情怀，所以多不被南宋朝廷所容。其中，辛弃疾和陈亮的友情在历史上传为佳话。清代俞陛云《唐五代两宋词选释》云：“稼轩与同甫，为并世健者，交谊之深厚，文章之振奇，可称词坛瑜亮。”二人一生唱酬颇多，辛弃疾说“我最怜君中宵舞”，陈亮就回复“但莫使伯牙弦绝”。这首词，记下了他们之间一段感人的友情。

这首词前面的长序，像一篇百字小品文，是序中之最。序是交待写作的缘起，像画上的题字，宜简不宜繁。这篇长序，不仅不繁琐，而且如果以本词为一大餐，此序则可以佐餐。

词的上片先以渊明、卧龙比况友人高逸，二写因友人来而喜上眉梢，三写面对肃杀之景而伤老之语。最动人的句子，是“剩水残山无态度，被疏梅料理成风月”句。剩水残山无态度，是一语双关，“破帽多添华发”的诗人与南宋王朝均已是剩水残山，这个比喻已经登堂入室，然而最妙的是“被疏梅料理成风月”句。这首词，早已抄在我的笔记本里，每读至此，都忍不住感慨作者巧思如仙。一代词人，不走寻常路，没有态度也就罢了，世间有多少事都让人最后变得没有态度，在此收住便是。然而，要经过多少琢磨后，才会想到将这种败象托付疏梅，料理成风月。这是举重若轻的一笔，因为料理的不是风花雪月，而是江山。这样写，是存心要“风流灵巧招人怨”么？

下片中“问谁使、君来愁绝？铸就而今相思错，料当初、费尽人间铁”句，是我能见到的写友情的奇绝之笔。从序中，我们已知故事的来龙去脉。陈亮“日夜兼程八百里”来鹅湖与辛弃疾相会，不过十日，才相逢又轻离别。长亭送别后第二天，辛弃疾就后悔让朋友走了，竟起心动念，打马一路追赶。可是，天寒水深，江面封冻不能引渡，陆路泥泞，车轮像生出了四角一样不能转动。无路可通，无论如何也追不上，诗人只能独饮野店，闻邻笛悲甚。不来时思念苦，相见后别离苦，用情如此沉重，如此不可解脱，这种相思大错，就像费尽人间铁铸就。古人千里相见不易，不是两小时飞机的路程。约，留，追，这些近似痴狂的表现，一笔不歇地写下来，勃郁动荡，笔力奇重，足见辛弃疾是性情中人。用情如此良苦，与剩水残山、疏梅风月的比兴一样，也有一事双关的深味。像是手足兄弟的两个人因山阻水隔而不能复见的错，就像南北分裂、山河相望而不能相合的错一样，让人没有态度。从“两三雁，也萧瑟”，引入两三人，也萧瑟。以“长夜笛，莫吹裂”，上承剩水残山，山河破裂。远兜远转，都不离乱世乱相。

辛弃疾常有“无人会，登临意”的孤独感，他与陈亮心有灵犀一点通，是伯牙子期之交。陈亮在政治、军事上均有卓越见解，曾三次向孝宗上书，主张改革内政，抗击金兵，收复中原，几次被罢官削职，郁郁不得志一生。此时，辛弃疾与陈亮都年近五十，岁月蹉跎，报国无门，故友相见难，分别难，走也难，送也难，感伤难以名状。

同时代的词人周紫芝有一首送别词《一剪梅·无限江山无限愁》，极纤细工巧，写的也是这种沉重的乱世别情：“无限江山无限愁。两岸斜阳，人上扁舟。阑干吹浪不多时，酒在离尊，情满沧洲。早是霜华两

宋·梁楷·八高僧图

鬓秋。目送飞鸿，那更难留。问君尺素几时来，莫道长江，不解西流。”“无限江山无限愁”，对别酒，怯流年，渐渐老去的乱世文人处在家国突变的风雨声中，聚散之际，没有“轻轻挥手，不带走一片云彩”的轻松，抱团取暖之情可哀。

（夜读《李广传》，不能寐。因念晁楚老、杨民瞻约同居山间，戏用李广事，赋以寄之。）

故将军饮罢夜归来，长亭解雕鞍。恨灞陵醉尉，匆匆未识，桃李无言。射虎山横一骑，裂石响惊弦。落魄封侯事，岁晚田间。

谁向桑麻杜曲，要短衣匹马，移住南山？看风流慷慨，谈笑过残年。汉开边、功名万里，甚当时、健者也曾闲。纱窗外、斜风细雨，一阵轻寒。

——《八声甘州·故将军饮罢夜归来》

古人说，柳永以赋为词，苏轼以诗为词，辛弃疾以文为词。这首词，就是以文为词的典型手法。

词写于1188年，作词时，辛弃疾已经年近半百。文人惜屈原，武将悲李广。辛弃疾一生抱负，极似汉时名将李广，因此常常引为知己，曾以“千古李将军，夺得胡儿马”诗赞之。在夜读《李广传》后，诗人再次辗转不寐，于是借古人酒杯，浇胸中块垒。

“飞将军”李广的故事广为人知，《史记·李将军列传》中记载得很周全。词中选“桃李不言，下自成蹊”“出猎射虎”“李广难封”几个典型事例，状写“故将军”有勇有德而被罢黜，“落魄封侯事，岁晚田间”的故实，旨在讽谕当时朝廷不知用人惜才。作者健笔如刀，惜墨如金，只用“裂石响惊弦”五字，就将一员虎将的勇健写得声色俱传，是上片巨笔。

“谁向桑麻杜曲，要短衣匹马，移住南山”句，由小序中写友人与他“约同居山间”而来，借自杜甫“自断此生休问天，杜曲幸有桑麻田，故将移住南山边，短衣匹马随李广，看射猛虎终残年”的诗意。去还是留，辛弃疾自有安排。他不想归隐田园，终老田园，而是要像李广那样，短褐布衣匹马，披挂上阵，“看风流慷慨，谈笑过残年”。然而，刚刚这样想，却又旧话重提，“汉开边、功名万里，甚当时、健者也曾闲”一句，是几经顿挫后，将上片没说完的话继续说完。秦时明月汉时关，在开边拓境，号召立功绝域的强盛的汉朝，李广尚且难封，弱宋一味求和讳战，更不需要良将。这样前后想想，令人不寒而栗，故用“纱窗外、斜风细雨，一阵轻寒”的眼前景代为叹息。

金在宋朝时为外族，尚未划归中央版图，因此在宋朝，抗金就是爱国，辛弃疾积极倡议朝廷抗金的态度是正确的，即使放在今天也是不易之理。就像他写给皇帝的《九议》中所言：“恢复之事，为祖宗，为社稷，为生民而已，此亦明主所与天下智勇之士所共也，顾岂吾君吾相之私哉！”抵御外辱，关系祖宗、社稷、生民的运劫，不是一君一相的私情私心所能取决。因为他的策论不被采纳，而且过早地被迫退职赋闲，也只能将手中的剑换成笔，所以笔底常带剑气、意气、怨气。

宋朝南北两栖，皇帝都能被绑架，可见国弱至此也是冰冻三尺非一日之寒，一朝皇帝一代不如一代也是常态。江南富庶有余，谁愿意用生命去换西湖歌舞？像李广这样功高难封的故事也说明战场也是官场，在没有规则的时代，人就是规则，一朝天子一朝规则，是非成败不由自主。成与不成的关系，取决于君与臣的人际关系，这是自古以来的通弊，造成的悲剧由来已多，辛弃疾的悲剧并不新鲜。

其实，“草木有本心，何求美人折。”张九龄说。

无人会登临意

楚天千里清秋，水随天去秋无际。
遥岑远目，献愁供恨，玉簪螺髻。
落日楼头，断鸿声里，江南游子。
把吴钩看了，栏杆拍遍，无人会，登临意。

刘克庄诗云：“忧时元是诗人职，莫怪吟中感慨多。”

辛弃疾词中有许多登临吊古词。吊古之词，多弦外之音。辛弃疾的这类词托古讽今，“唱彻阳关泪未干”，将家国之忧写到了悲怆深处。从风格论，如弓在手，引而不发，显得沉着冷静许多。

楚天千里清秋，水随天去秋无际。遥岑远目，献愁供恨，玉簪螺髻。落日楼头，断鸿声里，江南游子。把吴钩看了，栏杆拍遍，无人会，登临意。

休说鲈鱼堪脍，尽西风，季鹰归未？求田问舍，怕应羞见，刘郎才气。可惜流年，忧愁风雨，树犹如此！倩何人唤取，红巾翠袖，揾英雄泪！

——《水龙吟·登建康赏心亭》

这是辛弃疾早期词中最负盛名的一篇，作于建康通判任上。其时，辛弃疾正值壮年，处在不进则退的人生阶段。

赏心亭在建康城西的山上，下临秦淮，极尽观赏之胜。诗人登上赏心亭，登高望远之际，因眼前的山水引动家国之恨，乡关之思，于是百感交集，发而成词。

看风景的人，先看到的都是远景，如“衔远山，吞长江，浩浩汤汤，横无际涯”“襟三江而带五湖，控蛮荆而引瓯越”之类，一笔已驱驱于千里之外。这首词以秋水起势，“楚天千里清秋，水随天去秋无际”，起笔大步踏出，已惊风雷。起笔最难，因为这一句起得好，所以觉得下面句句都承得好。

上片写清秋，烟波，苍山，落照，山水弥望，渺渺茫茫。山像玉簪喻其峭拔，像海螺状的发髻喻其盘曲。这样的山，看在满怀心事的江南游子眼里，却是心中块垒。心胸已经不能因为山水而舒，更兼孤雁悲鸣声声，经过一番推波助澜，就到了刀剑出鞘的时刻。“吴钩”是吴地一种宝刀的别名，诗人时时佩剑在身，却无处指点江山。“栏杆拍遍”四字最苍凉。独倚斜栏是小女子态，而拍遍栏杆只能是壮士所为。拍打栏杆的动作和声响，急切、激愤、悲苦、寂寞，是急管繁弦。辛弃疾是南宋士林领袖，疏财仗义，一生交游甚广，却常叹“知我者，二三子”“何人为我楚舞，听我楚狂声”“高歌谁和余”。惟大英雄有大寂寞，所以说，“无人会，登临意”也是有所本。

下片通过四个典故，借古人说事。诗人说，张翰曾有莼鲈之思，刘备鄙视许汜求田问舍，苏东坡忧愁人世风雨，庾信在《枯树赋》里发“树犹如此，人何以堪”的感叹。四个典故，四层意思，既说想家，又不甘心终老田园，既忧愁风雨，又恨时光仓促，终是虚度空老。兜兜转转，曲曲折折，进亦忧，退亦忧。最后收束时，飞起一笔，说也许只有红巾翠袖，才可以拭英雄泪。“英雄泪”三字，把所有的纠结都指向明处。再回头看，秋风吹起，起坐不宁时，独自登台，北望江淮前线，效力无

宋·范宽·雪景寒林图

由，远望中原故土，收复无日，南望半壁山河，也已是楼头落日，朝廷主和，志士不得其位，断雁北归不能，身在他乡为异客，如此种种，才是江南游子真实的“登临意”，才是“英雄泪”的泪点。只是“红巾翠袖”一句，在前面排出的一片灰色的士林之中突然跳出，显得花月宛然，却不知指向哪里，女子，或是二三知音，或是红巾军？诗人不能尽说，读者只能神会。“惟有”二字里，包含着对士林的失望，又是春秋笔法。

文如其人。谭献《谭评词辩》说这首词有“裂竹之声”，同时“潜气内转”。从史料中得知，辛弃疾性格豪放却不粗放，日常总是沉郁寡言，有大人先生风度。这首词在情绪上收放有节，慷慨而呜咽，情致上又不失登临览胜的山水情趣，在阔大苍凉的背景上，用沉郁、蕴藉、空灵的笔法，将无人会的登临意画成了一幅屈子登临图。

我来吊古，上危楼，赢得闲愁千斛。虎踞龙蟠何处是？只有兴亡满目。柳外斜阳，水边归鸟，陇上吹乔木。片帆西去，一声谁喷霜竹？

却忆安石风流，东山岁晚，泪落哀筝曲。儿辈功名都付与，长日惟消棋局。宝镜难寻，碧云将暮，谁劝杯中绿？江头风怒，朝来波浪翻屋。

——《念奴娇·登建康赏心亭，呈史留守致道》

这首词仍写于辛弃疾任建康通判期间。

钟山龙盘、石城虎踞的建康城，曾是六朝故都。诗人登上建康赏心亭，开宗名义说“我来吊古，上危楼，赢得闲愁千斛”。诗人站在危楼上，赢得的这千斛愁，不是他说的“少年不识愁滋味，爱上层楼，为赋新词强说愁”的那种愁，而是愁曾经的六朝金粉地，如今只剩下满目兴亡的故事；愁当年的风流人物谢安也忠而见疑，终老东山；愁当年秦淮河渔人网得的那枚能照见人心的宝镜不慎落水，就像人才不能再得；愁自己整日无所事事，只能下棋喝酒，虚度朝朝暮暮；愁南宋江山正处在翻屋倒井的狂风恶浪中，已危如累卵。

词中，诗人上危楼，看危局，说危语，安的却是救难解危的心。“谁喷霜竹”“谁劝杯中绿”，有恨无人省，陡然“喷”出的这一声无调的怨笛，像裂石之声，却不能打破这片死寂，只是增添了悲怆的气氛。“宝镜难寻”，不是宝镜自沉，而是因为无人珍惜。全词兴亡满目，悲恨相枕，充满金石之音，风云之气，读来压抑沉重，只有“柳外斜阳，水边归鸟，陇上吹乔木”是最明媚，最宴如的几句，让人在重重叠叠的比兴寄托中，暂时能透过一口气来。

举头西北浮云，倚天万里须长剑。人言此地，夜深长见，斗牛光焰。我觉山高，潭空水冷，月明星淡。待燃犀下看，凭栏却怕，风雷怒，鱼龙惨。

峡束苍江对起，过危楼，欲飞还敛。元龙老矣！不妨高卧，冰壶凉簟。千古兴亡，百年悲笑，一时登览。问何人又卸，片帆沙岸，系斜阳缆。

——《水龙吟·过南剑双溪楼》

辛弃疾在闲居上饶的二十年里，有两年时间，曾在福建任职，1194年夏，再次被贬官。在福建期间，他曾经路过南剑州。南剑州即现在福建的南平，位于福建省北部，地处武夷山脉北段东南侧。从词中流露的思想感情看，这首词可能是受到主和派馋害诬陷而落职时的作品。

南剑州地形奇峭，有剑溪和樵川二水环带左右。剑州、剑溪的地名给了诗人启发，全篇以“剑”取意，是因景生情。落笔写登高远望西北，点染出国土沦丧、战云密布的时局。“长剑”既是眼前险绝的山势，也是诗人心中的剑戟。“人言此地，夜深长见，斗牛光焰”句，是说在这

宋·佚名·长桥卧波图

里流传着一个关于双剑的故事。传说斗、牛二星间原有剑气上冲，人们常见紫气东来，后有好事者掘地得宝剑二枚而分之，宝剑之精不再上彻于天，从此天昏地暗。后来，宝剑落入溪水中，化作二龙。诗人此时看见的，正是失去宝剑后“潭空水冷，月明星淡”的景象。面对冷水冷月，他有心点燃犀牛角下到幽暗的水中寻剑，可是才靠近栏杆处，就已觉风雷震怒，鱼龙凶残，不得不收手。宝剑不能重见天日，如同英雄失路，再也没有人能撼动这种种“怒”和“惨”的现实，诗人胸中的剑气如两峰对峙，心潮如苍江涌波，面对危险的境遇，却也不得不“欲飞还敛”，由此生出“元龙老矣，不妨高卧”的悲慨。篇终“问何人又卸，片帆沙岸，系斜阳缆”句写得意味深长。“又”字里有重复，重复中有消解，又一次驻马落帆，是又一次宝剑落水。

战还是和，就像“峡束苍江对起”的两个大问号。辛弃疾胸怀大志，以抗金救国、恢复中原为己任，这是他多次重复的主题，可每次写来都有新意。这首词以山高、潭空、水冷、月明、星淡、冰壶、凉簟这些静景造境，以浮云、长剑、光焰、燃犀、苍江、风雷、鱼龙这些动景造势，写怒、惨、笑、卧、怕、敛这些时冷时热的情绪变化；以暗喻、对比的笔法，远引曲喻，借水怨山，把“俟河清乎未期”的悱怨心情写得极高明而道中庸。

言志不是喊口号，必得以情动人，以理服人，才能让人读得下去。登高望远，可以一览无余，所以此类诗文取景很重要。大海必潜大龙，大山必生大材，情与景“两岸青山相对出”，相随宛转，才不觉得唐突。辛弃疾的登临怀古词，说着南宋最大的问题和自己的猛志，却没有让我们感觉到冷硬枯燥，而是含蓄蕴藉，正得益于他景中有人，景中有情，取景与抒情上的灵通。他这种又豪放又婉约的笔法，在他的朋友圈里一直被追随，可是他们与辛弃疾只是性相近，却习相远，或得其豪，或得其雅，少有两全者。

“青山遮不住，毕竟东流去”。仅凭辛弃疾一己之力，是拉不住南宋的颓势的。英雄的登临意，他的寂寞与关切，千载之后，我们已经感受到，已经起了居安思危、见贤思齐之心。

他的朋友刘过曾经说：“中原事，纵匈奴未灭，毕竟男儿。”

以这句词，揾英雄泪。

卖瓜声过竹边村

壮岁旌旗拥万夫，锦襜突骑渡江初。
燕兵夜娖银胡簶，汉箭朝飞金仆姑。
追往事，叹今吾，春风不染白髭须，
却将万字平戎策，换得东家种树书。

田园诗词在整个文学史上并不多见，在一片浮华奢靡的气息中苟延残喘的南宋尤其少。

公元 1182 年至公元 1207 年，从四十三岁到六十八岁，这期间，除了五十三岁至五十五岁一度出任闽中外，辛弃疾有十八年在江西家中度过，是他一生被迫归隐时期。在长期的隐居生活中，他寄情田园，留恋山水，追慕陶渊明，直接或间接写农村的词约有三四十首。这些词，接了一些苏轼的余脉，虽远不能与陶渊明比，但在南宋词里也是最好的。

明月别枝惊鹊，清风半夜鸣蝉。稻花香里说丰年，听取蛙声一片。

七八个星天外，两三点雨山前。旧时茅店社林边，路转溪桥忽见。

——《西江月·夜行黄沙道中》

这是辛弃疾写得最好的一首田园词。夏夜，先生杖屦无事，行走陌上，把走过路过不要错过的风景写得浑然天成。

农村人看惯不惊的月、鸟、蝉、蛙、星、雨、店、桥这些平凡景物，在辛弃疾眼里新鲜美好。丰年收获的季节，使田野在一片虫鸣声中，越发显得清幽而祥和，使本没有衣食之忧的诗人也感受到了农民的喜悦。这首词里没有他常受人诟病的重亘叠叠的典故，也没有任何需要掩饰的复杂的悲伤，看到什么写什么，平平淡淡全是真，是一时的忘情。南国月明星稀的夏夜，枝头鹊啼，树底蝉鸣，池塘蛙噪，天气时晴时阴，小雨如酥时，独行之人忘路之远近，不知不觉走到树林边的社庙旁。在那个旧时茅店前，他或许曾经垂杨系马；在路旁溪桥边，他或许曾经曲岸持觞。

北陇田高踏水频。西溪禾早已尝新。隔墙沽酒煮纤鳞。

忽有微凉何处雨，更无留影霎时云。卖瓜声过竹边村。

——《浣溪沙·常山道中即事》

公元 1203 年，辛弃疾年过六旬，在家闲居日久后，一度曾受诏出任绍兴知府兼浙江东路安抚使。上任途中经过浙江常山，于道中作词记行。

夏秋之际，江南农村美好安宁，行道之人看见的，是田园生活的喜悦。

北边的高地上，辛勤的农人还在水田里忙着收割，西边村子的水稻不知为什么总是早熟一些，人们已经尝到了今年的新稻。日出而作，日落而息，此时的农家院里，正是晚饭时间，喝着在隔壁的酒家打来的散酒，再炖上从小河里捞的细鳞鱼，一家人吃着新米，这是多好的一幅农家乐图。六月天，东边日出西边雨是常有的事，这时候，不知来自何处的雨适时而下，一时暑气顿消，更使向晚时分的村庄蕴和在一团微熏的沉醉中。雨收云散后，在屋檐下避雨的卖瓜人又开始叫卖，声音由近及远，已过了竹林边的村庄。

结合词的写作时间和背景，从“忽有”“更无”二句里，虽然不至于读出李白奉诏回长安时“千里江陵一日还”的兴奋，却也有一丝“山重水复疑无路，柳暗花明又一村”的自得。辛弃疾就像那个卖瓜人，在乍雨乍晴之后，继续上路。由此也可见，辛弃疾于田园，常常是看风景的态度，虽然风景怡人，可他总是不甘心终老田园，总是怀着“他年要补天西北”的未尽的梦想，总是有更重要的事情要做。

春入平原荠菜花，新耕雨后落群鸦。多情白发春无奈，晚日青帘酒易赊。

闲意态，细生涯。牛栏西畔有桑麻。青裙缟袂谁家女，去趁蚕生看外家。

——《鹧鸪天·游鹅湖醉书酒家壁》

与上面两首词中，人在路上，面对田园风景时独乐乐的心情不同，这首词深入到了农家小院，体会到了真实的农家生活。在对比之中，诗人有对自己廉颇老矣的感叹，但并不着意写人生得失，而是在欣赏一种葛天氏之民的生活，心迷一种简单的快乐。

仲春天气，平原远而极目处，有大片大片白色的荠菜花，正是开得风生水起的时候，新耕后的土地正逢好雨，时有群鸦相鸣，上下翻飞，在湿润的土地上觅食。白配绿有素净的禅意，雨知时可谓善解人意。起笔只这一眼望去的风景，就让人揣摩到诗人其实心情很好。可是，在最美丽的风景里，想最伤心的事情，似乎也是所有诗人的常态，像自会吃饭时便吃药一样，自来如此。人老乡间，怀才不遇，这样的话，说多了，就是自恋，其实大可不必，所以“多情白发”已有自我消遣的意思。这时，看到路边的小酒店里，青布做的半旧的酒幌子飘飘荡荡，在雨后禾苗青青、桑者闲闲的山野里，别有一种秦时明月的味道，最对诗怀愁绪。于是诗人款款步入，向店家赊一点酒喝，以助野趣。可以赊酒，可见他是这里的熟客，店小二知道先生是何许人也。三杯两盏独自斟来，酒能变化人心，半醉半醒后，再看见的，就是“闲意态，细生涯”了。

双调词上片最后一句叫作“歇拍”，下片开头一句叫作“过片”，意思相连，有承上启下的作用。从这两句看，诗人就是想自然而然地解脱出来，并且已经得其要领。他不需要别人指点，风物人情就是仙人指路，他一点就通。其实，我们也常常会有这样的时候，在别人都关心市场上的物价时，自己还满腹风花雪月的幽怨，会突然觉得很难为情，突然就明白了许多道理。什么是“闲意态，细生涯”？诗人当时看见的细生涯，就是牛栏里忙过一春后歇息的耕牛，牛栏西畔摇曳的桑麻，还有

宋・夏圭・遥岑烟霭图

穿着白衣青裙的出嫁女，她在春播后，在蚕卵静静孵化时，趁此闲暇，正准备回娘家看看。

这些和平的风景，平息了诗人心中的怨悱，于微醉中，在酒家的墙壁上，他缓笔写下了一日郊游的心得。有了这首词，酒也应该不用赊了。

于细微处见精神。“闲意态，细生涯”几个字，小小的，轻轻的，读来可喜。时和气清，黍稷盈畴，生活井然有序，人与自然和谐相处，这种人生，才是最正常的人生。可惜我们常常和辛弃疾一样，“征夫行而未息”“踵常途之促促”，不能趁时光与我们同在，以此闲闲意态，过一段细细人生。

鸡鸭成群晚不收，桑麻长过屋山头。有何不可吾方羡，要底都无饱便休。

新柳树，旧沙洲，去年溪打那边流。自言此地生儿女，不嫁余家即聘周。

——《鹧鸪天·戏题村舍》

在偏远的山村里，民风纯朴，治安良好，路不拾遗。山野里，池塘中，鸡自在，鸭自在，虽日之夕却可以不归于埘。白墙乌瓦的房屋周围桑麻长势喜人，新柳树，旧沙洲，几百年来变化不大，无非小溪水曲曲折折，今年从这边土坎流过，明年从那边土坎流过而已。山民吃饱穿暖便罢，吃饭睡觉，就是修行，别无所求。嫁女娶妻，也不舍近求远，无非余周二家，一村都是亲戚。

……

然而，田园“虽信美而非吾土”，诗人只是路过。

对比辛弃疾和陶渊明的田园诗，风格明显不同。辛弃疾以过路人、士大夫的心态写下的桃花源风景里，一方面，缺了陶诗隐含的避秦之乱的伤痛，没有对“草盛豆苗稀”的担忧，更像是大观园里的稻香村。另一方面，因为一直纠结在“穷达”二字上，不像陶渊明那样是在“觉今是而昨非”后自觉选择“息交以绝游”的，可以无恨，可以心远地自偏，所以他的词没有陶诗一贯的忧郁和平静，这些“忽”“忽有”“更无”的一惊一诧，忽左忽右的情绪变化，有过路人的新鲜感，也有“不才明主弃”的不甘心。

在我的微信朋友圈里，有一个农村的表妹，她偶尔发来的图片，或是山坡上吃草的牛，或是鸡窝里新下的蛋，或是自家田埂上开的几朵小花，没有一个字的说明，只是几幅图片，也不凑够九张，就那么一片一片飞来，郁郁寡欢的样子，很容易被忽略。可是，不知从何时起，我开始盼望这些图片。我知道，这就是她的生活，一辈子生长、生活在农村，她顺手捡起的这些风景，就和陶渊明平日看惯的风景一样，她人在其中，人又不在其中，只是“悠然见南山”而已。可是这里面，深含着“载耘载耔、乃育乃繁”的辛苦，也有“含欢谷汲、行歌负薪”的低调的快乐。她晒的是她的生活，只是完全没有时下朋友圈里晒出来的各种现代人的病态心理。一个五十岁的农妇最真实的心，就是随分知命，爱她的家人、土地、家禽、牛羊，这就是她的天道。这些简单的小小图片，每次看到，都可以为我洗心，生出抱拙归园田的念头。如果一个人只是身在陋巷、箪食瓢饮就可以称之为颜回的话，那么，像表妹这样的人，在我看来，就是陶渊明那样的田园诗人。至少，比我像个诗人。更可贵的是，她自己不知道自己是个诗人。

知与不知间，在与不在间，写实，写真，不怨，不慕，相见无杂言，但道桑麻长。这也可以看作我对田园诗、对写作的理解，是我梦中醒中都求之不得的至高境界。

那人却在灯火阑珊处

东风夜放花千树，更吹落，星如雨。
宝马雕车香满路，凤箫声动，玉壶光转，一夜鱼龙舞。
蛾儿雪柳黄金缕，笑语盈盈暗香去。
众里寻他千百度，蓦然回首，那人却在灯火阑珊处。

东风夜放花千树，更吹落，星如雨。宝马雕车香满路，凤箫声动，玉壶光转，一夜鱼龙舞。

蛾儿雪柳黄金缕，笑语盈盈暗香去。众里寻他千百度，蓦然回首，那人却在，灯火阑珊处。

——《青玉案·元夕》

辛弃疾于江山之外，偶尔也谈风月，作情词，但是“绝不作妮子态”。他的风月词同样不同凡唱。

这是一首我们最熟悉的辛词。作词时，诗人刚过而立之年。

当时的时局如此：强敌压境，国势日衰，南宋皇帝偏安江左，不思北伐，以歌舞声色粉饰太平。由此，很多人认为，辛弃疾在上元节观灯

宋·钱选·洗象图

时，别人越热闹，他越寂寞，于是自怜幽独，写下了这篇“伤心人别有怀抱”的自白。

我觉得除此之外，也可以有另一种解释。

诗词写一时一事的心情，不是长篇小说，人物形象性格不需要前后连贯起来。比兴寄托，是风骚传统，辛词中是多有英雄补天的寄托，但是不能因此就认为每篇都有微言大义。比如杜甫常常一脸忧愁，人们就以为他从来不笑，忘了“漫把诗书喜欲狂”也是杜诗。还有柳永，因为比别人风流轻狂些，就以为他从未正经过，不知道他站在山上时就是苏轼。同样，因为辛词多写了一些豪情壮志，就以为他写爱情也是一心二用，是用香草美人的笔法写怀抱。如果这样读诗词，就像智子疑邻似的，读起来很辛苦。其实，我们每个人的一生都是一部完整的个人史，七情六欲必定都要经过一番，才能最终安稳地化烟化灰。没有哪个人一辈子都六根清静，七情不染，正襟危坐，永远是不朽的神情，永远用寄托隐喻的语言说话。从另一方面说，一篇作品好坏，原本和题材大小也没有关系，不取决于有没有寄托，司空图将诗分为二十四品，哪一品都是上品，并没有分出高低上下来。一首小词写得好不好，全在是否写得真实生动，而不是有多少层的意思需要人去猜。需要层层剥开去猜的，只能是谜语，谜底反而很简单无趣。能流传千年，任何朝代、任何人读着都觉得新鲜有趣，像是说自己一样，这就是好诗词。如果有这样的共识，再读这首词，以及辛弃疾其他的言情词，就好读多了。

关于元夕词，我们已经欣赏过柳永和李清照的。柳永年少热情，在现场看热闹，易安当时已经走在人生边上，只能在“帘儿底下，听人笑语”。辛弃疾的元夕词，也是写他在现场看到的盛况，并且意外地把柳永艳羡的“少年人往往奇遇”落到了实处。

词的上片极力渲染元宵佳节花灯耀眼、乐声盈耳的热闹景象，如宝马雕车塞路，笙箫齐鸣，通宵歌舞，鱼龙闹海，杂耍百戏，盛装女子嬉笑其间等等。这些流光溢彩的热闹，都是我们已经知道的宋朝的富贵风流。这首词之所以传之千年，全在“玉壶光转”之后。明月西渐，光影暗下来了，词境却蓦然进入了最高处：“众里寻他千百度，蓦然回首，那人却在灯火阑珊处。”这个女子的出场，点亮了元宵节所有的灯。

红学家周汝昌为此这样感叹：“发现那人的一瞬间，是人生的精神的凝结和升华，是悲喜莫名的感激铭篆，词人却有如此本领，竟把它变成了笔痕墨影，永志弗灭。读到末幅煞拍，才恍然彻悟：那上片的灯、月、烟火、笙笛、社舞交织成的元夕欢腾，那下片的惹人眼花缭乱的一队队的丽人群女，原来都只是为了那一个意中之人而设，而写。倘无此人在，那一切都没有意义与趣味。”

这也是我心中所有，笔下所无的感叹。

这三句词，是用文字画出的一幅画。在一家古旧的店铺前，站着一个宋朝女子，大致看上去，就是那种中等人家的女子。因为即使是过节，大户人家的女子也不能这么抛头露面，她们多半坐在“宝马雕车”里，丫环婆子从者如云。对照满街那些把自己所有的“蛾儿雪柳黄金缕”各样首饰插满头的市井女子，她显得素简许多。当别人“宝马”“雕车”“笑语”“暗香”地来来往往时，她自觉地与这场人生盛宴保持着恰到好处的距离，站在热闹之外看热闹，看到满天的流星雨在她面前渐渐阑珊。然而，生命的过程就是这样不可思议。为了在众里寻她，为了这个人生初见，他在佛前修了千百度，她在路口等了几千年，他们没有想到，这样的相见，竟然就在今夜，在“蓦然回首”的刹那间。

几句词，能口口传唱至今，就有不得不传的道理。三句话，笔墨细，文心苦，理至，情至，事至，又含蓄别致，转了不知几个身，让人的心思也跟着百转千回，最后，落在了“那人却在灯火阑珊处”这个最动人处。“阑珊”，含有衰减、零落、消沉、将尽、零乱这些意思，“灯火阑珊”是想说灯火已渐渐摇落。光影暗下来的过程，是一个婉转的过程，其中淹然百媚，不可名状。如果一定要用一个词来说明这时的光影如何“阑珊”，我觉得“幽暗”这个词相近。“幽暗”就是不明不暗，半明半暗。这种意境，暗合了中国人几千年来的审美心理。月满则亏，乐极生悲是人生大道理，可是，惜春常怕花开早也不完全是杞忧，所以就想着月不如不满，人不如不聚，花不如不开。这个既然不容易做到，那最好的办法，就是在二者之间取一个中庸的态度，不喜不悲，好话要小声说，好事要多磨，花看半开，人喝微醉，“歌且从容，杯且从容”，一切都要适可而止，这就是幽暗美的心理基因。“阑珊”这个词在古诗词里是热词，春事阑珊、心绪阑珊、绮席阑珊，丝管阑珊……都是好词，米芾写“微宦兴阑珊”，是荡开一笔。在这首词里，这种长期形成的审美心理经过上片的背景铺垫，参差对照，化作了和“那人”混在一起的环境、处境、心境，像一个古老的寓言，一场大梦。

“花不知名分外娇”。

千年以来，中国幽暗美的背景，把这个不知名的女子衬托得风情万种，雅俗共赏。在这个灯残人寂的地方，她似乎有话要说，有事要做，却又不说不做，只是“深情在睫，孤意在眉”地看向人间。她那样交手站着，什么都不说，就已经很有文化，很懂得安身立命的真谛，就是最聪明的入世态度，让俗世稍纵即逝的热闹立即减了调子。世界像元夕一样明多暗多，杂乱无章，而她冷静规矩，生来就知道愁滋味。只有这样的女子，才会让辛弃疾看见。不知道故事是不是到此结束，或者发展成他另外一些词里写的情景，比如“是他春带愁来，春归何处？却不解、带将愁去”的无果，比如“宝钗分，桃叶渡，烟柳暗南浦。怕上层楼”的悲欢离合。文学不可以当真，大体则有，具体则无，我们只要知道，这种人生初见，已经给了我们震撼、启示和安慰。我们只要相信，也许某一日，就在我们熟悉的街道的转弯处，就会偶然遇见我们求之不得的人，我们将重新获得对爱情，以至对人生的激情。时代如此混乱，而我们总可以选择自己站立的地方，等待我们心仪已久的古典浪漫。最终，我们是什么人，就会遇见什么人，什么事，不早不晚，都会遇到。

“众里寻他千百度，蓦然回首，那人却在灯火阑珊处”已经不单纯是几句词，已经是一种读书养气的境界。王国维把这种境界称为成大事业、大学问者的第三种境界，是必须越过第一境、第二境才能到达的境界。第一境是寻找方向，第二境是苦习，都好理解，第三境里，却含有一种令人不容置疑却又恍惚迷离的识见。我想，做学问做到最终、最高的第三境时，也许并不是人们常说的“豁然开朗”，而是像日暮而道远一样，忽然间就“道可道，非常道”了，就“蒹葭苍苍”了，就“道法自然”了。

灯火已阑珊，人总是在余烬中升华。

尽荠麦青青

淮左名都，竹西佳处，解鞍少驻初程。过春风十里，尽荠麦青青。自胡马窥江去后，废池乔木，犹厌言兵。渐黄昏，清角吹寒。都在空城。

中国文学从诗学步。从《诗经》到汉乐府，是民间的声音。此后，文人加入这个合唱队伍，诗遂成王声。诗三百，一言以蔽之曰“思无邪”。从领孔子圣教开始，诗言志，不学诗，无以言，作诗吟诗关系到仕途经济，自是韶乐正声，最见中国主流文化精神。此后，从四言、五言到七言，从汉而唐，大步流星，一个台阶一个台阶上，没有超越式发展。因为作者队伍广，文人性相近习相远，所以风格百变，可分为二十四品，每品都取法乎上，到李白杜甫时代，已经登峰造极，一览众山小。到了唐末宋初，诗歌灯火阑珊时，诗人另辟蹊径，于是词出现了。词从一开始就“犹抱琵琶半遮面”，走着民间娱乐的路子，是正经文人偶一为之的文字消遣方式。所以，与诗最见三教精神相比，词最见性情。在苏轼之前，词一直在花间流连。靖康之变后，“北宋风流，渡江遂绝”，浅斟低唱的花间词清减了小腰围，家国之忧成为南渡词人的主旋律。到辛弃疾时，词雄健豪放，思想和艺术都达到了极盛时期。但是，如同“兴尽悲来”一样，词也自此渐渐露出下山的光景。南宋中后期，偏安局面已成定势，南宋人士也习以为常。在战乱暂停与最后亡国之间有一段承平景象，出现了一批萎靡不振的类花间派词人，他们着力于遣词造句，偏于精致的抒情，疏于激愤的言志，浅深厚薄处，远不及前人，似乎哀乐都在别人家的院子里。这时，如有几首好词跳出，不免让人又惊又喜，以为见了古人。

姜夔的《扬州慢·淮左名都》就是其中的好词。

（淳熙丙申至日，予过维扬。夜雪初霁，荠麦弥望。入其城，则四顾萧条，寒水自碧，暮色渐起，戍角悲吟。予怀怆然，感慨今昔，因自度此曲。千岩老人以为有“黍离”之悲也。）

淮左名都，竹西佳处，解鞍少驻初程。过春风十里，尽荠麦青青。自胡马窥江去后，废池乔木，犹厌言兵。渐黄昏，清角吹寒。都在空城。

杜郎俊赏，算而今、重到须惊。纵豆蔻词工，青楼梦好，难赋深情。二十四桥仍在，波心荡、冷月无声。念桥边红药，年年知为谁生。

——《扬州慢·淮左名都》

姜夔生于公元 1154 年，字尧章，别号白石道人。他父亲早亡，少年孤贫，三十岁以前，连续四届参加科举考试，但屡试不第，一生未仕，转徙江湖，靠卖字和朋友接济为生。史称姜夔“人品秀拔，体态清莹，气貌若不胜衣，望之若神仙中人”。白石才子不仅人品风流，而且

多才多艺，娴于音律，善度新腔，词作格律严密，空灵含蓄，是继苏轼之后又一个难得的艺术全才，因此诸多当世俊士“或爱其人，或爱其诗，或爱其文，或爱其字”，因而“折节交之”。正因为一生不涉官场，只以作词为正道，有所为有所不为，姜夔的笔墨人品自得一段林下诸贤的清远雅正之气。

这首词作于公元1176年冬至日。由词前小序可知，诗人初到扬州，时年二十二岁。看着经过金兵1129年和1161年两次洗劫后的城郭废墟，诗人抚今追昔，悲怆感伤，于是发而为词。这首震今烁古的名篇一出，就被自号“千岩老人”的南宋诗人萧德藻称为有《诗经》中的“黍离之悲”。

“黍离之悲”出典《诗经·王风》篇，记周平王东迁后，周大夫经过西周故都，见“宗室宫庙，尽为禾黍”，遂赋《黍离》诗表达亡国之痛一事。《黍离》也是一首空前绝后的小诗：“彼黍离离，彼稷之苗。行迈靡靡，中心摇摇。知我者，谓我心忧；不知我者，谓我何求。悠悠苍天，此何人哉？”“知我者，谓我心忧；不知我者，谓我何求。悠悠苍天，此何人哉”，这几句诗因所含的兴观群怨的深广，在任何时候拿来抒怀都有余。我只是心忧，我并无所求，也是姜夔的伤心怀抱。

维扬古城，就是现在江苏的扬州，隋唐时期空前繁华，是淮左著名

宋・韩幌・五牛图

的都会。当年“俊赏才士”杜牧在扬州为官时，流连美景花间，诗酒清狂，用他的春风词笔写下“谁知竹西路，歌吹是扬州。”“春风十里扬州路，卷上珠帘总不如。”“娉娉袅袅十三余，豆蔻梢头二月初。”“十年一觉扬州梦，赢得青楼薄幸名。”“二十四桥明月夜，玉人何处教吹萧。”这些缱绻诗句，写尽了扬州当年楼阁参差、珠帘掩映、歌吹十里的富贵升平。诗人欣赏杜牧吟咏扬州的诗句，向往那里的妩媚绮丽，所以进城时特意下马观望，想以其所见，证其所闻。可是，他来迟了。当年的“名都”“佳处”已成为一座“空城”，当年的“春风十里”变成了“荠麦青青”“废池乔木”。往城里走，草木无语，人迹悄悄，鸟雀不闻，有如太古，回荡于天地间的，只有戍楼上金兵凄厉的号角声。二十四桥仍在，只是没有美人吹箫，只有当时明月照着繁华远逝。桥边的红芍药，一年一度地无主自开，无人眷顾。面对荒城，他暗自感叹，杜牧再有才，再“豆蔻词工”，重过此地，也必定吃一大惊，无言以对。

“过春风十里，尽荠麦青青”一句，是最伤心的一笔。扬州城的大幕一经拉开，远远望去，战祸兵燹之后，四顾萧条，本已是一座死城，看到的应该是“离离原上草”的荒凉，没想到却是一望无垠的荠麦。荠麦摇荡，表明战火已经过去多年，生命没有因为战争而断灭，家园被毁，浸血的土地是劫后余生的人们唯一的生机。土地接纳了死者，养育着生者。这片青青荠麦，就是伸在水面上的千千万万只求生的手臂。“废池乔木，犹厌言兵”是春秋笔法，草木因为见证了当年的惨烈，知道战争的真相，也因“废”而伤，而恨，而怕。那么树犹如此，人何以堪？自“胡马窥江去后”已经过了十五年，却也只过了十五年，苦难并没有远去，不知有多少人还活在家破人亡的余悸里。陈廷焯说：“‘犹厌言兵’四字，包括无限伤乱语，他人累千百言，亦无此韵味。”最复杂的情绪最难形诸笔墨，诗人一怀怨忿无处申诉，此处只用一个“厌”字，全部态度便跃然纸上。

姜夔词前常有长序，因此受人诟病。我觉得，如果只看序，或只看词，都是好文好词，可是两个放在一起，就觉得各有各的好，也各有各的缺点，可以互为宾主。因为终是以词为主，有些长序就有喧宾夺主之嫌，也有“蓼汀花溆”的繁琐。这首词序虽不长，但因为是用散文体不紧不慢写来，像“予怀怆然，感慨今昔”这样的句子，在现代人的语境里，读着更自然一些，可是“荠麦弥望”“四顾萧条，寒水自碧，暮色渐起，戍角悲吟”这样的话，又好像道破了词的天机。因为这两方面的原因，再读词时，就觉得词少了序的醇厚，序坏了词的新鲜感。所以，序还是应该惜言，只交待好写作的缘由即可。

宋·梁楷·八高僧图

另外，说姜夔师法周邦彦，也是许多评论家的共识。我个人认为，在精雕细琢、研音炼字的功力方面，他们确有师从关系，但就风格而论，二人却相去甚远。周词的艺术原点是“曲丽精雅”，字句整饬、格律严谨是其长技，内容则多是美丽的忧伤，有北宋富贵文人浓妆艳抹的花间情调的余音，很多句子都倚翠偎红，堆金积玉，真得满满的，像青楼女子在粉墙深院里与人半推半就，离真情实意尚远。比如“烟中列岫青无数，雁背夕阳红欲暮”，景是好景，远景，却写得这样堙塞；“闲依露井，笑扑流萤，惹破画罗轻扇”，全没有“轻罗小扇扑流萤”的轻灵；“泪花销凤蜡，风幕卷金泥”“锦幄初温，兽香不断”这样的话，则是典型的繁花重蕊的花间体。姜夔是南宋的流浪诗人，在南宋末世的遗哀里，他的词洗濯了许多繁花翠柳，就像一片秋叶，在风尘中款款吹落。

姜夔这种“意愈切而词愈微”“感慨全在虚处”的风致，就是词评家准确定义的“清空”。“清”是说文字，“空”是说意境。意境易“空”，而语言要做到“清”很不容易。词能朗朗上口，全在于语清。清不是浅，只是看上去浅。

姜夔一生不遇，终身布衣，不曾大富大贵，也不是有大智大勇的人，在南宋的舞台上，他摇摇晃晃地走着一条狭窄的路，像那个时代典型的懦弱文人一样，自觉地守着自己的“清”和“空”，与时代保持着若即若离的距离。因此，面对城池荒芜、人烟稀少、屋宇倾颓的乱后余象，他只能静静地立尽黄昏，直到冷月照临，然后把看见的这一场凋落用清空的笔墨记下，以此鉴往知来。

少年情事老来悲

巷陌风光纵赏时，笼纱未出马先嘶。
白头居士无呵殿，只有乘肩小女随。
花满市，月侵衣，少年情事老来悲。
沙河塘上春寒浅，看了游人缓缓归。

姜夔曾经爱过一个青楼女子，这是他的平生幽恨，也是他一生消极的成就。

他与这个“燕燕轻盈，莺莺娇软”的女子一见钟情，此后，由于聚少离多，和许多同样的故事一样，他们终以“冥冥归去无人管”而作结。背负着这段风情月债，姜夔伤感一生，也用尽了一生的笔墨才华。时隔千年，我们不能体会当年诗人字字和血的苦情，却能在风定花落后，看明白这个故事里的教训。

（丙辰之冬，予留梁溪，将诣淮而不得，因梦思以述志。）

人间离别易多时，见梅枝，忽相思。几度小窗，幽梦手同携。今夜梦中无觅处，漫徘徊。寒侵被、尚未知。

湿红恨墨浅封题。宝筝空、无雁飞。俊游巷陌，算空有、古木斜晖。旧约扁舟，心事已成非。歌罢淮南春草赋，又萋萋。漂零客、泪满衣。

——《江梅引·人间离别易多时》

这首词写于1196年冬天，姜夔移家临安，借住在无锡梁溪富豪张鉴的庄园里。这一天，想必年关将近，正值园中腊梅绽放，节物忽忽，惊动了客心，他“见梅枝，忽相思”，由此和泪赋写了这首相思曲。

姜词写恋人依依难舍的情状时不输柳永，如“拟将裙带系郎船”“玉鞭重倚，却沉吟未上，又萦离思”。这样拉拉扯扯的场面，都是诗人经过的，他知道有多残忍。然而，此时月光如水，已经一别经年，相会仍是无期，他只能在梦里与她携手，在梦里常忆初见。到了相思成灾时，今夜注定无眠，只好起身在庭院中徘徊，任寒气侵入衾被而不知不觉。“湿红恨墨浅封题”一句，化用了晏几道“泪弹不尽临窗滴，就砚旋研墨。渐写到别来，此情深处，红笺为无色”的词意，说自己的红笺已经和泪写成，红笺中写着“未老刘郎定重到，烦君说与故人知”的话，可是再无青鸟代传。眼前，无人弹筝拨弦，当年，携手同游的巷陌、柳岸也都已闲闲。就算那些闲院落在等待我归去，可即使归去，也早已物是人非，终不似少年游。眼下寒冬将尽，芳草萋萋，又是一元复始，漂零客既不能回头，又放不下，只能黯然落泪。

词中明写相见之难，飘泊之孤，更难言的担心却在字面背后。当年告别时，他们虽然互相指天誓心，即使地老天荒，也定不负相思意，可是年来岁去，他知道这些誓言早已是空誓言，他已经不能确定，即使宋玉归来，卫娘又何在？是“梨花落尽成秋色”，还是“人面不知何处去”？此刻还没有到作结论的时候，他只能带着疑惑和希望，过着梦里梦外的

日子。

其实我们早已知道结果。爱情是一期一会的事，风雅有时候只在当时。有上上智的诗人，却常常不知道这个下下情。

巷陌风光纵赏时，笼纱未出马先嘶。白头居士无呵殿，只有乘肩小女随。

花满市，月侵衣，少年情事老来悲。沙河塘上春寒浅，看了游人缓缓归。

——《鹧鸪天·正月十一日观灯》

这首词写于公元1197年正月，当时诗人已经四十三岁，仍然依附于张鉴门下。

宋・佚名・游骑图

据史书记载，临安元夕节前，常常先要试灯预赏一番，就像现在的各种预演、预展，彩排一样。这年正月十一日，灯会已经开始预展。想必是不愿凑正日子的热闹，诗人选择在这一日来观灯。当夜，满市花灯，皓月当空。在看灯的人群里，提灯跃马的权贵们前呼后拥，纵情恣意，他们是单纯来寻欢的，有个无人陪伴的“白头居士”徒步走在歌舞队女伶们的后面，他是来看寂寞的。花灯满街市，月光照人衣的繁华热闹只凭读者自己想象，诗人无心费词，他只是想告诉我们，每个人看灯的心情不同。诗人看到的，是少年时与恋人同游元夕的赏心乐事，这些旧事到现在，都成了悲凉的回忆。沙河塘街市本来是城中一二等的富贵风流之地，可此刻满腹心事的诗人在这里感受到的，只是风吹衣衫薄的春寒。刘克庄像是看见了混迹于人群中的诗人一样，他说：“多情惟是灯前影，伴此翁同去同来。”是的，此翁一直看着游人离去，然后才在灯影里，和他的影子一起，慢慢地走回了他的晚景。

这首词意象很简单，灯市的繁华、富贵人家的华贵气象可在吴自牧《梦粱录》“公子王孙，五陵年少，更以纱笼喝道，将带佳人美女，遍

宋・佚名・柳荫醉归图

地游赏”的记载中细细体会，诗人只以一笔贵族们外出观灯的气派淡淡扫过。对照权贵们观灯场面的铺张与神态的骄矜，对照“花满市”的巷陌风光，诗人转笔重点写的是自己“冠盖满京华，斯人独憔悴”的老来悲。来时看到的是别人的热闹，去时带回的是自己的寂寞，悲欢异趣，幽明不定，尘是尘，土是土，只有孤寒虐心。相比于李清照的冷，柳永的欢，白石观灯词的伤感都在虚处，如张炎所说，如“野云孤飞，去留无迹”。正因为去留无迹，所以才觉得虚无有余，伤心也有余。

最喜欢“少年情事老来悲”“看了游人缓缓归”二句，正所谓其言在耳目之内，景是眼前景，寻常景，其情却寄在八荒之表，望空出招，让人无处应接，有人间半世时佛眼看人生的骨感。人老不堪游冶，歌欢已非，拄杖陌上，呆呆地看着游人来来去去，然后缓缓地走回家，继续过他自己漫长而虚无的日子，不亡以待尽。这样的情景，虽无气象，却也是市井常态。

肥水东流无尽期，当初不合种相思。梦中未比丹青见，暗里忽惊山鸟啼。

春未绿，鬓先丝，人间别久不成悲。谁教岁岁红莲夜，两处沉吟各自知。

——《鹧鸪天·元夕有所梦》

这首词写在同年“正月十一日观灯”后四天，这一天是正月十五，是观灯的正日子，四天前看灯的伤感还在心里，今天再不敢去了，所以早早睡下。孤衾独眠，只求一梦。因为日有所思，果然夜有所梦。梦中见到了恋人，诗人又是欢喜，又是伤心。梦影不能细看，梦中的人已不如纸上的画像分明。可是好梦不长，一声鸟啼惊醒了梦中人。求梦，入梦，惊梦，梦里依稀，梦外依稀，这个梦做得好辛苦。诗人于是前思后想，眼前春草未绿，当年情事未果，而自己鬓已星星，无限怨念，在年年这个处处点燃红莲花灯的团圆夜里，最终翻怨为“人间别久不成悲”的无可奈何。当初错种相思，今日两处沉吟，只是已不成悲。

有的人生初见是福气，有的却是灾难，而我们常常在踏上一段情路时，根本不知道会走向哪一种结局，到明白时，往往已经太迟。“人间别久不成悲”“两处沉吟各自知”两句洗净铅华，已是经过人生惩戒后得出的结论。杨万里说白石词有“裁云缝雾之构思，敲金戛云之奇声”，必定包含对这两句的感慨。时光是最好的解铃人，在时光的抚慰下，一切伤痛都会渐渐淡化，成为“多情却似总无情”的“不成悲”。可是，一切的过往都不可能一风吹散，不成悲又会成什么，既不成悲，又何来元夕一梦之苦。悲到不成悲、各自知时，比“一种相思，两处闲愁”这种人在两地、情归一处的悲伤更加可悲，因为少了一个分手仪式，幻想没有彻底破灭，所以，这种奄奄一息的悲伤会一直持续下去，会一直悲到天尽头。可是，这样的苦情来自哪里，是“谁教”如此的呢？这是问天问地，幽怨地问了几千年。问也是多问，谁也不能回答。“春未绿，鬓先丝。”不恨春早春迟，不恨岁月如流，只是恨人始终不知情为何物。

从这首词里，我们知道诗人的所思在“肥水”，即淝水源头的安徽合肥。姜夔在合肥始“种相思”时，大约二十余岁，从人生初见到如今已相隔二十年。这期间，他曾经两次到合肥与恋人相会。二十年的相思不能成灰，鱼死网不破，这种又无望又专注的感情，已经超出了才子佳人萍水相逢的片刻风流，深含着知音难求的在在珍惜。二十年来，他背负一轴美人小像浪迹江湖，触景生情，相思愈演愈烈，断肠词越写越苦，比如“谁念漂零久，漫赢得幽怀难写”“世间儿女，写入琴丝，一声声更苦”。让人长叹的是，就是这样的两个人，从中年分手后，至死再也未能相见，诗人至死也未能证得爱恨因果。

真正是“命薄佳人，情钟我辈”矣！

写至此，想起《红楼梦》五十七回紫鹃试宝玉一节。当时的情景是，宝玉听紫鹃说黛玉要回南方老家去，信以为真，一时呆性发作，几不欲死。袭人一听李嬷嬷说不中用了，一路跑到潇湘馆，紫鹃正在服侍黛玉吃药，她也不管不顾，上来便质问紫鹃，你才和“我们宝玉”说了些什么，“那个呆子”眼也直了，手脚也冷了，已死了大半个了，只怕这会子都死了云云。黛玉一听，先是“哇”的一声将腹中之药一概呛出，咳喘得面红发乱，目肿筋浮，抬不起头来，推着紫鹃说，“你竟拿绳子来勒死我是正经！”至此，宝黛袭三人均已方寸大乱，公子小姐丫环的身份都不顾了，纸到底包不住火了。每次读到这里我都会想，如果宝黛在这一回里真死了，也算是高调了一回，也算死得明白了。然而，和宝黛一样，姜夔的爱情最终也是在水下慢慢死去的过程，是最难忍的“不成悲”的过程。

一个人但凡有了一场未了情，无论后来的人是否庶几可补，终究不可能平安了此一生，这已是人生定论。有这样经历的人，不可能面上全无一点怨色。我想，这正是姜白石一生忧郁、凡事不用心的主要原因吧。老子曰：“天得一以清，地得一以宁，神得一以灵，谷得一以盈，万物得一以生，侯王得一以为天下正。”可是，人得一又怎么样呢？答案徘徊千古，终是无解。不论一一二二、有情无情、悔与不悔，我们知道，陷入这样的感情沼泽，只有伤心是确定的。

姜夔的情词空灵含蓄，情深调雅。他常常虚写柳永词中缠绵的恋爱细节，实写别后“两地暗萦绕”的刻骨相思，很少脂腻粉浓地装点哀乐，而是托兴梅花，将缠绵幽怨的恋情托付于梅花冷香的品格中，如“无奈苕溪月，又照我扁舟东下。甚日归来，梅花零乱春夜”“想佩环、月夜归来，化作此花幽独”。在千树梅花、长天皓月、一湖寒水这样冰清玉洁的底色上，诗人把相思的残破写成了纸上的圆满。

其实，事倍功半，原是爱情的天分所限，也不能怨天尤人。

北宋·崔白·寒雀图卷

白发书生神州泪

巷陌风光纵赏时，笼纱未出马先嘶。
白头居士无呵殿，只有乘肩小女随。
花满市，月侵衣，少年情事老来悲。
沙河塘上春寒浅，看了游人缓缓归。

子曰：士志于道。

中国的知识分子，自受孔孟思想起蒙，就自觉地把自己种植在“弘道”的责任田里，“邦有道则仕，邦无道则可卷而怀之”不过是牢骚话，“修齐治平”才是他们的梦中花园。具体而言，“富贵不能淫，贫贱不能移，威武不能屈”是士人的风骨；穷不失义，达不离道，可杀不可辱，是士人的气节；仁以为己任，死而后已，是士人的担当。在刘克庄的词里，就充满了这些以道义为本的至大至刚的气象。冯煦说：“后村词与放翁、稼轩，犹鼎三足。其生丁南渡，拳拳君国，似放翁；志在有为，不欲以词人自域，似稼轩。”此可谓最有见识的评价。

刘克庄，字潜夫，号后村，福建莆田人。他二十二岁入仕，性格豪爽，平常目空一切，自许“未宜轻屈平生膝”“天下英雄，使君与操，余子谁堪共酒杯”。后因咏《落梅》诗“东君谬掌花权柄，却忌孤高不主张”讥刺时政，得罪朝廷，被废置十年。这个未经过堂审判的“文字狱”，是他人生第一大挫折。他自己说：“老子平生无他过，为梅花，受取风流罪。”这句词，像极了柳永的风格，让人忍俊不禁。复出后，他不吸取教训，接着写“幸然不识桃并柳，也被梅花累十年”的讽谕诗，落笔仍是不经人道，纵心往还，任凭“礼法中人嘲骂”。后因犯言，又被两次免官。最终，因贤良方正，文武纵横，经多人举荐，刘克庄被朝廷重新起用，官至工部尚书，升兼侍读，特授龙图阁学士，以八十二岁高龄仙逝。

生活在宋元之交的乱世，刘克庄一生积极主张收复中原，他在词中大喊“狼来了”，呼唤读书人“好著手，扶将宗社”。他的诗词，对于在废墟上犹唱后庭花的朝廷和士大夫而言，无疑是报警的烽火。

北望神州路，试平章、这场公事，怎生分付？记得太行兵百万，曾入宗爷驾驭。今把作、握蛇骑虎。君去京东豪杰喜，想投戈、下拜真吾父。谈笑里，定齐鲁。

两河萧瑟惟狐兔。问当年、祖生去后，有人来否？多少新亭挥泪客，谁梦中原块土？算事业须由人做。应笑书生心胆怯，向车中、闭置如新妇。空目送，塞鸿去。

——《贺新郎·送陈子华赴真州》

这是一首送别词。友人陈子华此行是为收复失地事宜。因此，诗人借送行，表述了自己对收复中原的渴望。

词的大意是说，北望中原，异族侵逼，江山颓败，我心忧忧。你奉命出使，临行前，试着嘱咐你几句：记得宋初，太行山王善、杨进曾经聚众百万起义抗金，最终接受了东京留守宗泽的招安，两军会师后，合

宋·佚名·草堂消夏图

力打败了金人。现在北方义军蜂起，朝廷左右为难，又想借他们的力量抗金，又怕他们犯上作乱，就像被蛇缠身，又像骑虎难下。你作为钦差去联络义军，因为有了王善、杨进被招抚的先例，一定会受到那里的豪杰们的认同，他们会以大义为重，放下武器，归顺朝廷。这样，朝野军民一旦联手，也许便可于谈笑之间平定齐鲁，收复失地。如今，黄河两岸一派萧条，狐兔在野，鸡犬不闻，真让人怀疑自从当年祖逖将军离开这里后，是不是再无人来镇守过，多少在建业新亭洒泪挥别故园的士大夫，有谁真正再想着踏上这片土地，有谁怜惜这里曾经也是旧家园呢？恢复大业不是轻而易举就能做成的事，必须有适当的人来做，你就是不二人选。可惜，很多人像我一样，虽有几卷诗书在胸，却百无一用，内心胆怯，就像躲在车里羞于见人的妇人女子一样。你是志在千里的飞鸿，展翅北飞，我在此地目送，静候归来。

这首送别词，把鼓励、希望、留恋的心情表述得很周到。全词语气和顺，内心沉郁，大有诗人自己说的“颇哀而不愠微而婉”的情致。

湛湛长空黑。更那堪、斜风细雨，乱愁如织。老眼平生空四海，赖有高楼百尺。看浩荡千崖秋色。白发书生神州泪，尽凄凉不向牛山滴。追往事，去无迹。

少年自负凌云笔。到而今、春华落尽，满怀萧瑟。常恨世人新意少，爱说南朝狂客，把破帽年年拈出。若对黄花孤负酒，怕黄花也笑人岑寂。鸿北去，日西匿。

——《贺新郎·九日》

这首词是一篇登高感怀之作。

农历九月初九，是中国传统的重阳节，人们用登高、赏菊花、插茱萸等活动表示庆祝，是古典诗词中常用的意象。诗人借登临之际，或抒写怀抱，或珍惜友情，或思乡念远，名篇佳构众多。这首词写诗人登高之日于途中遇雨、避雨时的所见所思。

“湛湛长空黑”，落笔将天空抹黑，再细说在山中楼台上看到的雨中秋色。乌云已经暗了千山，更兼烟雨斜斜，登临之人兴兴而行，败兴而止，眼前的秋雨，化入心里便成了乱愁如织。由此先愁自己平生眼空四海，原以为也能登凌烟阁，写凌云志，可是如今老去，只能空抱闻鸡志。再以昔日齐景公登上牛山，放眼万山风雨时，感叹人生短暂，终有一死，因而泪下沾衣的往事自况。古今对照，往事已无迹，而今更觉萧瑟。再进一步，则慨恨时人年年重阳登高，只知效仿东晋名士孟嘉风吹帽落而不觉难堪的雅趣，却不知眼下时局已经堪哭。言下之意，是说自己“羞与万红同落”，今日登临并不是追慕魏晋风度，而是忧愁国事，聊以山水自遣而已。又因为知道自己这种心思不合时宜，也只好做出对花对酒的样子。一片浩荡情怀，终落岑寂。“怕黄花也笑人岑寂”一句最好。菊花不会笑人，是怕人笑，也是人自笑。哭不成，所以笑。如此体物得神，也得神来之笔。

全篇起句在天，收句也在天，从“黑云压城城欲摧”写到乱山斜日，是在借题发挥，喻风云动荡，恢复大业无望，南宋天柱将倾。孤鸿北飞，喻人只能徒然北望，一鸟不如。

（实之三和有忧边之语，走笔答之。）

国脉微如缕。问长缨何时入手，缚将戎主？未必人间无好汉，谁与宽些尺度？试看取当年韩五。岂有谷城公付授，也不干曾遇骊山母。谈笑起，两河路。

少时棋柝曾联句。叹而今登楼揽镜，事机频误。闻说北风吹面急，边上冲梯屡舞。君莫道投鞭虚语，自古一贤能制难，有金汤便可无张许？快投笔，莫题柱。

——《贺新郎·国脉微如缕》

这首词就像一篇檄文，矛头直接对准孱弱的南宋朝廷。

起笔“国脉微如缕”横起一语，如惊雷闪电，足见国脉确实到了蓦然弦断之际，情急之下，诗人接着大声责问：何时才能请得长缨在手，何时才能擒住贼首！并不是所有人都在坐而论道，清谈误国，检点南宋朝野，未必没有请缨报国的志士，未必没有降龙伏虎的好汉，为什么不放宽用人的尺度？我说这话并不是没有根据，南宋初年的抗金名将韩世忠将军就是先例，他既没有像张良那样得到名师谷城公的传授，也没有像唐将李筌那样得到骊山老母的指点，照样在谈笑之间大战两河，保家卫国，建功立业。因为情急如火，上片就像一幅行草书法，以快笔取劲，血脉畅通，提得起，按得下，把一连串典故串成证据链，步步为营，软硬兼施，直问到金銮殿上，说侵略者已经兵临城下，形势紧迫，你们为什么还是这么麻木不仁，嫉贤妒能，坐以待毙，到底想置国家民族于何地！

进入下片，诗人说，我一直有领兵打仗的夙愿，当年也有在军中“棋柝联句”的经历，可是被一误再误，到如今，登楼远望，揽镜自照，痛心感慨，惟余一声长叹。如今北方边境风声急迫，金兵杀伐之气日重，几见敌

宋・李成・晴峦萧寺图

宋・佚名・白桃小禽图

方进攻用的云梯屡次架在边城之下，攻城掠地在即。想当年安史之乱时，张巡、许远坚守睢阳，坚贞不屈，舍生取义。如今面对敌方这种“投鞭于江，足断其流”的攻势，如果没有像张、许这样的良将，只是一味修筑城池，死守不战，天长日久，城池不可能固若金汤，必定无险可恃。干戈满目，国难当头，此时此刻，是个好男儿就应该站出来，再不要以求取高车驷马为荣，应该投笔从戎，与子同仇，共赴国难！

词中用了很多典故，其中，“少时棋柝曾联句”一句，典出韩愈与李正封“从军古云乐，谈笑青油幕。灯明夜观棋，月暗秋城柝”联句，韩李当时在裴度军营中，此处借韩李的军中生活，讲述自己早年曾经从军的经历。宋代林希逸《后村先生刘公行状》载：“李公珏建阃金陵，辟沿江制司准遣。”洪天锡《后村先生墓志铭》亦赞其“军书檄笔，一时传诵”。在《满江红·夜雨凉甚忽动从戎之兴》中，诗人也自云：“金甲雕戈，记当日、辕门初立。磨盾鼻、一挥千纸，龙蛇犹湿。铁马晓嘶营壁冷，楼船夜渡风涛急。”由此可知，诗人年轻时曾在李珏军中任过职，这段从军经历，一直让他感到畅快。

这首词是诗人和朋友王实之的唱和词，词中对爱国志士的期望，也是和王实之共勉，充满悲愤之气与浩然正气，夹叙夹议，语言明白如话。这种议论化和散文化的倾向，常被指责削弱了词的美学意境，但是因为这首词是救亡之声，仰天长啸，壮怀激烈，只为了唤起朝野颓势，所以只有这样引经据典、大声镗镗地说来，有理有据，才能令人信服、振奋。

对于这段让汉人痛彻心扉的亡国史，除了历史书上大而化之的记录，或者零落民间的歌谣之外，我们能看到的纪实文字，就是这些由文人们写作的诗词文赋。一介书生，他们才力有厚薄，或者没有杀敌立功的本领，或者没有杀身成仁的勇气，或者没有机会，所以，手中的笔就成了他们立言立德立功的武器。在他们极具个性化的作品中，传递着时代的声音，代表着一个时代的主流舆论。作为社会中层的士人，他们的声音承上启下，既能让我们窥见当权者的态度，也能听到民间的声音，让我们看到历史在文学中真实起来，生动起来。刘克庄的这类词内容丰富，对于南宋王朝，他并非一味愚忠，而是有质疑，有抱怨：“低局从头错。”“不是先生喑哑了，怕杀乌台旧案。”“问台家、山河宇宙，是谁擎托。”“平戎策，从军什；零落尽，慵收拾。”“高冠长剑浑闲物。”对于那些苟且偷生的庸官，他嘲讽他们：“柔软随风学舞。”“倒着斑衣戏舞。”“千古惟传吹帽汉，大将军、野马尘埃也。”对于民众，他同情、感叹：“山川如故，人民非是。”“城危如卵。”“南迁者众，北归人少。”

“安得良弓并快马，聊与诸公角力。”“不信胡儿能胆大，南岸安他阵脚。谈笑里、乌巢空幕。西起岷峨东海岱，有捷旗、露布无宵柝。”“布严令，运奇算。开门决斗雌雄判。”古人云，才非道固无酝酿，道非才亦难翱翔。刘克庄的这曲黄河大合唱，言志载道，慷慨激昂，足可“起懦”。陈廷焯由此感慨：“南宋有些将才，如此官方，如此士气，而卒不能恢复者，谁之过耶？”

是谁之过呢？还是“江山留于后人愁”吧。

“粗识国风关雎乱，羞学流莺百啭，总不涉闺情春怨。”刘克庄的这句词，说明了他的情趣所向。我们读刘克庄的词，最直接的感觉就是痛快解气，确实不涉闺情春怨，没有依红偎翠的俗调。见多了那些吟风弄月、触绪则伤的细心文人之后，再看刘克庄，就像一个横眉立目的侠士，言语举止另是一样。他的词，不论风景，直抒胸臆，通常不是上片写景，下片伤心，而是上片说事理，下片发牢骚。他不刻意作词，词只是他身上的佩剑，他常常“断竹续竹”，枕戈待命，呈一时之勇。在这些词里，他高调评论时事，肝肠似火，常有惊人语，很得辛弃疾的气概，只是少了辛词的雅驯，多了些粗豪。因为粗豪，信马由缰，意气用事时多，就少了含蕴的情致。也因为是意气用事，所以，在写作中，他的这种意气往往在起笔处最聚集，然后提着气，上片一口气把满怀意气说完，到了下片收束时，往往三鼓气竭，不由自主跌入哀弦。所以，用他说的“凄凉感旧，慷慨生哀”八个字总括他的词作风格，或也庶几得之。

刘克庄生于公元1187年，卒于公元1269年，距南宋灭亡不到十年时间。在国家将亡未亡之际，他用词撞钟击鼓，呼天唤地。因为清醒，他有清醒者的哀痛，也有清醒者的见识。

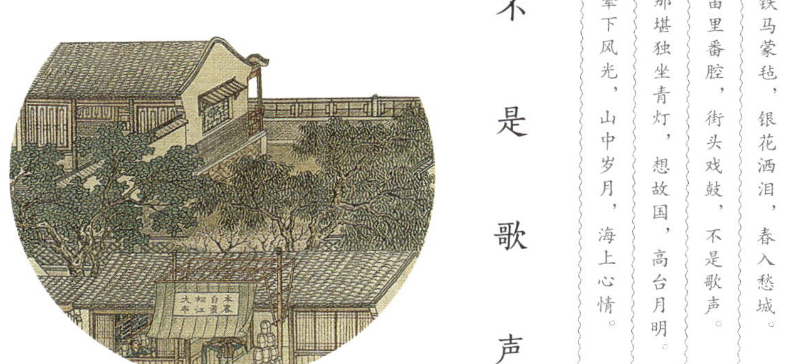

不是歌声

铁马蒙毡，银花洒泪，春入愁城。笛里番腔，街头戏鼓，不是歌声。那堪独坐青灯，想故国，高台月明。辇下风光，山中岁月，海上心情。

刘辰翁生于1233年，卒于1297年，字会孟，别号须溪，庐陵灌溪人，即现在江西省吉安市吉安县人，是宋末元初著名的学者，散文、诗词大家。其《须溪词》今存词354首，在宋人词作中，数量仅少于辛弃疾和苏轼。

南宋亡国后，遗民词人很多，如王沂孙、周密、张炎等浙派文人，在亡国前，他们吟赏湖山、诗酒唱和，过着富贵风雅的生活，亡国带给他们的，更多的是个人生存境遇的巨大反差，因此他们常常通过寓托笔法，将个人身世之感、凄凉哀怨之情、黍离麦秀之悲融为一体，悲恨中缺少愤激与抗争。而刘辰翁幼年丧父，家贫力学，早年颇有济世之志。他三十一岁赴进士试，廷对时因以“济邸无后可痛，忠良戕害可伤，风节不竞可憾”之语，直揭炙手可热的当朝宰相贾似道专权擅政、残害忠良的丑行，被后置丙第。此后其薄宦浮沉十余年，主要致力于教育事业。宋亡后，因耻食周粟，隐居不仕，刘辰翁过着陋巷箪瓢的清苦生活。因此，他的词中多表达南宋遗民对蒙元统治者的切齿痛恨，对故国的深切怀念，虽几近祸，也无所顾忌。

由于生活在宋元易代之际，他见证了南宋亡国的历史剧变，经历了蒙元兵士悍然闯入家园之际，情同生父的恩师、故相江万里赴水殉国，其弟惨遭支解，举家“积尸如叠”的伤恸一幕，目睹了元人铁骑蹂躏下南方士民的苦难生活，感受了“南人”在“满耳番腔鼓”的熏习之下逐渐为“燕歌赵舞”所动，乃至“无人知是上元节”“忘了临安”的胡化趋势，所以，他的词作中凄厉悲苦之状超过了南宋所有词人。

刘辰翁词题材多样，除写景、咏物、抒怀、祝寿、唱酬、送别诸作外，还写有大量吟诵节序的词，其中有关除夕、元夕、端午、重阳、七夕、中秋节的节令词就有50首之多。

吟诵节序是中国文学中传统的题材，陆机《文赋》曾云：“遵四时以叹逝，瞻万物而思纷；悲落叶于劲秋，喜柔条于芳春。”歌咏节序的诗词，大多囿于伤春悲秋的个人情绪中。刘辰翁的节序词超越了伤逝的主题，意蕴和寄托明显，其中有对个人身世转蓬的感慨，更多的是对南宋亡国之痛的哀与思。在这些节序词中，元宵词多达21首。他常常通过对元宵夜的今昔对比，回顾前朝的礼乐风俗，描述亡国之后遗民面目全非的生活。

宋·马远·松溪观鹿图

铁马蒙毡，银花洒泪，春入愁城。笛里番腔，街头戏鼓，不是歌声。

那堪独坐青灯，想故国，高台月明。辇下风光，山中岁月，海上心情。

——《柳梢青·春感》

这是诗人晚年隐居山中时的作品，题名“春感”，实际上是因元宵节有感而作。

是时，南宋已经亡国，自古以来，广袤的国土第一次沦为异族的牧场，金瓯破碎，邦宗沦覆，物事皆非，刘辰翁身受遗民之辱，他以元宵乐景写哀词，意为故国招魂。

对比我们前面读到的元夕词，此时这场元宵盛会真是别有一番滋味。

从词中描述看，满街都是披着毛毡的蒙古骑兵，千树万树都是银花，不见一点红色，好像是压地银山一般，正在举哀的样子，再没有柳永词中说的“卖花巷陌，放灯台榭”的风光。元人在街头击鼓、戏耍、吹笛，吹的唱的都是番腔，不是旧日曲调。身在故乡庐陵山中，独自面对青灯的诗人，想象着故国旧都的高台宫殿如今都笼罩在这样一片惨淡的月色之下，风光散尽，自己隐居山林虚度着寂寞岁月，亡命海上的君臣生死不明等等远愁近忧，只觉世事苍茫，悲从中来。

元宵佳节，原本是最热闹的节日，是国泰民安气象的展台，唐宋以来尤其受到朝野重视。到元人统治时期，种种承平气象被一扫而光。在元军的铁马践踏之下，民众生活凄惨，心情悲凉，在元宵佳节，全城仍

遍布着阴冷森严的气氛。春天不知兴亡，依然来到人间，可它进入的竟是这样一座“铁马蒙毡，银花洒泪”、充满人间哀愁的愁城。“笛里番腔，街头戏鼓”是一片呕哑之声，“番”字颇含鄙夷不屑之意。“不是歌声”里有嘲讽，有强烈的抵触情绪。

“辇下风光，山中岁月，海上心情。”这三句跳跃向前，场景切换急速，节奏韵律分明，不用动词，看似无骨，却外疏中实，是当然的名句。这几句词，如果脱离那个时代背景，也可以用在都市人的闲情趣里，从辇下，到山中，到海上，像是在一个时代里心灵自我放逐的路线图，这是这首词常读常新的又一个原因。

（中斋上元客散感旧，赋《忆秦娥》见属，一读凄然，随韵寄情，不觉悲甚。）

烧灯节，朝京道上风和雪。风和雪，江山如旧，朝京人绝。

宋·陈居中·苏李别意图

百年短短兴亡别，与君犹对当时月。当时月，照人烛泪，照人梅发。

——《忆秦娥·中斋上元客散感旧》

小序中所说的“中斋”，是指民族英雄文天祥的幕僚邓光荐，其字中甫，又字中斋。二人于上元相聚后，中斋写了一首《忆秦娥》词赠刘辰翁，辰翁感伤故国，思念友人，遂步韵而作。

词上片写景，以景引情，描写元宵之夜路上风雪交加、行人断绝的凄凉景象；下片以景衬情，抒发物是人非、怀念故国的悲苦心情。

“烧灯节”，即元宵节。往年，四面八方的人们会纷纷赶往人烟阜胜的京城临安，观赏帝都的大型灯展。然而，因为江山之异，今年的风景特殊，“见说城中处处灯”的热闹不再，在一片苍茫大地上，只见风雪肆虐，不见车马行人。起笔暗写故都灯节繁华，明写今日风雪严寒，乍喜还悲，对比之下，已知江山暗换，“风雪”的喻意自明。下片写人

宋·佚名·竹塘宿雁图

生不过百年，而这一代人，却没有选择地生活在这个节外生枝的乱世，不得不遭遇国破家亡、生离死别的深哀大痛。在别人都忘记了故都景象时，诗人与一二知己仍在面对故国明月空感叹。烛照“梅发”，以白梅喻白发，取一夜愁白头之意，也取白梅高洁之意。由苦生愁，由愁生恨，愁恨交织时，对烛对影，懦弱的书生也只能潸然泪下。

（余自乙亥上元，诵李易安《永遇乐》，为之涕下。今三年矣，每闻此词，辄不自堪。遂依其声，又托之易安自喻。虽辞情不及，而悲苦过之。）

壁月初晴。黛云远澹，春事谁主？禁苑娇寒，湖堤倦暖。前度遽如许。香尘暗陌，华灯明昼，长是懒携手去。谁知道，断烟禁夜，满城似愁风雨。

宣和旧日，临安南渡。芳景犹自如故。缃帙流离，风鬟三五。能赋词最苦。江南无路，鄜州今夜，此苦又谁知否？空相对，残釭无寐，满村社鼓。

——《永遇乐·壁月初晴》

“与谁同梦，说开元旧？”与易安。

从小序看，这首词作于1278年元夕，是亡国前一年，悲情生起的引子，是因为想起了李清照的元夕词《永遇乐》。殊不知，李清照作词时，南宋还有半壁江山，而此刻，诗人已经坐在覆巢之下，由此可知座中泣下谁最多。

这首词采用对比手法，以毫无回旋余地的哀绝之语，直抒无以遣散的伤亡之怀。上片写亡国前夕的元宵之夜，尽管天气初晴，明月如盘，云薄风和，却因夜间戒严，禁绝烟火，全城上下，山水人心，都无情无绪。易安如果再来，会看到以前她懒得去看的“香尘暗陌，华灯明昼”的元夕灯会，在很短的时间里，已经面目全非，变成了一片“断烟禁夜，满城似愁风雨”的萧索凄凉之景。这场繁华“春事”元人主持，江山又凭谁做主？下片与易安话旧。昔日易安携金石书画南渡，流离失所，书画散尽，元宵之夜，白发萧萧的诗人写下“向帘儿底下，听人笑语”的词句，其情最苦。可那时，毕竟是南渡之初，元宵之盛仍不亚于北宋宣和年间，举国上下，仍是一片欢腾。而今，南宋屈尊江南一隅，已无退路，不过一息尚存而已。诗人也像杜甫当年在安史之乱中困在鄜州时一样，思亲念远，无路可走，这些苦痛谁又知道。长夜无眠，只能独对残灯，听着窗外隐隐传来了村里祭神祈祷的社鼓声。人在绝境，只能祈求神灵保佑。然而，我们已经知道，到四面楚歌时，已经神人不佑。

元灭南宋后，为防止民众反抗，元政府长期实行禁夜的法令。《元史》记载：“一更三点，钟声绝，禁人行；五更三点，钟声动，听人行。”这是词中“断烟禁夜”所指。刘辰翁有多首元夕词写到禁灯，如“十载废元宵，满耳番腔鼓”“严城夜禁故如鬼”“几年城中无看灯。夜三更。月空明。野庙残梅. 村鼓自春声”“天上未知灯有禁，人间转似月无情。村市学箫声”。本应热闹璀璨的元宵之夜，或无灯，或禁灯，或有灯也是冷清寂寞。仅从元宵节的天壤之别，即可知自元人统治后，汉人的风俗文化正在被肆意破坏。

刘辰翁词中的哀恸，是对个人命运不可测的哀戚，更多的，是负荷着一个民族的苦难。南宋灭亡，值此奇劫巨变，使他感受到的，不仅是偷生于异族铁蹄下的汉人的尊严被践踏的屈辱，最重要的，是异族统治者对传统文明的伤害让他感到莫大的恐慌。他知道，文化的灭亡，才是一个民族真正的灭亡。本着这种认识和读书人的责任担当，他在诗词中反复吟咏各种岁时民俗文化，抒发他对这些文化的怀念与喜爱，以及文化被隔断后的悲恨与焦虑。

上元已无灯火，已经“无人知是上元时”，然而诗人却年年问“今夜上元何处度”，年年有“长记小红楼畔路。杵歌串串，鼓声叠叠，预赏元宵舞”的怀旧情绪。

红妆春骑，踏月影，竿旗穿市。望不尽楼台歌舞，习习香尘莲步底。箫声断，约彩鸾归去，未怕金吾呵醉。甚辇路喧阗且止。听得念奴歌起。

父老犹记宣和事，抱铜仙、清泪如水。还转盼沙河多丽。滉漾明光连邸第。帘影动、散红光成绮。月浸葡萄十里，看往来神仙才子，肯把菱花扑碎？

肠断竹马儿童，空见说、三千乐指。等多时、春不归来，到春时欲睡。又说向灯前拥髻，暗滴鲛珠坠。便当日亲见霓裳，天上人间梦里。

——《宝鼎现·红妆春骑》

这首三叠长调，是刘辰翁的绝笔词。他用急管繁弦，一唱三叹，对宋元交接时期不同的上元夜做了小结，也写尽了他的终天之恨。

上片先忆北宋元夕张灯夜游、上下同乐、热闹狂欢的往日繁华：红妆贵妇骑马踏月出游，街市楼台上有歌舞表演，台下观众云集，美人过处，尘土也沾染了香风。少年钟情，女子怀春，值此良宵，“约彩鸾归去”这种恋爱故事时有发生。皇家车骑从“辇路”上喧嚣而过，突然又鸦雀无声，原来是“念奴歌起”。第二片用李贺《金铜仙人辞汉歌》诗意，借东汉亡国点出北宋亡国之痛，随后点画沙河塘街市和西湖旖旎的节日风光，对“商女不知亡国恨”的朝野暗含讽谕。“肯把菱花扑碎”句用破镜重圆的典故，埋伏下即将到来的国破家亡之祸。下片回到了现实社会。这时距离临安陷落已经二十年了。北起“靖康之变”的侵略序幕，异族全面入侵的后果更为惨烈，整个南宋江山到此全部覆亡。王气已收，国风不存，骑竹马的儿童再也见不到故国的昔日风光，只能听老人讲述当年的大千盛况，就是见过当日霓裳歌舞的老人，现在想来，也都恍如隔世。诗人自负怀瑾握玉，

宋·赵子固·写生水仙

因为一生才不为用，于断离之际依然心存不甘，依然抱着复国的幻想，等待着春归人间。然而，终归是“等多时，春不归来”，他知道，即使“春”会归来，到那时，他也已经大梦归去，化入天上人间梦里，云深不知处了。

人生忽忽，宛若梦中。“红妆春骑”“散红光成绮”“到春时欲睡”，春来春去，不过是几处笙萧、几场旧梦而已。至此，一个时代的歌手已经反反覆覆、字字悲苦地唱完了他的人生之歌。

和那个时代很多知识分子一样，刘辰翁有“先天下之忧而忧”的儒家精神，有南宋理学的节义观念。其《节斋记》云：“人生亦如四时，有三大节。少之时，学问事亲；既壮，则欲忠孝著于事业；老则全归以见地下，终令誉以遗子孙”，又说“节无大小，以能守为大”。作为一个前朝遗民，故国倾覆之灾，亡国之耻，是他一生挥之不去又不堪碰触之痛。他一方面不得不在新朝生存下去，一方面又誓为旧朝守节，保持儒士的人格清白，因此，他的词作，常常悲恨相续。“愁”“苦”“恨”“泪”是他词中用得最多的四个字。据有心人检索，辰翁354首词中，写“恨”字118个，“苦”字46个，“愁”字106个，“泪”字81个，“我已无家，君归何里？中路徘徊七宝鞭。风回处，寄一声珍重，两地潸然”是他悲苦的主旋律。另外，他常以“春”这个美好的字比喻南宋江山，词中计有232处写到“春”字。如“送春去，春去人间无路”“春去，尚来否”“春亦去人远矣，是别情何薄”“春去自依依，欲归无处归”“春去，谁最苦？但箭雁沉边，梁燕无主，杜鹃声里长门暮”“驿使不来春又老，南共北，断人肠”。颂春、伤春、送春、惜春，这些经典的词句，入诗入画，结愁结怨，寄托遥深。

读刘辰翁的词，虽然悲苦，却并不觉得萎靡不振，而是如庄子所言，我只是穷，并不是潦倒（“贫也，非惫也。”）。一个以宋玉自比，浑身披挂儒家硬装备，怀揣赤子之心，孤意要为国分忧、为民请命的士人，大半生生活在“风雨凄凄、鸡鸣喈喈”的南宋末年，虽然对朝廷的不作

宋・佚名・荷蟹图

为和官场的腐败心有不满，却也早已是他熟悉的生活，是自家的问题。然而，半生之后，突然国亡君死，自己成了异邦之奴。这种巨大的变化，让他和当时的读书人一样，一时全然不知所措。他本能的选择就是先退出来，再调整自己。于是，他选择了隐士的生活，走“内圣”的道路。他自知才志不大，进不足以谋国，退不足以谋生，可贵的是，他并没有向隅而泣，而是用诗词对这一切不堪做着消极的抵抗，有弱者不可侵犯的凌凌尊严，不失文学“哀而不伤”的婉曲和“文以载道”的宗旨。他一生苦情苦吟，笔底烟花终成动人心魄的绝响，一定感动了他那个时代，触及到了当时读书人的灵魂深处。

写至此，不免心有戚戚焉。这时，看到况周颐在《蕙风词话》中竟将他与辛弃疾、苏东坡相比，让我顿觉有些安慰，像得了知己一样。况周颐说：“《须溪词》风格遒上似稼轩……有时意笔俱化，纯任天倪，意态略似坡公。往往独到之处，能以中锋达意，以中声赴节。”刘辰翁的识见与风格足接辛词后劲，这已是公论，夏承焘在《瞿髯论词绝句》中也有言：“稼轩后起有辰翁，旷代词坛峙两雄。”对于况周颐这段话，我特别有感于“意笔俱化，纯任天倪，意态略似坡公”一句。

一个好诗人，不仅要有诗人的性情，高尚的情怀，此外，更要有语言天赋。诗词是以象写意的文体，意是情，象是景，意与象和合为一，才是好诗好词。其中，景宜显，情宜隐。景太隐失之晦，情太显失之浅。景是四时之景，情是人之常情，把景与情写成诗词，在一种规范里，在字与韵的约束中谋篇布局，要想写得恰如人意，最难在语言，这正是天才和匠人的区别。苏轼的性情与情怀均不同凡响，他的语言表达能力天生就在一个高台上，所以能随心所欲而不逾矩，信手一挥，都不可能失了水准。刘辰翁于性情、情怀之外，最得人心处，也在于有得天独厚的语言天赋。他说：“有能率意自道，出于孤臣怨女之所不能者，随事纪实，是称名家。”因为他能做到意笔俱化，率意自道，自在天然，所以才能“略似坡公”。

庄子说：“畸于人而侔于天。”畸零之人，必与天齐。一个“袖肩而游”的白衣儒冠，落落寡欢，宛如一树苍白的梨花。他的冰雪之姿，与他令人爱怜的小词一起，已共享万世香烛。

壮年听雨客舟中

少年听雨歌楼上，红烛昏罗帐。
壮年听雨客舟中，江阔云低、断雁叫西风。
而今听雨僧庐下，鬓已星星也。
悲欢离合总无情，一任阶前、点滴到天明。

蒋捷是宋末元初词人，生卒年月及生平不详。据考证，大约于公元1274年中进士，时年三十余岁。至南宋亡，因深怀亡国之痛，不事二主，从此遁迹不仕，径自过着“种菊陶潜、栽蔬杜甫”的隐居生活，人称“竹山先生”“樱桃进士”，其“竹方节劲，山高风情”的气节为时人所重。蒋捷长于词，与周密、王沂孙、张炎并称“宋末四大家”。他以人品和才情作词，其词既豪放又婉约。蒋词的内容以抒发故国之思、山河之恸为主调，并且以切身体会，状写亡国后遗民们的凄凉感受、生存困境；风格如一泓清水，流动自然，读来飘逸空灵，全无俗意。

一片春愁待酒浇。江上舟摇，楼上帘招。秋娘渡与泰娘桥，风又飘飘，雨又萧萧。

何日归家洗客袍？银字笙调，心字香烧。流光容易把人抛，红了樱桃，绿了芭蕉。

——《一剪梅·舟过吴江》

故乡是我们一生眺望的远方，乡愁是我们永远解不开的连环。

这首词写行客思归之愁。

词一开始就点出时序与愁绪，继写舟行摇摇，驶过秋娘渡与泰娘桥，驶进吴江县境，两岸已有店家，酒帘已在风中雨中招手。行舟，游子，残春，风雨，这几个关键词叠印在一起，就是愁上加愁。本来飘泊日久，归心似箭，偏偏风雨阻归，且行且止，不知何日才能到家，所以行人最先看到酒楼，是想在此买醉浇愁。下片想象回家后家人为他"洗客袍"，以及与家人一起调笙、燃香的闲静生活，一幕家常的温润，让思归的心情更加急切。雨中行舟，最易让人联想到流年似水。诗人有意营造这种

宋·佚名·西湖春晓图

风雨归舟的情境，将他兼着望归和伤逝两种凄凉的春愁写得分明可感。

“流光容易把人抛，红了樱桃，绿了芭蕉”三句神笔，是这首词出名的原因，也是蒋捷“樱桃进士”雅号的由来。状写时光流逝的词语多而且大同小异，其中刘过词“柳下系船犹未稳，能几日，又中秋”有化腐朽为神奇之妙。此处用樱桃和芭蕉这两种植物的生长变化表现时光荏苒，不仅字字色貌如花，而且外轻内重。春已阑珊，眼看着就到了樱桃成熟，芭蕉的叶子由浅变深、由薄变厚的夏天。本来看不见的时光流逝，一经移向可触可见的红色的樱桃粒和绿色的芭蕉叶，在红红绿绿的参差对照中，就让人有形有状地感受到时光正在一天一天过去，人正在一年一年老去。这种优雅的语姿，只合与这种优雅的才子浘搭。

岁月看似依旧，却像“绿肥红瘦”一样，在悠长的渐变中，一直有我们看不见的蹉跎；有些事情明明发生了，却没有留下我们可以察觉到的痕迹。而诗人的心是敏感的，春江水暖鸭先知，他们在孤独中寻觅着人生的蛛丝马迹，而我们也由此被引入了一种有深度的生存之中。

丝丝杨柳丝丝雨，春在溟蒙处。楼儿忒小不藏愁，几度和云飞去觅归舟。

天怜客子乡关远，借与花消遣。海棠红近绿阑干，才卷朱帘却又晚风寒。

——《虞美人·梳楼》

这首词写客居他乡，久不得归的愁怀。

诗人客居遥遥他乡，国恨家愁无计可消，在杨柳丝丝、细雨绵绵的

宋·佚名·翠竹翎毛图

春日傍晚，积郁已久的愁苦都随风雨到心头。“楼儿忒小不藏愁”，愁需要藏，是因为已经隐忍日久，只有把愁藏起来才能活下去。藏不住，是因为此时已忍无可忍。楼小愁多，如同李清照的舟小愁重一样，愁出了新气息。诗人几度盼归，却恨不能像行云一样自在飞翔，飞入他的寻常百姓家。思归既不能，客居亦无朋，灵魂无处安顿，只有天可怜。“天怜客子乡关远，借与花消遣”是这首词的词眼。因为是“客子”，所以庭前的海棠花都像是“借”来给他“消遣”的，是别人家院子里的花朵。愁无处藏，又不能消减，他将乡愁转变为对海棠花的思考。自离家以来，海棠已红过几次，它还会有几日红艳，花开易见落难寻，人生又何尝不是。日已向晚，卷帘之际，只觉寒风四起，空室阴冷。他把不忍看的春色关在门外，把自己关在黑暗中，继续虚度着忧郁孤独的春夜，继续做着明天回家的梦。

这首游子骊歌，无一字说到对家人的思念，也无一字说“流光容易把人抛”，可这两种感情，我们从字里行间都能感受到。“几度和云飞去觅归舟”“才卷朱帘却又晚风寒”，最喜欢这种九字句的婉转动人，一句话里又补了半句，像月落灯起，柳暗花明一样，最后三个字最解迎来送往之情。“几度”“才卷”“觅归舟”“晚风寒”，悠悠我心，茫茫人生，走也难走，留也难留，所有感慨全在这一高一低的声色中层层卷卷，摇摇晃晃。

少年听雨歌楼上，红烛昏罗帐。壮年听雨客舟中，江阔云低，断雁叫西风。

而今听雨僧庐下，鬓已星星也。悲欢离合总无情，一任阶前、点滴到天明。

——《虞美人·听雨》

如果这首词是第一次读到，如果是有心人，一定会抄在自己的本子上，然后长长地叹一口气。

我们常常在思考人生，可是人生万象，百味杂陈，不是几句话就能说清楚的。可是蒋捷说清楚了。他只是用心剪贴了三个经典的“听雨”画面，就拼接出了一个人的一生，然后用谨慎简单的语句写下来，就替我们说清楚了人生的核心内容。

少年心事，最宜上下，可以面壁读书，也可以“人面桃花相映红”。听雨歌楼上，红烛昏罗帐，是少年人“为赋新词强说愁”的青涩，也是“红罗帐里不胜情”的风流。花下秉烛，一个“昏”字里，有无尽的情色厮磨，是“云深不知处”的笔法，只可意会，不可言传。烛影摇红，在这首灰蒙蒙的词里是唯一的亮色，也是人生里最混乱而迷人的亮色。壮年时，听雨客舟中，所见是“江阔云低，断雁叫西风”的苍茫。在水天辽阔、风急云低的江上秋雨图中，孤舟、孤雁是诗人四处漂泊、上下求索、载沉载浮的影子。壮年是人生的中间点，承上启下，担着少年和老年的担子，东奔西走，就像一叶孤舟，出没风波里，永远在客中，在路上，可是从上游奔腾而来的水汇流到此时，已经泥沙俱下，人生已经从春风忽忽到西风，已经没有激情。人到老年，“而今听雨僧庐下，鬓已星星也”。一世长路走来，世路已惯，无肠可断，人生的力气已经用尽，白发老人闲坐在山中的僧庐里，独自听雨，一夜不眠，是人生常见的晚景。最后的结论是：“悲欢离合总无情，一任阶前、点滴到天明。”因为此时是站在晚年的立场上看人生，人老心空，所以少年欢乐，壮年愁恨，一生的悲欢离合，此时一任它雨打风吹去，再也没有多余的情绪，再也没有什么事情让人难以忍受，听雨之后，一天就过完了，一生也已见分晓。“一任阶前、点滴到天明”，点点滴滴，有情无情，听来都是尾声。

考个功名本来不易，作为末代进士，真正像风雨中的花朵，“恨不能开，开时又背”，尚未授官就赶上南宋灭亡，功名梦断，怀着不做贰臣的士子气节，又不得不为生活奔走，蒋捷的一生注定要在国仇家恨中颠沛流离。在他一生的风雨中，有偶然的热血冲动和长久的无能为力，每一步路都走得辛苦，疲惫，不确定。他似乎只是在写他自己的人生际遇。然而，少年风流，壮年飘零，晚年孤冷；少年歌楼听雨，壮年客舟听雨，老年僧庐听雨，这种由热到凉，由红到黑的人生三段式，又何尝不是我们正在经历的人生呢？这首小词，就像“一阵清风来自远”一样，吹动了每个人心中最脆弱的部分，让人人看到了自己人生的整体走向，人人都在其中找到了自己的存在感。只是在写一个人的人生，却能和大多数人的人生叠印在一起，这就是经典的力量。悲观一些说，正是因为太阳底下无新事，我们的人生和古人大体相同，没有谁能标新立异，只是周而复始而已，所以，我们对这首词感同身受。

蒋捷这些精巧的小词之所以老少皆宜，除了情感的大众化，还在其文字无碍。

一首词，如果用典太多，着意要曲径通幽，步步为营，把简单的话说复杂，就有矜才使气之嫌。如果每句都是典故，读来磕磕碰碰，需要一句一句注解，人就不想看下去了。最好的诗词文章都是最通俗易懂的，像谚语一样，人人都能随口说出来，又不觉得是文艺腔，写的人不觉费力，读的人也会觉得亲切自然，能与自己的心情猝然相遇，这才是天生好词语，是“腹有诗书气自华”。“待把旧家风景，写成闲话”是蒋捷对词艺的认知，也是他努力的方向。他的这些小词工工整整，信口道来，写景微妙，抒情简切，不用典，有话好好说，状难写之景，如在眼前，含不尽之意，见于言外，使人略一思索，便能明白，没有婉约词用语用色的奢靡，也没有豪放词澎湃的气度。可是这种全不用力的文字，看上去却不觉得是草草杯盏，而是像天生美人一样，再添不得一分，减不得一分，是最天然的眉黛。

凄凉一片秋声

商飙乍发，渐渐渐初闻，萧萧还住。顿惊倦旅。背青灯吊影，起吟愁赋。断续无凭，试立荒庭听取。在何许。但落叶满阶，惟有高树。

黄花深巷，红叶低窗，凄凉一片秋声。豆雨声来，中间夹带风声。疏疏二十五点，丽谯门、不锁更声。故人远，问谁摇玉佩，檐底铃声？

彩角声吹月堕，渐连营马动，四起笳声。闪烁邻灯，灯前尚有砧声。知他诉愁到晓，碎哝哝、多少蛩声！诉未了，把一半、分与雁声。

——《声声慢·秋声》

用《声声慢》曲牌填词，李清照的“寻寻觅觅、冷冷清清、凄凄惨惨戚戚”因为叠字用得好，所以排名第一，蒋捷的这首词可以望其项背，其翻新之处，在于他所使用的“独木桥体”。所谓“独木桥体”，就是

一首词全部、或大部分用同一个韵脚。这首词全部以“声”字押韵，以秋声承载这种古老的悲秋情绪，所以让人倍感秋之萧瑟。

这是一首羁旅怀人之作。词写诗人客居他乡，在秋夜中听到雨声、风声、更鼓声、檐铃声、角声、马声、笳声、砧声、蛩声、雁声，还有文字之外的雨前的雷声，心中的叹息声……不知多少秋声时，忽而移情就词。

“黄花深巷，红叶低窗，凄凉一片秋声。”开篇写在一个菊花盛开、红叶掩映的深秋的夜晚，诗人正在倚窗听着“大珠小珠落玉盘”的秋声。秋声本是一盘散沙，用“凄凉”二字收拢后，串成了一串宝相庄严的凄凉念珠。秋声中，第一难听是雨声，可诗人偏偏最先听到豆大的雨点声，中间还夹带着飒飒风声，风声又带来疏疏的更声。古时把一夜分为五更，一更分为五点，“疏疏二十五点”指五个更次。夜深人静，这种敲打一夜的“梆梆梆”的声音，敲得人心慌慌，所以他希望这种恼人的声音被“锁”住。“故人远，问谁摇玉佩，檐底铃声”是突起的一笔。读过上下片，听到的所有秋声都是沉沉的，只有这若有若无的“叮叮当当”的檐铃可亲可喜，离人最近，所以诗人生出了有风雨夜归人的幻觉。是故人的佩玉在响吗？不是的，不可能是的，这只是雨檐下的铁马风铃在风中摇曳。这一惊一顿，营造出了一种悲欣交集的迂回效果，加强了孤寂的情绪。

词过到下片时，时间也从昏沉沉的夜晚转向了黎明时分。昨夜的雨不知什么时候停了，一夜半梦半醒的诗人推窗望去，只见一轮残月正在化入青白色的天空。这时，突然一声刺耳的号角声传来，循声望去，远处有一座隐约可见的军营，军营里有了人马骚动的声音，还伴着时断时续的“呜呜”的胡笛声。黎明时听不到鸡鸣犬吠声，听不到一巷卖花声，却听到这些混合的军旅之声，这些比昨夜的风雨声更惊心的声音告诉我们，这是一个乱世，是宋末元初，江山已经易主，元朝的军队已经遍布江南各处。早起的邻家主妇因为忙着为征人赶制寒衣，不知什么时候已

经在闪烁的灯影下捣洗煮过的熟绢了。国破家亡，大兵压境，无论邻家的男子是被元军强征入伍，还是准备随着南宋残军继续抵抗，这一下一下沉重的砧声都带着战争的阴影和百姓的哀愁。看不见女人的泪水，却听到草丛里的寒蝉也在一声声叫愁，在替人垂泪到天明。天空雁声哀哀，是寒蝉把哀愁分出一半给它了吗？蛩声惊起了秋声中所有的怨愁，诗人的孤愁，邻人的别愁，亡国的哀愁，说不尽听不完，无处不愁，无声不愁。鸿雁传书，可是乡关知何处，故人知何处，离人去往何处，全在这不确定的雁声里无语凝咽了。

蒋捷生在一个动乱年代，用了几十年的寒窗功，本已获得一纸功名，可是江山不是旧主人，他于是逆风挂帆，誓将不合作的誓言进行到底，用一身才华与可能得到的富贵荣华为南宋陪葬。所以，漂泊在外的诗人从夜晚到黎明，听到的不仅是自然之声，更是亡国的哀声，身世的悲声。词中虽然是刻意写秋声，字斟句酌地独独押“声”韵，但是因为有深巷低窗、画角连营、寒蛩归雁这些远近高低的场景营造的意境，声随景变，心随声变，全篇读下来，人的注意力全在一片“覆巢之下安有完卵”的凄凉之境的包围中，感受到的是一个大的整体的意象，并不觉得各种声音被生拉硬扯在一起，也没有轻薄文字之嫌。

一片风景，就是一片心情。“秋士悲而知物化”，悲秋是古代诗人

宋・赵葵・杜甫诗意图

共同的审美感受。从宋玉《九辩》“悲哉，秋之为气也，萧瑟兮，草木摇落……”开先河始，历代文人带着一身的悲秋情绪一路走来，已经将悲秋渲染成一个民族共有的感伤。这些作品，将秋天万物肃杀的景与生命体验的情混成物我一体，在天人合一的哲学思辨中，在秋的实质与人生的真相之间找到契合点，在秋天的底色下，铺染秋风、秋雨、寒蝉、白露、落叶的诸般色相，尽写离愁、别绪、相思、望乡、飘泊、怀远、感旧、失意、伤逝种种人生悲凉。然而，检点历代悲秋诗词，专意写秋声的作品却不多。欧阳修的《秋声赋》在文中冠前绝后，蒋捷这首词是写秋声的意象总汇，挂在词中榜首，也不为过。

南宋多悲士，悲秋词也多。与蒋捷同时代的诗人王沂孙的《扫花游・秋声》也写得极好。

商飙乍发，淅淅淅初闻，萧萧还住。顿惊倦旅。背青灯吊影，起吟愁赋。断续无凭，试立荒庭听取。在何许。但落叶满阶，惟有高树。

迢递归梦阻。正老耳难禁，病怀凄楚。故山院宇。想边鸿孤唳，砌蛩私语。数点相和，更著芭蕉细雨。避无处。这闲愁、夜深尤苦。

蒋捷和王沂孙年龄相仿，两人在写作上很默契。

这首词也是写“万里悲秋常作客”的羁旅之愁。蒋词重点写秋夜苦雨，这首词重点写一夜北风。因此，起笔即化用欧阳修《秋声赋》里“欧阳子方夜读书，闻有声自西南来者，悚然而听之，曰：异哉！初淅沥以萧飒，忽奔腾而砰湃”的句意，写秋风乍起，秋声萧萧，时缓时急的声势。古代用五音和方位配春夏秋冬四时，商声主西方，属秋，秋风故云“商飙”。“乍发”“淅”“初闻”“还住”这些词极尽曲意，写风声由远及近，渐近渐急，很像暴风雨前的风势，先试探，打招呼，然后突然狂风大作，飞沙走石。诗人似乎已经入睡，被风声“顿惊”后，再无睡意，只好起来，在摇摇欲坠的灯影里听着风声断续，只觉得形单影只。开门细听，原来最大的声响来自庭中那棵高树，“高树多悲风”，一时间，只见秋风扫落叶，万叶秋声里，天地间一片阴沉动荡。下片接写因梦被秋声吹断后，诗人索性独步空庭，踏落叶，听秋声，老病缠身的诗人更觉凄楚难言，想起自己家乡的宅院，想起北方边地的孤鸿寒蛩，亡国之恨和身世之悲一时全在心头。别人想家时想到温暖，他已无家，或者永无归期，想家让他更加担忧，更加绝望。这些家国愁苦正两相交织时，又听风过雨来，雨点打在芭蕉叶上的放大的声音，更添无所逃于天地之间的末路之悲。最后，就像为了避免曲终弦断一样，一直愁眉紧锁的诗人，像苏轼说“多情应笑我”一样，在不该笑的时候，突然有了一抹苦笑，说自己这种忧愁风雨只是“闲愁”。是不是闲愁，是不是可以一笑了之？我们已经知道，其实闲愁最苦，“夜深尤苦”。

张炎词云：“闲了凄凉赋笔，便而今不听秋声。”可是这种凄凉赋笔何时得闲？南宋时期的江南士子，处在改朝换代的凄风苦雨中，被划入四等公民，他们或者像蒋捷这样贫死不仕，或者像王沂孙这样委屈仕元，无论是为生计还是为薄宦，常常不得不游走于异地他乡，“老矣征衫，飘然客路”，作为游子的苦情更是一言难尽。他们不仅身在异乡为异客，而且战战兢兢地活着，对江山风月都失去了主人的自信，一腔去国怀乡的情绪不能高吟闲话，只能收敛，只能向纸上倾诉，在霜降木落、寒暑交接的秋天，只能通过登临吊古、吟风听雨，明着悲秋，暗里悲世道人心，用隐喻的笔法，不动声色地替天行道。

文学的真相就是人生的真相。南宋诗人的集体合唱，使悲秋这种弹唱了几千年的曲调，成为南宋文人群体的抗争之声，代表着那个时代的血气与节义，虽然弱弱的，不成曲调。

刘克庄词云：“怪先生，苦死纫兰芷。”

怪先生吗？

一弯古今月，偏照读书人。而今，这些古人，这些情怀都已是陈迹，应该怪的，是我们不解风情。

待招来不是旧沙鸥

商飙乍发，渐渐渐初闻，萧萧还住。
顿惊倦旅。背青灯吊影，起吟愁赋。
断续无凭，试立荒庭听取。在何许。
但落叶满阶，惟有高树。

春到荼蘼花事了。

词到张炎，已是余响。

张炎字叔夏，号玉田，又号乐笑翁，生于公元 1248 年，卒于公元 1319 年左右。其祖籍秦州成纪，即现在的甘肃天水，寓居临安。张炎本来生于钟鸣鼎食之家，父祖皆能诗词，善音律，公元 1276 年元兵攻破临安时，在军中任职的祖父因手下人错杀元使，竟被元人磔杀，家财悉数被抄没，当时张炎二十九岁。此后家道中落，“故家人物已无传”，他只身在江南江北纵横漂泊，以做字画卖卜为生。著有《山中白云词》，存词 302 首。

在南宋末年大动荡的时代，每个人的命运都与国家命运相关。张炎因为是没落贵族，他的人生落差比普通百姓强烈得多。关于他的生平志趣，古人记载分明可见：

郑思肖序其词云：“吾识张循王孙玉田先辈，喜其三十年汗漫南北数千里，一片空狂怀抱，日日化雨为醉。自仰扳姜尧章、史邦卿、卢蒲江、吴梦窗诸名胜，互相鼓吹春声于繁华世界，飘飘征情，节节弄拍，嘲明月以谑乐，卖落花而陪笑，能令后三十年西湖锦绣山水，犹生清响。”

又舒岳祥序云：“玉田张君，自社稷变置，凌烟废堕，落魄纵饮。北游燕、蓟，上公车，登承明有日矣。一日，思江南菰米莼丝，吴江楚岸，枫丹苇白，一奚童负锦囊自随。诗有姜尧章深婉之风，词有周清真雅丽之思，画有赵子固潇洒之意，未脱承平公子故态，笑语歌哭，骚姿雅骨，不以夷险变迁也。”

总结这两段生动的人物评话，可知张炎是天生的怡红公子，性情中人，诗画兼工，时常乘兴游冶，兴来则往，兴尽则归。亡国前，他吟赏湖山，诗酒交游，是典型的贵公子的行藏。亡国后，由于本身潦倒不通俗务，加之与元朝有家仇国恨，更是心怀恨恨，他渐渐变得冷心冷面，玩世不恭。没落贵族，一时放不下承平公子的身家体面，所以活得孤芳自赏，只有二三与他一起跌落尘埃的世家子弟可入他的法眼，所以常常与他们一起诗酒吟咏，只为点吴山苍苍，抒余怀渺渺。

（辛卯岁，沈尧道同余北归，各处杭、越。逾岁，尧道来问寂寞，语笑数日。又复别去。赋此曲，并寄赵学舟。）

记玉关踏雪事清游，寒气脆貂裘。傍枯林古道，长河饮马，此意悠悠。短梦依然江表，老泪洒西州。一字无题处，落叶都愁。

载取白云归去，问谁留楚佩，弄影中洲？折芦花赠远，零落一身秋。向寻常、野桥流水，待招来，不是旧沙鸥。空怀感，有斜阳处，却怕登楼。

——《八声甘州·记玉关踏雪事清游》

宋・赵葵・杜甫诗意图

沈尧道和赵学舟都是当时词家。公元1290年，张炎和沈尧道应召为元政府缮写金泥字《藏经》，因而北游元首都大都，翌年，回归南方。这首词即作于此时。词先悲后恸，先友情后国恨，身世飘萍和国事之悲梦幻相间，哀婉动人，读之如闻断雁惊风，哀猿啼月。

诗人先是回忆了前年冬天与友人赴北方写经的旧事。当时，万里寒沙，雪深无路，寒气袭人，三两个“南人”在枯林古道、黄河岸边艰难行进，相互扶助，那些场景令人悠悠难忘。虽然谁都不多说什么，可作为亡国奴被人驱役的屈辱也是恨恨难言，一腔怀乡血泪，只在各自心里。好在大家没有被长期羁留在北国，这场“短梦”很快过去，彼此回到江南，各自过活。朋友分离，江南物是人非，也常常觉得寂寂无欢。久未题诗赠友，不是不想，是落笔即愁，愁得像李煜一样，看到落叶都愁。下片写与故人重聚又分离，短暂的慰藉和温暖又随人去。想当年，湘夫人因为湘君失约而愤愤捐玦遗佩于江边，而朋友们却不辞车马劳顿如期赴约，归舟同载，这种情意令人感动。诗人此时作词寄远，如同折一枝芦花赠远，心也像秋月芦花一样。故人既远，在附近也能招得三朋二友把酒言欢，但终是“野桥流水”，非故交可比。词写至此句，已是高情望断，最后补登楼远望故人去向，只见斜阳荒漠，曲终人散，万境归空。

这首词以“记”字领起。读宋词，如见以一个去声的动词为起笔，这种词大多气势开阔，笔力劲峭。初读到“记”字，以为诗人要慷慨激昂一番，可是一句句读下去，最终得到的却是恹恹无绪的感觉。其中，“向寻常野桥流水，待招来，不是旧沙鸥”句让我爱不释手。写到张炎，知道自己已经无词，但由于这一句，便不能放下不管。这一句好在既轻又厚。轻在不用力，性发于中，文形于外，没有搜肠刮肚，而是随意随手，像“招”这个动作一样，全在挥手间得到灵感。厚在文虽甚浅，其意已深。斜日江边，战后人少，只有沙鸥不知何世，仍旧自在飞鸣，与人相对，似曾相识，诗人情不能已，兴兴“招”来，却不是“旧”沙鸥。以沙鸥喻人事，新沙鸥不是旧沙鸥，新朋友不是旧朋友，人不见旧沙鸥，沙鸥不识旧主人，全因为江山不是旧江山，人也不是江山主人。错认之间，不是凄凉空指，而是已将亡国遗民的心事分明寄寓其中，也将依依故人情分明寄寓其中。如此妙境苦心，最得天籁。

楚江空晚。怅离群万里，恍然惊散。自顾影、却下寒塘，正沙净草枯，水平天远。写不成书，只寄得、相思一点。料因循误了，残毡拥雪，故人心眼。

谁怜旅愁荏苒。谩长门夜悄，锦筝弹怨。想伴侣、犹宿芦花，也曾念春前，去程应转。暮雨相呼，怕蓦地、玉关重见。未羞他、双燕归来，画帘半卷。

——《解连环·孤雁》

张炎雅号“张孤雁”，是因为这首著名的咏物词而得名。

全词借咏一只离群失侣的孤雁，抒写诗人当时家国颓坏、亲友散失、孤身漂泊的凄凉处境，将生离死别、天涯沦落、怀旧伤逝所有的苦情尽寄孤雁一羽。

“楚江空晚。怅离群万里，恍然惊散。”起句景色空、冷、暗，反衬雁之“小”之“孤”，暗示万里“惊散”后难以再聚。此笔景中含情，事中含情，有两面悲伤。时值肃杀寒凉、草木凋落的晚秋，大雁已经列字南飞，只有一只孤雁离群万里，只能在北地另寻栖身之所。“自顾影，欲下寒塘”，想下未下时，目光所到之处，只见寒水与暮天相接，已无立足处，只好徘徊顾影。孤雁不成雁字，自顾不暇时，能寄给同伴的相思只是一“点”。塞天无涯，一只孤雁，即使能传书，也只是“点”在天空的一点而已。“一点”既写情，也绘景，一字成画。下片承前，叹息孤雁身落寒塘，想起幽困长门的阿娇终日思君望归，想着伴侣此时可能正在弄影芦花，并且在来年春前“去程应转”，也会转回北方。到那时，玉关春雨，北地黄昏，不知该怎样重见，不知怎样倾诉离情。想见，怕见，喜悦、激动、担心，是“怕”的层层曲意。“未羞他，双燕归来，画帘半卷”句，写孤雁望归思伴之情虽已至深至切，但即使不能相见，这只孤雁也绝不愿像在春日融融中寄人檐下的“双燕”一样，另觅新欢。

至此，我们知道，这是一只负志而飞的孤雁，是一只情有独钟的孤雁。

雁孤人独，薄命同时。作诗不可无我，这只孤雁，就是我，就是众生。

这首词全篇都是一个移动的画面，孤雁带着重重心事上下翻飞，“嘤其鸣矣，求其友声”的过程，实是诗人在乱世中受惊的样子，也是所有身处乱世的众生雁凄蛰苦的样子。诗人软弱，却不可欺，他没有勇气与蒙元统治者兵刃相见，没有勇气直闯蒙元的森严文网，却也不愿二三其德，义利二字终是识得。这些所有的微言大义，都系在孤雁的哀鸣中，如诉如泣，正是“亡国之音哀以思”。

接叶巢莺，平波卷絮，断桥斜日归船。能几番游？看花又是明年。东风且伴蔷薇住，到蔷薇、春已堪怜。更凄然，万绿西泠，一抹荒烟。

当年燕子知何处？但苔深韦曲，草暗斜川。见说新愁，如今也到鸥边。无心再续笙歌梦，掩重门、浅醉闲眠。莫开帘。怕见飞花，怕听啼鹃。

——《高阳台·西湖春感》

宋·扬无咎·雪梅图

张炎守着杭州西湖过了大半生，所以写西湖、忆西湖的词最多。当年，富贵闲人张炎常常流连于“暖香十里软莺声，小舫绿杨阴”的西子湖畔，过着“闹红深处小秦筝，断桥夜饮。鸳鸯水宿不知寒”的日子，倾慕周邦彦、姜夔这样的雅词高手，写着含蓄蕴藉的“骚雅”之词。然而，在宋元易代之后，再回到西子湖畔，心情顿别，看到的全是“春何处、春已天涯。减繁华。是山中杜宇，不是杨花”的乱花流水。因此，对于西湖的心情，用他的词总结，就是“惟只有、西州倦客，怕说著、西湖旧时”。

怕忆起西湖旧时，可是西湖又常在眼前。

这首词写暮春时的西湖风景。南宋灭亡后，诗人重游西湖，由于“新烟惊换，旧雨难招”，当年“园中成趣，琴中得趣，酒醒听风雨”的好日子不再有。“接叶巢莺，平波卷絮”写暮春景色。俯仰之间，已经无花，只见黄莺筑巢叶间，岸柳映水，杨花云卷云飞。起句以四月景入，下句承接斜日归帆、蔷薇句，写乱红无影，只有蔷薇独秀，所以更觉惊心，因为“到蔷薇、春已堪怜”。诗人日暮闲步断桥，不知踏碎蔷薇多少，也不知伤心多少，春已堪怜，人也堪怜。几次写蔷薇，是借蔷薇写一年春又归去，不知还能作几番游，看花又待明年。别人看的是花，他看的是流年荒促。“当年燕子知何处”，是不是也因厌见众生歌哭，隐居在唐时诸韦世居的韦曲和陶渊明的斜川？花开花落，燕来燕去，古今兴废，终成一抹荒烟。满目残照残春，风物人情均不似当年，诗人害的不是伤春病，他已经不解风情，无心笙歌，只是想借西湖旧景旧话重提。回来后，深掩重门，静倚帘下，把白发新愁都付一醉，任凭春残，任凭乾坤颠倒，他已经“怕见飞花、怕听啼鹃”，只在篷窗下避秦。

张炎长于写景咏物，常常通过咏物词，运用寓托、曲笔抒情，琵琶半遮面，“把一襟心事，散入落梅千点”。他的词中，常常写到孤雁、鸥鹭、燕雀，这些天命玄鸟，“燕燕于飞，差池其羽。瞻望弗及，泣涕如雨”的样子，是诗人遗世独立、不能奋飞的离魂。而那些残照、晚春、荒烟、飞花、衰草、落叶的背景，则是“风景不殊，正自有山河之异”的人间。

一个貂裘已敝的诗人，游走在这样一个兴废交替的时代，生得富贵，活得伤心，较之一般贫民阶层的读书人，他的这种经历和失落感，最适合写“恨西风，不避寒蝉，便扫尽、一林残叶”的国破家亡的悲凉，以及自己“露粉风香谁为主，都成消歇”的被边缘化的生活。“醉梦醒，向沧浪容与，净濯兰缨”“别鹤不归来，引悲风千里。余音犹在耳”，他这些至情至性的小词，连缀成篇，就是他的《红楼梦》，我们最终看到的，仍是“满纸荒唐言，一把辛酸泪”。

来时春风，去时秋水。至此，南宋运终数尽，不可挽回。宋词收因结果，曲终弦咽。诗人星月皎洁，文章唱晚，直至杜鹃啼血，载誉而归。

宋・李唐・观瀑图

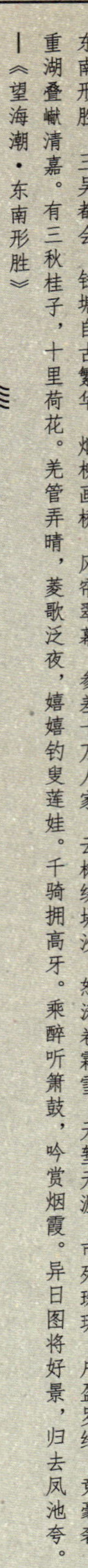

东南形胜，三吴都会，钱塘自古繁华，烟柳画桥，风帘翠幕，参差十万人家。云树绕堤沙，怒涛卷霜雪，天堑无涯。市列珠玑，户盈罗绮，竞豪奢。
重湖叠巘清嘉。有三秋桂子，十里荷花。羌管弄晴，菱歌泛夜，嬉嬉钓叟莲娃。千骑拥高牙。乘醉听箫鼓，吟赏烟霞。异日图将好景，归去凤池夸。

——《望海潮·东南形胜》

后记　移形素兮蓬莱山

对于宋词的认识和写作的意图，在前面已经说了很多。从一本书而论，有前言就应有后记。就我的意见而言，到了卷末，其实还有很多话要说。

宋词在文学史上，是最具个性化的文人写作，很类似于日本文学中定义的私文学。因为是私文学，宋词贵在情真意切。诗人千人千面，词作百媚千红，无论人品诗品，每个人都有让人喜爱的理由。这本书里主要写了十五位作者，其实，还有很多人我也喜欢，还有很多词没有写到，我有千般不忍。虽然不是选本，不必把公认的作者和作品都说到，也深知自己力所不及，但就这样舍下，心里总觉得对不起诗人，对不起宋词。虽然没有写下，但因为常常在读，也算是换了个方式补此心不足。

为什么要读宋词，从小处说，是个人的趣味；从大处说，是对世道人心有一种期望。

我以为，读宋词的过程，就是亲近一棵大树的过程。庄子对惠子说："今子有大树，患其无用，何不树之于无何有之乡，广莫之野，彷徨乎无为其侧，逍遥乎寝卧其下。"这句话，用来说宋词，用来说读宋词的心情甚好。文学是精神与现实的艺术链接。宋词与实际人生之间的关系，就像是树与人的关系。一棵大树在野，孤独地生长着，看似无用，实际上却与人不离不即。因为有树可以赏花，可以悲秋。有树在，人可以彷徨其侧想心事，也可以偃卧其下读庄子。或者能在刹那中遇见古人，或者能在微尘中显现大千，或者能在歌哭中引愁度恨，这些无用之用，才是大用，是将有限寓于无限，将有形寓于无形的大用处。我们是物质的人，如何想再进一步成为精神的人，宋词和许多文学、哲学著作一样，可以让我们一半物质，一半精神。这个过程，就是乘物以游心。

读宋词，还可以移人性情。《水仙操》的序文写得很好：伯牙学琴于成连，三年而成。至于精神寂寞，情之专一，未能得也。成连曰："吾之学不能移人之情，吾师有方子春在东海中。"乃赍粮从之，至蓬莱山，留伯牙曰："吾将迎吾师！"划船而去，旬日不返。伯牙心悲，延颈四望，但闻海水汩波，山林窅冥，群鸟悲号。仰天叹曰："先生将移我情！"乃援操而作歌云："繄洞庭兮流斯护，舟楫逝兮仙不还，移形素兮蓬莱山，呜钦伤宫仙不还。"这段话说出了教与学、学与悟的关系。伯牙学琴，三年不悟，成连带他到海边，然后故意隐遁。伯牙因为孤独驻足于茫茫无边的海天，专注于海涛、幽树、悲鸟混成的自然之声中，突然证得了"精神寂寞，情之专一"的般若，从而"移情"，琴艺从形而下的"器"进入了形而上的"道"。这个"移情"之说，还让我想起那个以捕鱼为业的武陵人，他因为忘路之远近，于"仿佛若有光"处，无意中忽逢桃花林，因此看到了在人世间从未看到的风景，受到了最尊贵的礼遇。伯牙于不经意间悟出精神寂寞的过程是梦醒，武陵人于不经意间找到桃花源的过

宋・夏圭・烟岫林居图

程也是梦醒。读宋词也是“延颈四望”，是“缘溪行”，是在做一场迷离、幽咽、寂寥的大梦。我们就是那个瞻望山海“仰天叹”的学琴人，是那个面对桃花源“甚异之”的捕鱼人，于不经意间行走到了文字深处，感知到了“先生将移我情”的禅机，于是“豁然开朗”，大梦初醒。这个过程，就是移情，是重塑精神。

读宋词，也是一个悟道的过程。红尘万丈，世人必须有独立自足的意识，如诗评家所言，有有我之境，有无我之境，有一片自家的牧场，这样才能保持一个自由的心灵，这就是田野情调。在当代，这种田野情调普遍消解，很多人除了追逐功名利禄，耽于爱恨情仇，对春花秋月漠不关心，这是人活得矛盾冲突、心气浮躁的根源。不加思索地活着，没有信仰，我们的错识，就是常常以为能顺应世相就是合情合理的生活，不知道还有一种人生也可以尝试高攀一下，那就是把自己活成一首幽美、静穆、一片天机的宋词，用山海原理理解大千世界，既承认世间万象的合理性，对万物有情，又能超越世俗，多一点玄想，“采菊东篱下，悠然见南山”，向远处张望。其实，只有这样起承转合之后的人生，才是诗化、哲理化的人生。要达到这种拨云见月的状态，需要长期的淘养。这个过程，叫心与道合，也是王维说的“悟道正迷津”，最终能入于正路。

其实，在日常的柴米油盐之余，无论是什么人，都可以分出黄昏或雨天一点时间，给自己营造一点闲适，一个片段，让自己暂时不在名利场，这样看人生，度人生，红尘客梦才有诗意，这样的生活就像一种仪式，久而久之，才可以从浮躁的现代穿越到想象中的宋朝，与那些至情至性的才子们的芳魂相接，才可以装饰我们本来无意义的人生。等我们每个人从语言到行为都风雅起来，时代也就风雅起来，文明也就来临了。

以上是我对宋词的再认识。

这本宋词笔记能成书并出版，受益于与大学同学符红霞女士一段古老而又新鲜的因缘。

说古老，是因为我们相识已久。我们是大学同学，在十七八岁那样的年龄相遇，一个老师教的，一个宿舍里生活了四年。记得在大学时，有一年全校作文比赛，她得了第一名，我得了第二名。夕阳中，坐在操场边的大树下，听着两篇文章同时在学校的高音喇叭里播出，空旷的声音传遍了校园上下，那时我们小小的心里，大约也有苏轼说的“双花不向别人开”的娇矜吧。而我此时想起，虽然是三十多年前的往事了，她于我，依然是霞映沉塘的对照。

说新鲜，是因为作为一个出版人，她有作古典文学的选题策划，而我们对文学和人生的理解也有很多相近之处，又忝在相知之列，得她青眼，起意约稿，我也不自量力，冒昧应约。虽然是低层次的读书人，因为懂得文化传承的意义，我们愿意共同承担这份苦差事。书稿草成后，又经过她极具专业水准的编辑加工，才以此灵秀清雅之姿问世。小小一本书，虽然只是涓埃之微，可是要从细节做起来，却也需要谨慎、认真的态度，和一颗能吃苦的心。人生晚凉天气，明月如水分明。这本书的意义，一是我们对读者的一点芹献，一是我们对自己半世闺情别怨的一点纪念。

生活在当代，却说着时下人们不常说的古代文明，这里面，其实还有很多清欢，确实挺好的。

孔雀东南飞，五里一徘徊。

是为后记。

栗子 / 2016 秋

图书在版编目（CIP）数据

宋朝的江山风月 / 栗子著 . -- 桂林：漓江出版社 ,2017.3（2024.8 重印）
ISBN 978-7-5407-8044-9

Ⅰ . ①宋… Ⅱ . ①栗… Ⅲ . ①宋词—鉴赏 Ⅳ . ① I207.23

中国版本图书馆 CIP 数据核字 (2017) 第 046204 号

宋朝的江山风月

作　　者：栗　子
策划统筹：符红霞
责任编辑：关士礼　王成成
装帧设计：7 拾 3 号工作室
责任监印：周　萍

出 版 人：刘迪才
出版发行：漓江出版社
社　　址：广西桂林市南环路 22 号
邮　　编：541002
发行电话：010-85893190　0773-2583322
传　　真：010-85893190-814　0773-2582200
电子邮箱：ljcbs@163.com
网　　址：http://www.lijiangbook.com
印　　制：天津画中画印刷有限公司
开　　本：710 × 1000　1/16　印　张：22　字　数：200 千字
版　　次：2017 年 3 月第 1 版　印　次：2024 年 8 月第 4 次印刷
书　　号：ISBN 978-7-5407-8044-9
定　　价：76.00 元